HEYNE
BÜCHER

06/2500

Über 40 Jahre
Heyne Science Fiction
& Fantasy

2500 Bände
Das Gesamt-Programm

SCIENCE FICTION

Herausgegeben
von Wolfgang Jeschke

Ein vollständiges Verzeichnis aller
im HEYNE VERLAG erschienenen STAR TREK-Romane
finden Sie am Schluß des Bandes.

DEAN WESLEY SMITH
KRISTINE KATHRYN RUSCH

STAR TREK
CLASSIC

DIE RINGE VON TAUTEE

Roman

Star Trek®
Classic-Serie
Band 93

Deutsche Erstausgabe

WILHELM HEYNE VERLAG
MÜNCHEN

HEYNE SCIENCE FICTION & FANTASY
Band 06/5693

Titel der amerikanischen Originalausgabe
THE RINGS OF TAUTEE
Deutsche Übersetzung von Bernhard Kempen

Umwelthinweis:
Dieses Buch wurde auf chlor- und säurefreiem Papier gedruckt

Redaktion: Rainer-Michael Rahn

Erstausgabe by Pocket Books/Simon & Schuster, Inc., New York

http://www.heyne.de
Printed in Germany 1999
Umschlagbild: Pocket Books/Simon & Schuster Inc., New York
Umschlaggestaltung: Atelier Ingrid Schütz, München
Technische Betreuung: M. Spinola
Satz: Schaber Datentechnik, Wels
Druck und Bindung: Ebner Ulm

ISBN 3-453-14908-4

Dieses Buch ist
Len Wein & Christine Valada
gewidmet.

1

Der Gasriese Thesau, der neunte Planet des Sterns Tautee, dehnte sich aus und zog sich wieder zusammen, als würde er wie Kuchenteig in der Hand eines riesigen und unsichtbaren Kindes geknetet.

Erst war er länglich wie ein Ei geformt, dann rund wie eine Kugel, dann flach wie eine dicke Linse.

Der große Planet bewegte sich, als würde er verzweifelt darum kämpfen, seine Form zu bewahren.

Und für einen Moment schien es, als hätte er den Kampf gewonnen, während er wieder die kugelige, von wirbelnden Wolken verhüllte Gestalt annahm, die er seit Millionen von Jahren innegehabt hatte.

Dann begann das unsichtbare Kind wieder zu kneten, worauf der Gasriese an den Polen expandierte und fast unmittelbar darauf wieder flach zusammengedrückt wurde.

Jeder Bildschirm im gesamten Sonnensystem zeigte diese Szenen. Millionen von Tauteeanern beobachteten gebannt das Wirken der unglaublichen Kräfte.

Einen halben Kilometer unter der Oberfläche des zweiten Mondes des fünften Planeten starrte das Personal des Kanst-Energiezentrums – Tausende von Forschern und Wissenschaftlern – mit zunehmender Bestürzung auf die Monitore. Einige wandten den Blick ab. Andere setzten sich auf Regulationsstühle, als sie nicht mehr stehen konnten. Die übrigen starrten die Bilder an, als könnten sie nicht glauben, was sie sahen.

In der Kontrollzentrale des kilometerlangen Gebäudes stand Subcommander Prescott und beobachtete ebenfalls die übertragenen Szenen. Außer ihrem Assistenten Folle hielt sich niemand in diesem Raum auf. Niemand sonst legte Wert darauf, die Katastrophe in drei Dimensionen zu verfolgen.

Die Kontrollzentrale war wie ein Amphitheater angelegt, und Prescott stand genau auf der ›Bühne‹ des Raums, unterhalb der Arbeitstische, der Computer und der Sitze. Die runden Bildschirme zeigten das Tautee-System, als würde sie sich an Bord eines Raumschiffs befinden. Sie umgaben sie von allen Seiten, sogar an der Decke war ein Monitor angebracht. Nur der stählerne Fußboden, der die Bilder in verzerrten Farben reflektierte, deutete daran hin, daß sie sich inmitten ihrer eigenen Schöpfung befand.

Dem Kanst-Energieexperiment.

Sie hatte gehofft, ihrem Volk eine unbegrenzte Energiequelle zur Verfügung stellen zu können. Die Arbeiten hatten fast ihr ganzes Leben beansprucht. Sie beruhten auf generationenlangen Forschungen ihrer Vorfahren. Sie hatte zehntausend der fähigsten Köpfe des Systems versammelt, um an diesem Projekt zu arbeiten. Die Analysen, die Computerdiagramme und die Extrapolationen hatten ausnahmslos erfolgversprechend ausgesehen.

Wie hatte es zu einem solchen Fehlschlag kommen können?

»Er wird auseinanderbrechen«, sagte Folle. »Genauso wie es mit Hancee geschehen ist.«

Hancee war der Mond gewesen, auf dem das Energieexperiment stattgefunden hatte. Wo sie dreihundert ihrer besten Leute verloren hatte.

Als Prescott den Kopf schüttelte, verursachte diese Bewegung ihr Schmerzen. Ein Stich schoß durch ihren Unterkiefer. Sie knirschte mit den Zähnen. Als Hancee auseinandergebrochen war, hatte sie sich einen Zahn zertrümmert, doch dieser Schmerz war ihr bedeutungslos erschienen, als sie den Mond und ihre Leute verloren hatte. Ihre Freunde.

Jetzt kam ihr der Schmerz noch bedeutungsloser vor.

Im Raum war es ungewöhnlich still. Sie konnte nicht einmal das Summen der Computer hören. Die Luft war kühl, und sie fror in ihrer leichten Laboruniform. Das Zentrum führte einen ständigen Kampf, um die Temperatur innerhalb des gigantischen Komplexes einigermaßen konstant zu halten. Sie fragte sich, wo ihr Pullover sein mochte, den sie für die kalten Tage mitgenommen hatte, wenn die Kälte durch ihre dünne Haut bis in die Knochen vordrang.

Aber auch das spielte keine Rolle mehr. Sie hatte das deutliche Gefühl, daß sie mehr als nur ihren Pullover vermissen würde, wenn diese Woche vorbei war.

Die Veränderungen des Gasriesen fanden in absoluter Stille statt. Sie rechnete unbewußt damit, das Reißen und Zerren zu hören. Vielleicht das Grollen eines Erdbebens, das Knirschen von Felsen, die von unsichtbaren Kräften bewegt wurden.

Die Stille war unheimlich.

Doch die Stille war besser als die Angstschreie, die sie vor zwei Tagen gehört hatte, als dieser Raum voller Leute gewesen war, die den Erfolg ihres Experiments auf Hancee beobachten wollten.

Ein Erfolg, der sich plötzlich in eine Katastrophe unvorstellbaren Ausmaßes verwandelt hatte.

Hancee war der größte Mond des Gasriesen gewesen. Zwei Tage nach dem Beginn des Experiments im Innern von Hancee war es zu einem Problem gekommen. Bis heute wußte niemand, was genau geschehen war. Das Projekt erzeugte die erwartete Menge an Energie, und der Transmissionsstrahl arbeitete ungehindert, um die Bevölkerung mit Energie zu versorgen.

Plötzlich war die Verbindung zwischen dem Kanst-Zentrum und den dreihundert Männern und Frauen unterbrochen worden. Niemand konnte sie mehr erreichen, während gleichzeitig der Energiestrahl und die Laboratorien verschwunden waren.

Den Aufnahmen der Orbitalsonden war nichts zu entnehmen. Die Basis war von Wolken aus Trümmerstaub oder Gas verhüllt gewesen. Zumindest glaubten Prescotts Wissenschaftler, daß es sich um Staub oder Gas handelte. Es hätte genauso etwas völlig anderes sein können, das durch das Experiment verursacht worden war. Es gab keine Möglichkeit, sich Gewißheit zu verschaffen.

Bis heute gab es keine Gewißheit.

Zwei hektische Tage später war es endlich soweit gewesen, daß die Rettungsmission nach Hancee starten konnte. Bis zum Eintreffen der Raumschiffe hätte es fast eine Woche gedauert, doch sie warteten noch auf den Startrampen, als der Mond plötzlich auseinandergebrochen war. Er hatte sich in einen Trümmerring um den Gasriesen verwandelt.

Und jetzt, eine knappe Woche später, begann die Zerstörung des Gasriesen. Er wurde von Kräften auseinandergerissen, die Prescott sich nicht einmal vorstellen konnte.

Sie warf einen Blick auf Folles angestrengtes und ermüdetes Gesicht. Innerhalb der letzten zwei Tage hatte er aufgehört, sie zu berühren – die flüchtigen Körperkontakte an Händen und Schulter, die unbewußten Zeichen der Unterstützung. Niemand von den anderen blickte ihr mehr in die Augen, doch der Verlust von Folles Vertrauen schmerzte sie viel mehr. Er war ihre rechte Hand, ihr bester Freund, ihr Stellvertreter und gelegentlich ihr Liebhaber.

Er gab ihr an allem die Schuld.

Doch insgeheim sah sie es genauso.

Sie war nicht nur juristisch verantwortlich, da sie das Zentrum gegründet, das Team zusammengestellt, die Forschungen geleitet und die Regierung von der Notwendigkeit des Projektes überzeugt hatte. Sie war auch moralisch für das Geschehene verantwortlich. Sie hatte dieses Projekt mit aller Kraft vorangetrieben.

Doch niemand konnte ihr vorwerfen, die warnenden Stimmen zum Schweigen gebracht zu haben. Denn es hatte keine gegeben. Jeder war überzeugt gewesen, daß das Projekt funktionieren würde.

Sogar Folle.

Prescott, deren zierlicher Gestalt die Spuren der Erschöpfung der vergangenen Woche anzusehen waren, ließ sich in einen Sessel sinken und schloß die Augen.

Sie mußte nachdenken.

Sie wünschte sich so sehr, daß ein Faktor außerhalb des Experimentes die Zerstörung verursacht hatte, daß irgendein kosmischer Zufall zu diesem Ausgang geführt hatte.

Sie konnte es sich noch vorstellen, daß die kleinen Kräfte, mit denen sie gearbeitet hatten, in der Lage wären, einen Mond zu zerstören. Diese entfernte Möglichkeit war der Grund gewesen, warum das Experiment so weit draußen durchgeführt worden war, weit entfernt vom besiedelten Zentrum des Sonnensystems.

Doch das Energie-Projekt konnte niemals auch nur ein Millionstel der Kräfte erzeugen, die nötig waren, um einen Gasriesen, der fast so groß wie die Sonne war, zu zerreißen.

Dafür war sie nicht verantwortlich. Sie wiederholte im Geiste immer wieder diesen Satz. Dafür war sie nicht verantwortlich.

Sie war nicht verantwortlich. Es war einfach unmöglich.

Dennoch zerriß irgend etwas den größten Planeten dieses Sonnensystems. Und die Zerstörung des Mondes war ein unheilvoller Beweis, daß ihr Projekt irgendeine Kettenreaktion ausgelöst hatte. Doch sie hatte keine Ahnung, wie es dazu kommen konnte.

»Sie sollten sich das ansehen«, sagte Folle.

Sie öffnete die Augen.

Folle blickte geradeaus auf Thesau. Der Planet mit den rötlichen und gelben Wolken füllte den vorderen Bildschirm aus. Er schien auf einer Seite eine große Blase auszubilden. Sie beobachtete, wie die Blase sich vom Zentrum des Planeten entfernte und immer mehr Materie mit sich nahm.

Sie stand auf. »Es ist einfach unmöglich, daß so etwas geschieht«, sagte sie.

Folle legte seine Hand auf ihre.

Sie blickte ihn überrascht an. Sein Zorn schien sich verflüchtigt zu haben und war offenbar von Resignation ersetzt worden. Er wußte genauso wie sie, was diese Blase bedeutete.

Seltsamerweise war es seine Berührung, mit der er stumm die Katastrophe hinnahm, die beinahe ihre Entschlossenheit gebrochen hätte. Das Zusehen fiel ihr leichter, wenn er ihr die Schuld gab. So konnte sie sich davon distanzieren, den Vorgang als Wissenschaftlerin und nicht als fühlende Person betrachten.

Dann legte er seinen Arm um sie, um ihr Kraft zu geben. Sie nahm auch ihn in die Arme, in der Hoffnung, ihm etwas davon zurückzugeben. Sie beide würden ihre ganze Kraft brauchen.

Denn dies war nur der Anfang.

Daran gab es für sie jetzt keinen Zweifel mehr.

In der folgenden Stunde beobachteten sie, wie sich der größte Planet ihres Sonnensystems abflachte, sich wie Marmelade auf einer Schnitte ausbreitete, um mit der Bildung eines gewaltigen Ringes zu beginnen, der eines Tages in ferner Zukunft die gesamte Umlaufbahn um die Sonne ausfüllen würde.

Es war die Geburt des ersten Ringes von Tautee.

Es gab noch vierzehn weitere Planeten.

Und es sollten sich noch vierzehn weitere Ringe bilden.

2

LOGBUCH DES CAPTAINS,
STERNZEIT 3871.6

Die *Enterprise* wurde in das Tautee-System beordert, um Subrauminterferenzen zu untersuchen, die in dieser Region ihren Ursprung haben. Fernmessungen haben ergeben, daß einige, wenn nicht sogar alle Planeten des Tautee-Systems auseinandergebrochen sind. Admiral Hoffman denkt, daß die Klingonen etwas mit der Zerstörung des Systems zu tun haben könnten, obwohl sie andere Ursachen als Möglichkeit nicht ausschließen will. Das Tautee-System fällt unter die Regelungen des Organianischen Friedensvertrages, und die Klingonen nutzen nahezu jede Gelegenheit, um in das strittige Gebiet einzudringen. Außerdem haben wir Gerüchte gehört, daß die Klingonen an einer neuen Superwaffe arbeiten. Ich persönlich hoffe sehr, daß diese Gerüchte nicht den Tatsachen entsprechen.
Wir haben ein weiteres Problem. Vor zehn Jahren wurde das Tautee-System von einem Team erkundet, das eine raumfahrende Zivilisation ohne Warptechnologie entdeckte. Sie war für eine Kontaktaufnahme der Föderation nicht weit genug entwickelt. Wir sollen uns so schnell wie möglich dort einfinden, nicht nur,

um mögliche Schwierigkeiten mit den Klingonen zu verhindern, sondern auch, um nachzusehen, ob die Tautee-Zivilisation sich retten konnte. Admiral Hoffman hat ausdrücklich darauf hingewiesen, daß für den Umgang mit dieser Kultur in jeder Hinsicht die Erste Direktive gilt.

Die *U.S.S. Farragut* unter dem Kommando von Kelly Bogle wurde ebenfalls ins Tautee-System beordert, um uns nötigenfalls Rückendeckung zu geben. Da Kelly Bogle und ich früher gemeinsam auf der *Farragut* gedient haben, könnte diese Mission zu einem interessanten Wiedersehen führen.

Captain Kirk schaltete die Logbuchaufzeichnung ab und blickte sich auf der Brücke um. Manchmal, wenn sie sich mitten in einer Weltraummission befanden, wirkte die Brücke klein und überfüllt. Die Polsterung seines Kommandosessels, auf dem er sich normalerweise so wohl fühlte, war durchgesessen. In Starbase 11 hatten diese und viele andere kleine Dinge repariert werden sollen, die zwar nicht unbedingt notwendig waren, die aber ausreichten, um den Aufenthalt der *Enterprise* dort zu rechtfertigen.

Doch Admiral Hoffman hatte die Routinewartung gestrichen. Sie wußte, daß Scotty das Schiff in tadellosem Zustand hielt, und sie wußte auch, daß die *Enterprise* nicht länger als gewöhnlich unterwegs gewesen war. Allerdings hatte die letzte Mission Kirk genauso schwer wie der übrigen Besatzung zugesetzt, während sich das Schiff in unversehrtem Zustand befand. Er hatte sich bereits auf die Zeit in der Starbase gefreut, wo er wieder einmal etwas essen konnte, das in einer anderen Küche zubereitet worden war. Und dort hatte er seine antike Papierausgabe von *Hundert Jahre Einsamkeit* lesen wollen, die er sich für eine besondere Gelegenheit aufgehoben hatte.

Jetzt sah es ganz danach aus, als würde ihm nicht einmal ein einziger Tag Ruhe gegönnt. Er hatte das Gefühl, daß diese Mission genauso langwierig wie die letzte sein würde. Vielleicht sogar noch langwieriger.

Seine schlechte Laune schien ansteckend zu sein. Wie es aussah, war auch die übrige Besatzung mißgestimmt. Uhura hatte sich gegen ihre orangefarbene Konsole gelehnt, ein Bein ausgestreckt und sich mit dem Ellbogen vor den Kontrollen aufgestützt. Mit ihren langen, schlanken Fingern hielt sie den Ohrhörer fest, während sie die Subraumkommunikation überwachte, wie Kirk es ihr aufgetragen hatte.

Fähnrich Chekov sah aus, als hätte er die gesamte letzte Woche nicht geschlafen. Sein Haar war zerzaust, und tiefe Schatten lagen unter seinen dunklen Augen. Er trommelte mit den Fingern auf der Navigationskonsole – das einzige Geräusch, das auf der Brücke zu hören war.

Sulu beobachtete seine Kontrollen mit etwas mehr Aufmerksamkeit, als nötig gewesen wäre. Kurz bevor der Auftrag zu dieser Mission erteilt worden war, hatte er um einige Freistunden gebeten, um sich im Degenfechten zu üben. Er hatte beabsichtigt, an einem Wettkampf teilzunehmen, der während ihres Aufenthaltes auf Starbase 11 abgehalten werden sollte. Er hatte zwar keine Enttäuschung gezeigt, aber immerhin darum gebeten, daß sein Urlaubsantrag zurückgenommen wurde.

Nur Spock wirkte völlig ungerührt. Er saß auf seinem Posten vor der wissenschaftlichen Konsole. Das blaue Licht des Computermonitors gab seiner grünlich gefärbten Haut einen seltsamen grauen Anstrich.

Kirk konnte die Stille nicht länger ertragen. Er stand auf und ging zur wissenschaftlichen Station, wo er eine Hand auf die Rückenlehne von Spocks Sessel legte. »Gibt es schon neue Informationen?«

»Sehr wenig, Captain«, sagte Spock. Er drückte auf eine Taste und drehte sich mit seinem Sitz herum, um Kirk in die Augen sehen zu können. »Unsere Fernerkundungen ergeben, daß sämtliche Planeten des Systems zerstört wurden.«

»Sämtliche Planeten?« fragte Kirk nach. Er konnte sich nicht vorstellen, daß es innerhalb eines Systems zu so großen Zerstörungen kam, ohne daß die Sonne zur Nova wurde.

»Fünfzehn größere Planeten«, sagte Spock, während er die Hände zusammenlegte. »Erst wenn wir näher heran sind, können wir feststellen, wie viele kleinere ebenfalls zerstört wurden.«

»Aber wie? Wie können fünfzehn Planeten in so kurzer Zeit verschwinden?« fragte Kirk.

»Sie sind keineswegs verschwunden«, sagte Spock. »Die Sensoren registrieren ausgedehnte Trümmerfelder in den ehemaligen Umlaufbahnen der Planeten, die sich allmählich zu Ringen formieren. Starke Subrauminterferenzen gehen von diesem System aus. Je näher wir kommen, desto intensiver werden die Störungen.«

»Könnten diese Interferenzen für die Zerstörung der Planeten verantwortlich sein, Mister Spock?«

»Ich weiß noch nicht, ob die Interferenzen die Ursache oder eine Folge der Zerstörung darstellen«, sagte Spock. »Wenn wir das System erreicht haben, erhalte ich möglicherweise genauere Meßwerte.«

»Spock?« sagte er leise, während er sich gar nicht sicher war, ob er wirklich die Antwort auf seine nächste Frage hören wollte. »Wie viele Humanoide lebten in diesem System?«

»Nach den Ergebnissen der vorausgegangenen Erkundung«, sagte Spock, »würde ich schätzen, daß sich eine Bevölkerung von zwei Milliarden sechshundert Millionen Individuen auf die vier bewohnbaren Planeten des Systems verteilte.«

»Zwei Milliarden?« Die jetzt höchstwahrscheinlich allesamt tot waren. Kirk durfte nicht an diese vielen Menschenleben denken. Er durfte es einfach nicht.

Er kehrte zu seinem Kommandosessel zurück und blickte auf den vorderen Hauptsichtschirm, der die für den Warpflug typischen Streifenmuster zeigte. Es waren noch zwei Stunden bis zum Eintreffen der *Enterprise*. Zwei Stunden des Wartens und des Nachdenkens, was aus den Milliarden von Humanoiden geworden war, die im Tautee-System gelebt hatten.

Falls alle fünfzehn Planeten zerstört worden waren, wußte er, was mit diesen Leuten geschehen war.

Er ließ sich in seinen Sessel fallen und zuckte zusammen, als er unangenehm zu spüren bekam, wie dünn die Polsterung geworden war.

Es würden zwei sehr lange Stunden werden.

Dr. Leonard McCoy war unterwegs zum Frachtraum fünf. Er suchte nur äußerst selten dieses Deck auf, und das Personal starrte ihn an, als hätte es noch nie einen medizinischen Offizier gesehen. Die Leute wichen hastig zur Seite, um den Weg frei zu machen und an ihre Posten zu eilen. Sie vermieden jeden Blickkontakt. Die meisten waren Fähnriche, die vermutlich erst vor kurzem auf die *Enterprise* versetzt worden waren und noch über einen Arbeitseifer verfügten, über den er gar nicht genauer nachdenken wollte.

Sie hatten sich vermutlich genauso sehr wie er auf die geruhsame Zeit der Wartung gefreut.

Und jetzt hatte man den Aufenthalt auf Starbase 11 gestrichen. McCoy haßte diese Vorstellung. In seinem

Labor waren mehrere Experimente in Arbeit, zu denen er die geschätzte Meinung von Dr. Beth Jones einholen wollte. Dr. Jones war eine der fähigsten wissenschaftlichen Kapazitäten, denen er im Laufe seines Lebens begegnet war, und sie hielt sich in Starbase 11 auf.

McCoy jedoch nicht.

Und es sah auch nicht danach aus, als würde er in nächster Zeit die Gelegenheit dazu erhalten. Selbst wenn diese neue Mission vorbei war, würden sie vermutlich an einer anderen Starbase andocken.

Dr. Jones hatte großes Interesse an seiner Arbeit gezeigt, und sie hatte einen interessanten Test erwähnt, der sich mit einem medizinischen Tricorder durchführen ließ. Mit einem *modifizierten* medizinischen Tricorder. Aber McCoy war Arzt und kein Ingenieur, und er wußte nicht einmal, wie man diese verdammten Dinger auseinandernahm, und erst recht nicht, wie man sie umbaute, um die Funktionen und Meßbereiche zu verändern.

Also hatte er Kontakt mit einem richtigen Ingenieur aufgenommen, worauf ihm der Computer bedauernd mitgeteilt hatte, daß sich Chefingenieur Montgomery Scott in einem Frachtraum aufhielt – und zwar schon seit der vergangenen Nacht. Er hatte Anweisungen hinterlassen, daß er nur im äußersten Notfall gestört werden durfte.

McCoy zögerte nur eine Sekunde lang, bevor er den Frachtraum betrat. Scottys Arbeit hatte offensichtlich nichts mit dem Schiff zu tun. Andernfalls wäre das Störungsverbot direkt vom Captain gekommen. Womit McCoys Ansicht nach die Einschränkung auf einen Notfall hinfällig geworden war. Insbesondere für ihn.

Die Tür zum Frachtraum öffnete sich mit einem hydraulischen Zischen.

»Ich sagte, ich will nicht gestört werden!« Scottys Stimme klang eigenartig gedämpft.

Einen Augenblick lang war McCoy viel zu verblüfft für eine Erwiderung. Vor ihm standen die zwei größten und häßlichsten Maschinen, die er jemals gesehen hatte. Und dazwischen befand sich ein großer Bildschirm, auf dem ein sorgfältig gestutzter grüner Rasen unter blauem Himmel zu sehen war, der sich scheinbar über viele Kilometer erstreckte.

»Was in drei Teufels Namen …?« sagte McCoy, als er kurz hinter der Tür stehenblieb, die sich wieder schloß. Die zwei Maschinen schienen einen großen Prozentsatz des Volumens des Frachtraums einzunehmen. Mister Scott hockte auf allen vieren vor einer der Maschinen und hatte den Kopf in die technischen Innereien gesteckt, während er offenbar irgendwelche Einstellungen vornahm. McCoy hörte, wie der Ingenieur mit der Maschine sprach.

Nach einer Weile zog er seinen Kopf heraus, stemmte die Hände in die Hüften und blickte McCoy finster an. »Nachdem Sie es jetzt gesehen haben, Doktor, können Sie auch sagen, was Sie davon halten.«

McCoy wußte überhaupt nicht, was er davon halten sollte. Er hatte nicht den leisesten Schimmer, was es darstellen sollte. Oder welchem Zweck das alles diente.

»Ich vermute, das soll heißen, Sie sind platt«, sagte Scotty.

McCoy konnte nur schwach nicken und auf den großen Bildschirm mit dem blauen Himmel und dem grünen Gras starren. Er brauchte wirklich dringend Urlaub. Das wurde ihm jetzt klar. Und Scotty ebenfalls, wie es aussah.

Scotty stand auf und klopfte sich den Staub von der Hose. Dann kam er zu McCoy. Er blieb stehen, die Hände an die Hüften gelegt, und blickte lächelnd auf den Bildschirm, als wäre er ein neugeborenes Baby.

»Was ist das?« brachte McCoy schließlich heraus.

»Ein Golfplatz«, sagte Scott. Seine Stimme klang ein wenig traurig, daß McCoy nicht erkannt hatte, woran er arbeitete. »Was sollte es sonst sein?«

»Ein Golfplatz?« fragte McCoy. »Wie darf ich das verstehen?«

»Um sich die Zeit zu vertreiben, Doktor«, sagte Scotty. »Hier, setzen Sie das auf!« Er reichte McCoy einen großen Helm, der durch Drähte mit den noch größeren Maschinen verbunden war.

»Ich glaube kaum ...«

»Tun Sie es einfach«, sagte Scotty. »Es tut nicht weh.«

McCoy starrte einen Moment lang auf den mit Gummi gepolsterten Helm, dann stülpte er sich das Ding über den Kopf. Als sich das Glas vor seine Augen schob, hatte er plötzlich das Gefühl, nicht mehr auf einen Bildschirm zu blicken, sondern sich tatsächlich auf einem grünen Rasen unter blauem Himmel zu befinden. Und er glaubte sogar, hören zu können, wie der Wind über das weite Land wehte.

Beinahe widerstrebend nahm er den Helm wieder ab und gab ihn Scotty zurück. »Was soll das darstellen?«

»Es handelt sich um zwei zusammengeschaltete holographische Projektoren«, sagte Scotty mit sichtlichem Stolz und zeigte auf die beiden Maschinen. »Ich glaube, ich habe sie endlich aufeinander abgestimmt. Aber es wäre schön, wenn es auch so bleiben würde.«

McCoy schnaufte verächtlich. »Hologramme! Zukunftsmusik!«

»So ist es, Doktor. Vielleicht braucht man eines Tages gar keinen Helm mehr.«

»Hmm«, erwiderte McCoy brummend. »Man sagt, daß Hologramme irgendwann all das tun können, was wir tun. Als ob man mich durch ein Hologramm ersetzen könnte!«

Scotty lachte und klopfte dem Arzt auf die Schulter. »Nichts und niemand könnte Sie jemals ersetzen, Doktor!« sagte er.

Dann wurde das Gras auf dem Bildschirm plötzlich etwas unscharf, und Scotty duckte sich sofort unter die rechte Maschine, während er etwas Unverständliches murmelte.

Nach einer Weile wurde das Bild wieder klar. Scotty kehrte grinsend zurück. Jetzt wurde sein Gesicht von einer länglichen Dreckspur geziert, die vom rechten Auge bis zum Kinn verlief. »Gut. Jetzt können Sie mir sagen, was so wichtig ist, daß es nicht warten konnte, bis ich mit dem achtzehnten Loch fertig bin.«

»Achtzehn? Heißt das, Sie haben achtzehn dieser Szenen gebastelt?« fragte McCoy, während er auf den Bildschirm zeigte.

»Ja«, antwortete Scotty. »Einschließlich der Fairways und der Tees. Sie wissen vielleicht, daß ein kompletter Golfplatz achtzehn Löcher hat.«

McCoy schüttelte den Kopf und blickte dann auf den Tricorder, den er in der Hand hielt. Plötzlich wurde ihm sein Mangel an technischem Geschick schmerzhaft bewußt. Scotty konnte etwas aus dem Nichts zaubern. Und McCoy benötigte bereits Hilfe, um einen Tricorder neu einzustellen.

»Mister Scott, da wir nicht auf Starbase Elf Zwischenstation machen werden …«

Er kam nicht dazu, den Rest des Satzes auszusprechen. Denn plötzlich wurde vorübergehend die Beleuchtung in dem Frachtraum schwächer. Das Gras und der Himmel sahen jetzt wie eine sturmgepeitschte Seeoberfläche aus, dann erlosch das Bild ganz. McCoy nahm den typischen Geruch durchgebrannter Schaltkreise wahr.

Scotty hetzte zur Maschine auf der Rechten, doch es war zu spät. Es gab einen Knall, und Funken flogen durch die Luft.

»Mister Scott«, kam die Stimme des Captains über das Interkom. »Wir haben einen Energieverlust.«

»Ja ...« In diesem einen Wort lagen tiefe Trauer und Enttäuschung. Scott trat einen Schritt von den rauchenden Maschinen zurück und schüttelte den Kopf.

»Mister Scott?« Die Stimme des Captains klang nicht sehr fröhlich. McCoy mußte lächeln.

»Geben Sie mir fünf Minuten«, sagte Scott, »dann habe ich die Störung behoben.«

»Und dann hätte ich gerne einen Bericht«, sagte der Captain. »Kirk Ende.«

Dicker Rauch quoll aus den Maschinen. Es roch nach verbrannten Kabeln. McCoy mußte gleichzeitig einen Hustenreiz und ein Grinsen unterdrücken. Er reichte Scotty den Tricorder.

»Ist er kaputt?« fragte der Ingenieur.

McCoy schüttelte den Kopf. »Sie sollen nur ein paar Modifikationen vornehmen.«

»Das haben auch meine zwei Babys nötig. Ich werde hier aufräumen und dann in die Krankenstation kommen.«

McCoy hängte sich den Tricorder über die Schulter. »Danke.« Er öffnete die Tür und genoß dankbar die frische Luft des Korridors. Er hustete noch einmal und verließ dann den Frachtraum. »Ach, noch etwas, Mister Scott.«

»Ja, Doktor?«

»Wieso richten Sie ausgerechnet einen Golfplatz ein?«

Scotty erhob sich zu seiner vollen Körpergröße, wie er es immer tat, wenn seine Ehre auf dem Spiel stand. »Ich bin Schotte, Doktor. Wir haben das Spiel erfunden.«

McCoy nickte.

Und er wartete, bis er im Turbolift war, bevor er lachte.

3

Prescott saß im schwach erleuchteten Amphitheater auf ihrem Stuhl. Die Bildschirme waren schon vor Stunden erloschen. Die Ambientenkontrollen liefen mit Notenergie, und die Gravitation hatte sich auf einen niedrigeren Wert eingestellt.

Für genau diese Art von Notfall war der Stuhl fest mit dem Boden verschraubt worden. Außerdem trug sie Riemen an den Schenkeln und Fußknöcheln, um sie an Ort und Stelle zu halten. Falls die Gravitationskontrolle versagte, sollte alles gesichert sein. Auf diese Weise konnten die Forscher selbst bei der niedrigen Schwerkraft des Mondes ihre Arbeit fortsetzen. Sie bezweifelte, ob die Designer sich jemals Gedanken über die Bequemlichkeit der Riemen in der Fast-Schwerelosigkeit des noch vorhandenen Mondbrockens gemacht hatten.

Die Planer des Zentrums waren davon ausgegangen, daß die künstliche Gravitation im Schnitt einmal pro Monat versagte. Doch dies war das erste Mal, daß das System benötigt wurde. Eine weitere Fehlplanung in einer langen, folgenschweren Reihe.

Der Raum erzitterte leicht und wirbelte den Staub auf. Alle paar Minuten liefen Erschütterungen durch die Basis, die bereits instabil geworden war. Bei jedem Beben befürchtete sie, daß der Komplex auseinanderbrechen würde, daß die kalte Dunkelheit des Weltraums eindrang und sie alle auf schnelle, aber recht schmerzhafte Weise tötete.

Sie befeuchtete ihre Lippen. Sie waren trocken und staubig. Überall trieb Staub, Schmutz und Abfall durch die Luft – alles was nicht angeschraubt oder angeschnallt war.

Ein Computer hatte einen Bildschirm zerstört, als er beim letzten Mondbeben losgerissen worden war, und trieb zur Zeit unter der Decke. In einigen Minuten würde er irgendwo wieder zu Boden schweben.

Sie hatte geglaubt, daß sie in diesem Raum sterben würde, aber bis jetzt war es noch nicht dazu gekommen. Durch irgendein Wunder war die Basis bei der Zerstörung des Mondes nicht auseinandergerissen worden.

Sie hatte mit Explosionslärm, Geschrei und Chaos gerechnet, aber nichts davon war eingetreten, während sie zusah, wie die fünfzehn Planeten des Tautee-Systems genauso wie der Mond zerstört wurden. Doch offensichtlich war ein größerer Brocken des Mondes intakt geblieben.

Und in diesem Brocken steckte das Zentrum.

Glück für sie. Glück für sie alle. Ihnen blieben noch ein paar Tage, um über den bevorstehenden Tod nachzudenken.

Folle war zufrieden, denn irgendwie schien er daran zu glauben, daß sie überleben würden. Er durchstöberte das Zentrum und sah nach, wie groß die Zerstörungen in den anderen Abteilungen waren.

Und wer außer ihnen noch am Leben war.

Sie schätzte, daß ein paar Hundert überlebt hatten. Der Computer an ihrem Platz hatte einen Grundriß des Zentrums gezeigt, bevor die Maschine durch einen Energieverlust ausgefallen war. Mehrere Abteilungen waren offenbar zerstört worden, aber mehrere andere waren noch intakt gewesen.

Ein paar hundert ermüdete, verletzte und heimatlose Tauteeaner, die weiterleben würden, bis ihnen die

Luft ausging oder die Kälte des Weltraums durch einen Riß eindrang.

Nachdem ihr Heimatplanet auseinandergebrochen war und über zwei Milliarden Tauteeaner ihr Leben verloren hatten, war es ihr gleichgültig geworden, ob sie selbst weiterlebte. Sie sah immer nur die blaugrüne Wiese rund um das Haus ihrer Eltern vor sich, den Bach mit den silbernen Fischen und ihr altes Haustier namens Sandkiefer. Jetzt war alles zerstört, durch etwas, das sie, Prescott, ausgelöst hatte. Durch ihr eigenes Projekt hatte sie alles verloren.

»Ich weiß es nicht mit Sicherheit«, sagte sie laut. Folle hatte diesen Satz bereits fünfzigmal zu ihr gesagt, um zu versuchen, ihr neue Kraft zu geben. *Wir wissen es nicht mit Sicherheit,* hatte er gesagt. *Wir können es einfach nicht wissen.*

Er hatte gemeint, daß sie nichts wußten, weil die Instrumente ihnen nichts mehr verraten konnten. Aber sie wußte, was in Wahrheit hinter Folles Aussage stand.

Sie konnten es nicht wissen, weil das Nichtwissen sie vor dem Wahnsinn bewahrte.

Wenn sie ohne Zweifel gewußt hätte, daß das Kanst-Energieexperiment für die Zerstörung des Tautee-Systems verantwortlich war, wäre sie nicht mehr in der Lage, einen weiteren Atemzug zu machen. In diesem Fall wären sie und ihre Mitarbeiter die größten Massenmörder aller Zeiten. In diesem Fall hätte sie ihr ganzes Volk ausgelöscht.

Doch ihr Geist konnte diese Vorstellung nicht verkraften.

Er weigerte sich, sie zu akzeptieren.

Obwohl sie wußte, daß alle tot waren, konnte sie immer noch die Gesichter ihrer Eltern sehen, wenn sie die Augen schloß. Es schien genauso wie immer zu sein, während sie den Rest ihrer Tage in dieser zerstörten Einrichtung weit fort von zu Hause verbrachte.

Nur daß ihr das Herz schmerzte. Es waren Schmerzen, als hätte ihr jemand dort einen Stich versetzt.

Sie atmete tief durch und blickte sich im leeren Raum um, wo sich der Abfall in der geringen Schwerkraft allmählich zu Boden senkte.

Folle war schon seit längerer Zeit fort. Er hatte versucht, sie aus diesem Raum zu bringen, fort von diesem Ort, an dem sie den Tod ihres gesamten Volkes beobachtet hatte, aber sie hatte sich geweigert. In den vergangenen zwei Tagen hatte er ihr Nahrung und Neuigkeiten von den zweihundert Leuten gebracht, die sich im nahe gelegenen Schaltzentrum aufhielten.

Er hatte ihr von den blockierten Korridoren und verbogenen Stahlverstrebungen erzählt. Er hatte gesagt, daß die anderen noch Hoffnung auf Überleben hatten. Und er hatte sie gefragt, warum sie keine Hoffnung mehr hatte.

Er wußte die Antwort. Er war als Wissenschaftler genauso fähig wie sie. Der Mondbrocken, der die Basis zusammenhielt, würde nicht auf Dauer stabil bleiben. Wenn er nicht von selbst auseinanderbrach, würde er irgendwann mit anderen Weltraumtrümmern zusammenstoßen.

Es gab tausend andere Möglichkeiten. Sie spielte jede im Geist durch, und jede endete mit ihrem Tod.

Sie hörte ein Geräusch an der Haupttür. Sie nahm einen tiefen Atemzug in der staubigen Luft und machte sich auf Folles Eintreffen gefaßt. Er war voller Energie, und er versuchte, sie am Leben zu erhalten. Er versuchte, sie alle am Leben zu erhalten, soweit sie wußte.

Aber sie hatten kein Recht auf Leben mehr.

Selbst wenn sie die Zerstörung nicht verursacht hatten. Alle anderen Mitglieder ihres Volkes waren tot. Sie hatten kein Recht, weiterzuleben.

Sie drehte sich zu Folle um. Er war immer noch ein attraktiver Mann, dünner als jemals zuvor in seinem Leben, aber gutaussehend. Er sprang von der obersten Treppenstufe ab und schwebte durch den Raum.

Er packte ihre Schulter, um seinen Flug abzubremsen, dann klemmte er sich zwischen ihrem Stuhl und dem Arbeitstisch ein.

»Ich habe einige Leute in Sektion A geschickt, um Lecks zu flicken«, sagte er.

Sie zuckte die Schultern. »Beschäftigungstherapie. Wir beide wissen, daß es nicht mehr lange dauern wird.«

»Lange genug für unsere Rettung«, erwiderte er.

Er hatte dieses Wort bisher noch nicht ausgesprochen. Sie verkniff sich einen sarkastischen Kommentar. *Wie könnte uns jemand retten? Wir haben doch jeden anderen im Universum getötet!* Statt dessen fragte sie so ruhig sie konnte: »Glaubst du wirklich, daß einige der großen Schiffe von den Orbitallaboren die Katastrophe überstanden haben?«

Er nickte, während er sich zu den leeren Bildschirmen und zerstörten Konsolen umblickte. »Wir müssen ihnen nur mitteilen, daß wir noch hier sind.«

Wenn sie mit ihm diskutierte, konnte sie ihn vielleicht von dieser neuen Selbsttäuschung abbringen. Sie starrte auf das Loch im Bildschirm, das der herumfliegende Computer hinterlassen hatte. Aber was nützte es jetzt noch, Folles Illusionen zu zerstören? Damit er sich genauso elend fühlte wie sie?

»Prescott?« fragte er leise.

Sie wandte ihm den Blick zu, lächelte ihn an und strich ihm mit den Fingerknöcheln über die weiche Haut seines Gesichts. Vielleicht hatte mindestens einer von ihnen einen Rest von Hoffnung verdient. Wenn er beschäftigt war, würde er vielleicht keine Zeit haben, Angst vor dem drohenden Ende zu empfinden.

»Sind noch einige der Schächte zur Oberfläche offen?« fragte sie.

»Nein«, antwortete er, als wäre es ihm gleichgültig. »Alle sind blockiert. Aber wir könnten vielleicht einen freiräumen. Zwanzig-C-eins scheint nur an vier Stellen blockiert zu sein.«

Sie schüttelte traurig den Kopf und wandte sich wieder den schweigenden Bildschirmen zu. Die Mondbasis war nicht konstruiert worden, um das Auseinanderbrechen des Mondes zu überstehen. Wer hätte auch ein solches Ereignis vorhersehen können? Es war ein Wunder, daß sie überhaupt noch am Leben waren.

Sie drückte auf ein paar tote Knöpfe, mit denen sie früher ein Bild der eintreffenden Raumschiffe hätte aufrufen können. Manchmal frustrierte es sie sehr, daß alles zerstört war, daß nichts mehr funktionierte. Es schien eine passende Metapher für das gesamte Experiment zu sein.

»Weißt du, Folle«, sagte sie, »ich wünsche mir nur, ich könnte noch einmal die Sterne sehen.«

»Soll ich ein Team nach oben schicken, um eine Kamera zu reparieren oder zu installieren?«

Sie schüttelte den Kopf. Es wäre nur eine weitere Beschäftigungstherapie. Sie wußte, daß es nicht möglich war, ein Bild von der Mondoberfläche zu bekommen. Beim Auseinanderbrechen des Mondes mußten sämtliche Kameras an der Oberfläche zerstört worden sein. Und sämtliche Verbindungen waren durchtrennt worden. Nein, die einzige Chance, diese Katakombe zu verlassen, war, einen Raumanzug anzulegen und sich irgendwie durch einen kilometerlangen eingestürzten Tunnel zu graben. Und im Augenblick hatte sie einfach nicht die dazu nötige Energie.

»Du glaubst nicht, daß wir es schaffen, einen Tunnel zu reparieren?« fragte er.

»Ich glaube, daß dieses Stück des Mondes nur durch Spucke und eine große Portion Glück zusammengehalten wird«, sagte sie. »Und ich fürchte, wenn wir daran rütteln, werden wir alles nur schlimmer machen.«

Er runzelte die Stirn, fing ein fliegendes Metallstück ein und steckte es in eine Tasche. Er mußte schon viele solcher Trümmer eingesammelt haben, denn seine Taschen waren weit ausgebeult. Sie fragte sich, was er damit machte, wenn seine Taschen voll waren.

»Könnten wir wenigstens versuchen, ein Notsignal zu senden?« fragte er.

Sie drehte sich auf dem Stuhl herum und blickte ihm in die Augen, während sie darauf achtete, sich in der geringen Schwerkraft nicht zu schnell zu bewegen. Er benötigte ihr Einverständnis. Er verhielt sich, als hätten sie immer noch eine Mission zu erfüllen, als wäre sie immer noch die Leiterin eines wichtigen Projekts.

Sie seufzte. »Tu es, wenn es dich glücklich macht. Stell ein paar Leute zusammen. Ich werde in den Kommunikationsraum gehen, um den Verlauf der Arbeit zu überwachen.«

Folle grinste. Der Dreck auf seinem Gesicht betonte eine Reihe von Falten, die sie noch nie zuvor an ihm bemerkt hatte. »Danke. Gib uns eine Stunde«, sagte er. Dann drehte er sich um und sprang vorsichtig zum Eingang zurück.

»Laßt euch Zeit«, rief sie ihm nach.

Wieder starrte sie auf die leeren Bildschirme. Ein Notsignal zu senden, wäre genauso sinnvoll, wie auf die Knöpfe dieser Konsole zu drücken. Sie ließ ihre Finger über die toten Kontrollen tanzen. Aber es gelang ihr nicht, die Oberflächenkameras zum Leben zu erwecken.

Und ganz gleich, wie stark das Signal wäre, Folle würde nur ein einsamer Rufer in der Wüste sein. Bis auf ein paar hundert Personen, die im Überrest eines Mondes gefangen waren, war das Universum tot.

Niemand würde sie retten, denn da draußen gab es niemanden mehr.

4

Auf Empfehlung von Spock ging die *Enterprise* etwas weiter vom Tautee-System entfernt als üblich unter Warpgeschwindigkeit. Wenn alle fünfzehn Planeten zerstört worden waren, so hatte Spock argumentiert, könnte es sehr viele Trümmer in der Umgebung geben, und es war nicht sehr ratsam, wenn die *Enterprise* mittendrin in den Normalraum zurückfiel.

Sie befanden sich außerhalb des dichtesten Trümmerfeldes, aber nicht sehr weit außerhalb.

Kirk beugte sich in seinem Sessel vor, während er sich mit den Füßen am Sockel abstützte. Er hatte schematische Darstellungen des Tautee-Systems gesehen. Es hatte genauso wie Tausende anderer Systeme ausgesehen – eine gelbe Sonne und fünfzehn größere Planeten, von denen drei Gasriesen waren.

Das einzig Bemerkenswerte war der Umstand, daß sich vier der inneren Planeten in der Lebenszone befanden und Atmosphären besaßen, in denen Leben möglich war. Zwei der Planeten waren Planeten der Klasse M und der Erde sehr ähnlich. In normalen Systemen gab es ein oder bestenfalls zwei solcher Planeten, aber dieses System war mit vier gesegnet.

Nach dem Stand der letzten, zehn Jahre alten Berichte lebte im Tautee-System eine humanoide Zivilisation, die sich auf dem fünften Planeten entwickelt und über das System ausgebreitet hatte. Die allgemeine Einschätzung lautete, daß es noch fünfzig bis einhundert Jahre dauern würde, bis sie die Technik des Warpantriebs entdeckten und das System verlassen konnten.

Mit anderen Worten, die Tauteeaner entwickelten sich völlig normal. Ihre Evolution unterschied sich kaum von der Hunderter anderer junger Zivilisationen, die in der Galaxis lebten und irgendwann den Weg zu den Sternen einschlugen.

Bis jetzt.

»Maschinen stop!« sagte Kirk.

Langsam erhob er sich aus seinem Sessel, während er den Bildschirm nicht aus den Augen ließ. Es war einfach unmöglich, was er sah.

Aus dem Augenwinkel bemerkte er, daß Sulu und Chekov genauso fassungslos auf diese Szene starrten.

Etwas Ähnliches hatte er bisher nur ein einziges Mal gesehen. Als der Planeten-Killer durch die Galaxis gezogen war und ganze Planeten verschlungen hatte. Doch er hatte nie solche Trümmer hinterlassen.

Alle fünfzehn Planeten, die um die Sonne Tautee kreisten, waren auseinandergebrochen. Es waren nur noch treibende Trümmerbrocken übrig, aus denen sich Ringe bildeten. Der Hauptsichtschirm war zu klein, um das ganze Ausmaß der Zerstörung zu zeigen.

Die äußeren Ringe, die von der Zerstörung der größeren Gasriesen stammten, waren bereits ehrfurchtgebietend und auf schreckliche Weise schön. Wenn Kirk in dieses System geraten wäre, ohne zu wissen, wie es vorher ausgesehen hatte, hätte er mit dem Schiff Halt gemacht, um alles zu studieren, weil der Anblick einfach so unglaublich war.

Aber er wußte, wie es hier vorher ausgesehen hatte. Hier hatte eine Zivilisation gelebt, die vier der Planeten besiedelt hatte. Milliarden von Lebewesen, die jetzt nur noch Gas und Staub in den sich ausdehnenden Ringen waren.

Was war hier geschehen?
Was war schiefgegangen?
»Mister Spock«, sagte er – keineswegs mit sicherer Stimme. Er wandte sich seinem wissenschaftlichen Offizier zu und hoffte, daß Spocks undurchschaubare vulkanische Züge ihm einen Hinweis darauf gaben, was er dachte. »Gibt es irgendwelche Überlebenden?«
Doch Spock hatte den Kopf gesenkt und starrte angestrengt auf seine Anzeigen. Kirk verstand ihn. Es war seine Art, den Schock über diese entsetzliche Verwüstung zu verbergen.
»Mister Spock?«
»Entschuldigung, Captain. Ich hatte noch einmal die Werte überprüft.« Spock drehte sich herum und blickte den Captain an. Sein ernster Gesichtsausdruck hatte sich im Vergleich zu vorher nicht verändert. Vielleicht mußte er überhaupt nichts verbergen.
»Es scheint sehr unwahrscheinlich, daß es Überlebende gibt«, sagte Spock. »Diese Zivilisation hatte zwar Raumfahrt, aber keine Warptechnik entwickelt. Raumschiffe primitiver Bauart können diese Art von Zerstörung nicht überstanden haben.«
»Es waren Milliarden, Spock. Könnte jemand überlebt haben?«
Spock schüttelte den Kopf. »Wenn sie nicht wußten, welche Katastrophe bevorstand, kann niemand überlebt haben. Die Tauteeaner lebten hauptsächlich auf den beiden Planeten der Klasse M. Als sie auseinanderbrachen, verflüchtigte sich die Atmosphäre in den Weltraum. Wer auf der Oberfläche lebte, hatte weder Luft zum Atmen noch die nötige Gravitation, um sich auf der Oberfläche zu halten.«
Kirk ballte die Hände zu Fäusten. Milliarden Lebewesen verloren.
Milliarden!

Er hatte schon zuvor Katastrophen miterlebt und wußte, daß Zahlen nur die halbe Geschichte erzählten. Jedes dieser verlorenen Leben war voller Liebe und Haß, voller Träume und Sehnsüchte, voller Erfolge und Fehlschläge gewesen. All das hatte der kalte Weltraum innerhalb weniger Tage bedeutungslos gemacht.

Es mußten furchtbare Tage gewesen sein.

Dann gab es ein lautes ächzendes Geräusch, als hätten Milliarden Geister gleichzeitig aufgestöhnt. Die *Enterprise* wurde durchgeschüttelt, als wäre sie mit etwas Riesigem kollidiert.

Kirk verlor das Gleichgewicht. Er drehte sich und zog den Kopf zwischen die Schulter, um den Sturz abzufangen.

Fähnrich York rollte an ihm vorbei und schlug gegen die Wand.

Kirk rollte noch ein Stück weiter, bis er sich wieder gefangen hatte. Er hielt sich an der technischen Konsole fest und zog sich hoch. »Was ist passiert?«

»Ich bin mir nicht sicher, Captain«, rief Spock, während immer noch das Rumoren und Ächzen zu hören war. Er hielt sich mit einer Hand an seiner wissenschaftlichen Station fest und gab mit der anderen Befehle ein.

Sulu war aus dem Stuhl geworfen worden, aber er kehrte bereits an seinen Platz zurück. Seine Finger flogen über die Kontrollen, während er versuchte, das Schiff zu stabilisieren.

Chekov hatte es geschafft, an seinem Posten zu bleiben, und studierte die Instrumente, während er sich festhielt.

Dann ließen die Erschütterungen und der Lärm nach, und Kirk erhob sich langsam vom Boden. Er richtete sich auf und klopfte sich den Staub von den Armen. Auch Fähnrich York kam vorsichtig wieder auf die Beine. Uhura zupfte ihre Uniform zurecht, setzte sich und steckte sich wieder den Empfänger ins Ohr, während sie sich über die Konsole beugte.

»Es scheint«, sagte Mr. Spock langsam, »daß die *Enterprise* von einer starken Subraumstörung getroffen wurde.«

»War es eine der Interferenzen, die wir angemessen haben?« Kirk hielt sich mit einer Hand an seinem Sessel fest, als er sich auf den Weg zur wissenschaftlichen Station machte. Auf dem Bildschirm erkannte er zweidimensionale Oszillationen. Für Spock besaßen sie offenbar eine Bedeutung, aber Kirk hatte so etwas noch nie gesehen.

»Es waren die gleichen, Captain«, erwiderte Spock. »Nur daß sie diesmal um den Faktor Tausend intensiver waren.«

»Woher kommen sie?« Jetzt verstand Kirk, was die Wellenmuster auf dem Schirm darstellen sollten. Sie repräsentierten die Störungen, die sich wie Meereswellen ringförmig vom Tautee-System ausbreiteten.

Spock ließ seine Instrumente nicht einem Moment aus den Augen. »Ich konnte den Ursprung der Interferenzen bisher noch nicht ermitteln.« Seine Stimme klang leicht beunruhigt.

»Dann suchen Sie weiter danach«, sagte Kirk. Er kehrte zu seinem Sessel zurück und drückte auf die Kommunikationstaste. »Mister Scott? Irgendwelche Schäden?«

»Nichts, was der Rede wert wäre, Captain«, antwortete Scottys Stimme klar und deutlich.

»Halten Sie mich auf dem laufenden. Kirk Ende.« Er blickte noch einmal auf den Sichtschirm, wo die Planetentrümmer vorbeitrieben. Was immer dort geschehen war, geschah noch immer. Daran gab es keinen Zweifel mehr.

»Captain, ich empfange ein sehr schwaches Funksignal«, sagte Uhura. »Offenbar ein Notruf.«

Funk? Also altertümliche Technik. »Ausgangspunkt feststellen, Lieutenant«, sagte Kirk und stützte sich auf einer Armlehne seines Sessels ab. Ein Notsignal? An wen war es adressiert? Die Berichte hatten von einer Zivilisation ohne Warptechnik gesprochen. Wer sollte auf dieses Notsignal reagieren?

»Mister Spock, haben Sie nicht gesagt, daß keine Chance auf Überlebende besteht?«

»Im Gegenteil, Captain«, sagte Spock. »Soweit ich mich erinnere, sagte ich, daß die Aussicht auf Überlebende sehr unwahrscheinlich ist.«

»Würden Sie mir bitte den Unterschied erklären?«

»Der Begriff ›unwahrscheinlich‹ bedeutet, daß es durchaus eine Chance auf Überlebende gibt. Doch dazu wären eine ganze Reihe von Voraussetzungen nötig. Die Wahrscheinlichkeit, daß diese Voraussetzungen unter den gegebenen Umständen vorhanden sind, ist ...«

»Sehr unwahrscheinlich. Ja, ich weiß, Mister Spock.« Kirk schüttelte den Kopf und wandte sich wieder an Uhura. »Konnten Sie etwas feststellen, Lieutenant?«

»Das Notsignal kommt von einem großen Asteroiden im Trümmerring des fünften Planeten«, teilte Uhura ihm mit.

»Mister Spock, können Sie irgendwelche Anzeichen auf Überlebende in diesem Bereich feststellen?«

»Das ist bei dieser Entfernung unmöglich zu bestimmen, Captain. Aber der Asteroid ist groß genug, um eine gewisse Anzahl von Lebewesen zu beherbergen. Ich bin mir ziemlich sicher, daß es dort Überlebende gibt.«

»Ziemlich sicher, Mister Spock?« Kirk wollte sich keine unbegründeten Hoffnungen machen. »Und worauf beruht Ihre Gewißheit?«

»Auf der Tatsache, daß das Notsignal erst seit wenigen Augenblicken gesendet wird.« Spock blickte ihn an und hob eine Augenbraue. Kirk hatte das unbestimmte Gefühl, daß der Vulkanier sich über ihn lustig machte.

Kirk stand von seinem Sessel auf und wollte gerade Sulu den Befehl geben, die *Enterprise* zu diesem Asteroiden zu bringen, als Spock hinzufügte: »Ich rate jedoch davon ab, sich dem Asteroiden zu nähern. Die Subraumstörungen, die für die Vernichtung der Planeten verantwortlich zu sein scheinen, dürften in diesem Bereich wesentlich stärker sein. Das Schiff könnte zwischen den Trümmern schwer beschädigt werden.«

Kirk warf Spock einen Blick zu, doch der wissenschaftliche Offizier studierte wieder die Oszillationen auf seinem Schirm. »Was schlagen Sie vor, Mister Spock?«

»Daß wir uns festhalten«, sagte Spock. »Denn wir werden in Kürze von einer weiteren Schockfront getroffen.«

Kirk hatte kaum Zeit, sich einen festen Halt in seinem Sessel zu verschaffen, als das Schiff erneut durchgeschüttelt wurde. Er blickte sich im flackernden Licht um. Nachdem die Brückenbesatzung diesmal von Spock gewarnt worden war, konnten sich die Leute auf ihren Plätzen halten.

Als die Störungen nachließen und die Beleuchtung wieder ansprang, kam McCoys Stimme über das Interkom. »Kann mir vielleicht mal jemand sagen, was zum Teufel hier vor sich geht? Mir fallen ständig die Patienten aus den Betten!«

Kirk drückte auf den Kommunikationsknopf. »Wir werden es dir sagen, sobald wir selbst Bescheid wissen. Bis dahin mußt du dich irgendwie damit abfinden. Kirk Ende.«

Mr. Chekov drehte sich um. »Captain, wir haben Gesellschaft bekommen.«

»Auf den Schirm!«

Kirk ließ den Kommandosessel los, um sich dem Hauptsichtschirm zuzuwenden. Das Bild der Trümmerringe verschwand und wurde durch vier klingonische Kreuzer ersetzt. Sie trieben im Weltraum, als würde er ihnen gehören.

»Alarmstufe Rot!« befahl er.

Als ob sie nicht schon genügend Probleme hätten.

5

Captain Kelly Bogle stand vor dem Hauptsichtschirm der *U.S.S. Farragut*. Als er am Rand des Tautee-Systems unter Warpgeschwindigkeit gegangen war, sah er sich mit zwei unterschiedlichen Problemen konfrontiert. Das eine war die rätselhafte Zerstörung von fünfzehn Planeten, das andere war sein Schwesterschiff, die *Enterprise,* die von vier klingonischen Kreuzern umringt wurde.

Bogle wußte, daß Kirk mit vier Klingonenschiffen zurechtkam – schließlich war Kirk schon mit viel größeren Problemen zurechtgekommen. Aber diese Situation gefiel ihm überhaupt nicht. Vier Schiffe gegen ein Föderationsraumschiff vor einem völlig zerstörten Planetensystem.

Diese klingonische Superwaffe, von der er gehört hatte, mußte ein Hammer sein.

Er drehte sich um. Seine Brückenbesatzung war routiniert und professionell, was bedeutete, daß sie über die plötzliche Wendung der Ereignisse genauso verblüfft war wie er selbst.

Sein Pilot Diego Rodriguez kontrollierte aufmerksam den Kurs, als würden sie durch einen dichten Asteroidengürtel fliegen.

Julie Gustavus, sein Kommunikationsoffizier, hielt sich eine Hand ans Ohr, während sie die interstellare Kommunikation überwachte.

Mehrere Fähnriche studierten mit höchster Konzentration die Computerbildschirme, als würde ihre gesamte Karriere davon abhängen.

Während Kelly Bogle es in fast jeder Hinsicht mit Kirk aufnehmen konnte – ob beim Saufgelage in der Offiziersmesse, beim Pokerspiel oder beim Geschichtenerzählen –, so gab es doch einen entscheidenden Unterschied zwischen ihnen beiden. Bogle beherrschte sein Schiff. Er hielt nichts von der Kumpanei, mit der Kirk seine Leute an sich band. Bogle arbeitete mit klarer Entschlossenheit und verlangte Perfektion und strengste Disziplin von seinen Leuten.

Und damit war er seit Jahren erfolgreich.

Jetzt kam es mehr als je zuvor auf strengste Disziplin an.

Bogle lehnte sich zurück und versuchte die Situation einzuschätzen. Er mußte sich in erster Linie auf die *Enterprise* konzentrieren. Das systemumspannende Desaster hatte sich im Verlauf von Tagen oder möglicherweise Wochen entwickelt. Die *Enterprise* dagegen war erst wenige Minuten vor der *Farragut* eingetroffen.

Das bedeutete, daß die Klingonen sich schon länger hier aufhielten. Also mußten sie sich zuerst mit den Klingonen auseinandersetzen.

»Irgendwelche Anzeichen auf feindselige Absichten?« fragte Bogle.

Commander Richard Lee blickte von seiner wissenschaftlichen Konsole auf. Dabei fielen ihm die langen roten Haare in die Stirn. Lees Frisur war schon immer ein wenig zu lang und seine Uniform ein wenig zu vernachlässigt gewesen, und er hatte deswegen bereits häufiger Verweise erhalten. Aber Bogle wagte es nicht, ihn zu streng zu disziplinieren, denn Lee war der beste Wissenschaftsoffizier, mit dem er je zusammengearbeitet hatte. Daher lag es nicht in seinem Interesse, ihn aus seinem Schiff zu vergraulen.

»Bisher gab es noch keine Feindseligkeiten, Captain«, sagte Lee. »Doch die *Enterprise* befindet sich in voller Alarmbereitschaft.« Lee studierte wieder seine Anzeigen und blickte nicht noch einmal auf, als er weitersprach. »Genauso wie die Klingonen. Ich würde sagen, daß jetzt jeden Moment etwas passieren könnte.«

Bogle nickte und wandte sich an Rodriguez. »Bringen Sie uns direkt hinter der *Enterprise* in Stellung. Die Klingonen sollen wissen, daß wir ebenfalls hier sind.«

»Ja, Captain«, sagte er.

Die übrige Besatzung setzte die Erkundung der Lage fort.

Bogle nahm im Kommandosessel Platz und streckte seine langen Beine aus. Kurz darauf zeigte der Sichtschirm die *Enterprise* vor den vier Klingonenschiffen.

»Gute Arbeit, Fähnrich«, sagte Bogle.

»Wir werden von der *Enterprise* gerufen«, meldete Gustavus.

»Auf den Schirm«, sagte Bogle und lehnte sich zurück.

Captain Kirks Gesicht erschien. Er wirkte blaß, und sein Haar war zerrauft. Es war nicht der entspannt lächelnde Jim Kirk, den Bogle kannte.

Waren die Klingonen dafür verantwortlich?

Oder die Zerstörung dieses Systems? Bogle hatte noch gar keine Zeit gehabt, sich Gedanken über die Bedeutung dieser Katastrophe zu machen. Er vermutete, daß er das irgendwann in Ruhe nachholen mußte.

Dann grinste Kirk, und Bogle erkannte den Freund wieder, mit dem er schon viele angeregte Stunden verbracht hatte. »Kelly, schön, daß du bei uns bist!«

»Schön, dich wiederzusehen, Jim«, sagte Bogle. Er hatte in der Vergangenheit bereits mehrfach mit Jim Kirk zusammengearbeitet, und trotz ihrer unterschiedlichen Auffassungen von Disziplin war es immer erfolgreich verlaufen. Kirk schien über die angeborene Fähigkeit zu verfügen, jedes Problem bewältigen zu können. Und was Bogle betraf, hielt er das für eine gute Voraussetzung für eine partnerschaftliche Zusammenarbeit.

Als jemand hinter Kirk etwas sagte, verschwand sein Grinsen. »Sag deiner Besatzung, sie soll sich gut festhalten.« Seine Stimme klang ernst und sehr kühl. »Sofort!«

Bogle kam überhaupt nicht auf die Idee, nach dem Grund zu fragen. Er packte die Armlehnen seines Kommandosessels und aktivierte das Interkom. »Hier spricht der Captain. Suchen Sie sich etwas, woran Sie sich festhalten können. Wir ...«

Das Schiff ächzte, dann gab es einen heftigen Ruck.

Bogles Finger lösten sich von der Taste und unterbrachen damit die Durchsage.

Das Schiff zitterte und warf sich wie ein krankes Tier von einer Seite auf die andere. Die Offiziere wurden durchgeschüttelt, aber niemand verlor den Halt.

Etwas Vergleichbares hatte er bisher nur ein einziges Mal erlebt, und zwar bei einer Schlacht mit den Bnez, als er noch Fähnrich gewesen war. Die Bnez hatten ihr Schiff gerammt.

Funken sprühten aus Commander Lees Konsole, aber er wedelte einfach den Rauch fort und machte mit seiner Arbeit weiter.

Ein neuer Ruck warf einen Fähnrich zu Boden.

»Es ist eine sehr intensive Subraumwelle, Captain«, rief Lee durch den Lärm. »Sie müßte demnächst vorüber sein ... und zwar jetzt!«

Im selben Augenblick ließen die Erschütterungen und das Ächzen des Schiffes nach. Stille senkte sich wie eine schwere Decke über die Brücke.

Bogle drückte auf die Interkomtaste und rief seinen Chefingenieur Projeff Ellis. Ellis brachte es fertig, mit einer Gruppe von Ingenieuren durch eine Wüste zu marschieren und mit einem Swimmingpool voller Wasser samt Bikinischönheiten zurückzukehren. »Pro, Schadensbericht!«

»Nichts, Captain«, erwiderte die Stimme des Chefingenieurs. »Nur ein paar blaue Flecken und etwas verletzter Stolz.«

»Danke«, sagte Bogle und wandte sich an Gustavus. Sie klammerte sich immer noch mit weiß hervortretenden Fingerknöcheln an ihre Konsole. »Rufen Sie bitte die *Enterprise.*«

»Das ist unnötig, Captain«, sagte sie. »Die Verbindung steht nach wie vor.«

Kirks Haare wirkten noch zerzauster, und seine Wangen waren gerötet, als hätte er eine anstrengende Arbeit hinter sich. Bogle schätzte, daß er selbst nicht besser aussah.

»Das war ja eine nette Begrüßung«, sagte Bogle.

»Keine Ursache«, erwiderte Kirk lächelnd. »Ihr könnt alle fünf Komma vier Minuten mit einer Wiederholung rechnen. Nette Gegend hier, nicht wahr?«

»Den Eindruck habe ich allmählich auch«, sagte Bogle. Er blickte sich zu Lee um, der ihm mit einem Nicken antwortete. Offensichtlich schätzte sein Wissenschaftsoffizier die Gegebenheiten genauso wie Kirks Nummer Eins ein.

Bogle hörte, wie eine Frau hinter Kirk sagte: »Captain, wir werden von den Klingonen gerufen.«

Kirk nickte Bogle zu. »Ich werde das Gespräch durchstellen, damit du mithören kannst. Es dürfte interessant werden.«

Bogle lachte. »Danke.« Dann wurde der Bildschirm dunkel.

Mit Kirk war es eigentlich immer interessant. Nicht immer nach Vorschrift, aber interessant.

6

»Ich will mit den Klingonen reden«, sagte Kirk, nachdem Captains Bogles Gesicht vom Bildschirm verschwunden war. »Und lassen Sie die *Farragut* mithören.«

»Verstanden, Captain«, sagte Uhura.

Kirk stand auf, um sich auf die Konfrontation mit den Klingonen vorzubereiten. Er stellte die Füße leicht auseinander und stemmte die Hände in die Hüften. Einem alten Freund wie Bogle hatte er seinen Schock über die Zerstörung des Planetensystems gezeigt, aber die Klingonen sollten nur seine Wut sehen.

Seinen furchtbaren Zorn.

Trotzdem mußte er aus Rücksicht auf mögliche Überlebende behutsam vorgehen.

Bestenfalls erwies sich ihre Rettung als schwierig.

Schlimmstenfalls als unmöglich.

Nach einer Weile wurde der klingonische Oberste Commander KerDaq auf dem Bildschirm sichtbar. Er trug die standardmäßige klingonische Militäruniform mit zwei Insignien an der rechten Schulter, die Kirk noch nie zuvor gesehen hatte. Die Falten und Runzeln in KerDaqs Gesicht waren ausgeprägter als bei den meisten Klingonen, denen Kirk bisher begegnet war. Seine und KerDaqs Wege hatten sich bis zu diesem Zeitpunkt erst ein einziges Mal gekreuzt, ohne daß es zu Konflikten gekommen war, nämlich auf einer gemeinsamen Konferenz der Föderation und des Klingonischen Imperiums. KerDaq war für einen Klingonen recht vernünftig. Hätte er einer anderen Spezies angehört, hätte man ihn als widerspenstigen Charakter bezeichnen müssen.

Leider war KerDaq insgesamt ein recht typischer Klingone.

»Captain Kirk«, sagte KerDaq langsam und mit leichtem Akzent. Außerdem schwang ein gewisser Sarkasmus in seiner Stimme mit. »Ich hätte wissen müssen, daß Sie mit dieser Sache zu tun haben.«

»Es ist mir wie immer ein Vergnügen, Commander«, erwiderte Kirk. Da er die Klingonen kannte, wußte er, daß er sich nicht einwickeln lassen durfte. Sie operierten immer aus der Position der Stärke und hatten kein Verständnis für Schwächen gleich welcher Art.

»Ersparen Sie sich Ihre Nettigkeiten«, sagte KerDaq. »Ich plaudere nicht mit Leuten, die in der Lage sind, ein komplettes Sonnensystem zu zerstören.«

Kirk brauchte einen Moment, um zu begreifen, was KerDaq gerade gesagt hatte. Erst allmählich wurde ihm klar, daß KerDaq die Föderation für diese Katastrophe verantwortlich machte. Das durfte Kirk nicht unwidersprochen im Raum stehenlassen.

»Wenn Sie glauben, die Föderation hätte etwas mit der Zerstörung dieses Systems zu tun«, sagte Kirk, »dann täuschen Sie sich. Wenn Sie Ihre eigenen Datenaufzeichnungen überprüfen, werden Sie feststellen, daß wir eben erst eingetroffen sind.«

»Ein Trick«, erwiderte KerDaq.

»So?« fragte Kirk. »Oder ist das alles ein Trick, mit dem Sie den Einsatz Ihrer Geheimwaffe verschleiern wollen, von der wir soviel gehört haben?«

KerDaq wirkte vorübergehend verblüfft, dann verfärbte sich sein Gesicht. Bevor er etwas sagen konnte, meldete Mr. Spock: »Die nächste Welle nähert sich, Captain. In fünf Sekunden.«

»Ich schlage vor«, sagte Kirk zu KerDaq, »daß Sie sich jetzt gut festhalten.«

Die Subraumwelle traf die *Enterprise*, als Kirk sich in seinen Kommandosessel gesetzt und einen sicheren Halt gefunden hatte. Die dünne Polsterung schlug schmerzhaft gegen seinen bereits mitgenommenen Rücken. Er fühlte sich an die Fahrt in einer altertümlichen Achterbahn erinnert, die er einmal in San Francisco auf der Erde mitgemacht hatte. Allerdings klangen die knirschenden Begleitgeräusche diesmal viel gefährlicher. Für einen Moment versagte die Beleuchtung, bis sie wieder ungestört funktionierte.

»Halt den Kahn zusammen, Scotty«, sagte Kirk so leise, daß es niemand verstehen konnte.

Auf dem Bildschirm sah er, wie KerDaq stolperte und sich dann an einen der Stützpfeiler auf der Brücke des klingonischen Schiffs klammerte. Er blickte Kirk mit haßerfüllter Miene an, bis die Welle vorbei war und er losließ.

»Kirk«, sagte er, während er näher an die Kamera herantrat, so daß sein Gesicht den gesamten Bildschirm ausfüllte. »Wenn Sie und Ihre Föderation dieses System zerstört haben, werden Sie dafür bezahlen. Ich lasse Sie nicht mehr aus den Augen.«

Dann erlosch die Bildübertragung.

Kirk neigte den Kopf zur Seite und fragte sich, wie er darauf gekommen war, KerDaq als vernünftig einzuschätzen. Dann wandte er sich an Spock. »Ich glaube nicht, daß es ein vertrauensbildendes Gespräch war.«

»Es sieht so aus«, bemerkte Spock.

»Die Klingonen haben sich ein Stück zurückgezogen«, sagte Chekov. »Sie halten ihre Position.«

Jetzt zeigte der Bildschirm wieder das verwüstete Tautee-System. Die Felsbrocken und Asteroiden drifteten langsam auseinander, bis sie irgendwann geschlossene Ringe um die Sonne bilden würden.

Kirk ballte eine Hand zur Faust. Es wurde Zeit, daß sie sich ihrer ursprünglichen Aufgabe widmeten. Die Klingonen konnten seinetwegen zusehen, solange sie ihm nicht in die Quere kamen.

»Mister Spock«, sagte Kirk. »Wir müssen herausfinden, wodurch diese Subraumwellen erzeugt werden. Und wir brauchen einen Plan, wie wir die Überlebenden retten können.«

Mr. Spock warf ihm einen skeptischen Blick zu. »Das dürfte einige Zeit beanspruchen, Captain.«

»Wir haben keine Zeit, Mister Spock.« Kirk blickte auf die Szene der Verwüstung. »Und das gleiche dürfte auch für die Überlebenden gelten.«

7

Folle kam nicht mehr zurück.

Prescott löste die Riemen, mit denen sie sich am Stuhl gesichert hatte, doch sie hielt sich immer noch mit einer Hand fest. Sie hatte stundenlang im Halbdunkel gesessen und auf ihn gewartet. Sie hatte damit gerechnet, daß er zurückkam und ihr mitteilte, daß der Sender nicht funktionierte oder daß seine Bemühungen vergeblich waren.

Statt dessen war er nicht zurückgekommen.

Tief drinnen hatte sie das Gefühl, daß ihm etwas zugestoßen war. Sie dachte nur ungern an diese Möglichkeit, aber es war seltsam, daß die Vorstellung seines Todes sie so sehr beunruhigte. Wenn er nicht mehr lebte, war er nur einer von vielen Toten, einer von all den Milliarden, die sie auf dem Gewissen hatte.

Mehr nicht.

Aber es handelte sich nun einmal um Folle, und er war noch am Leben gewesen, als der Mond zerstört wurde, und er hatte sie unterstützt und ihr Mut zu machen versucht.

Sie dagegen hatte es bei ihm nicht versucht.

Sie hatte seine Hoffnung auf Überleben ins Lächerliche gezogen. Wie hatte ihr Biologielehrer früher in der Schule gesagt? *Der Grundinstinkt aller Lebewesen ist der Wille zum Überleben.*

Das galt sogar für sie.

Sie ließ die Armlehne des Stuhls los. Die sehr geringe Schwerkraft fühlte sich seltsam an. Es war wie

Schwimmen, nur daß das Medium, in dem sie sich bewegte, ihr kaum Widerstand bot. Die Luft schien sie zu tragen, als sie sich vom Stuhl abstieß und quer durch den Raum flog.

In kürzester Zeit hatte sie die Eingangstür zum Amphitheater erreicht.

Dort hielt sie an. Sie hatte diesen Raum seit der Zerstörung des Mondes nicht mehr verlassen. Folle war ihre einzige Verbindung zu den übrigen Abteilungen des Zentrums gewesen. Sie hatte sich vor ihren Kollegen und dem Personal versteckt, als wäre sie ein Kind, das eine Bestrafung durch die Eltern erwartete.

Es war Zeit, sich wieder der Welt zu stellen.

Oder dem, was noch davon übrig war.

Sie nahm einen tiefen Atemzug von der trockenen, abgestandenen Luft und zog die große Tür auf.

Die schwache Beleuchtung ließ den Korridor enger als früher erscheinen. Einige Metallstücke waren aus der Decke gefallen. In den Wänden waren lange Risse. Auch hier flog Staub und Abfall durch die Luft, nur daß im Korridor alles ständig gegen die Wände prallte und in ungewöhnlichen Flugbahnen zurückgeworfen wurde. Die Luft schien noch dicker und kaum noch atembar zu sein. Und die niedrige Decke wirkte jetzt nicht mehr beruhigend, sondern eher bedrohlich.

Sie konnte jeden Augenblick über ihr zusammenstürzen.

Doch in derselben Gefahr hatte sie auch im Amphitheater geschwebt.

Es wurde Zeit, daß sie sich auf den Weg machte und Folle aufsuchte.

Falls er noch lebte.

Sie nahm einen weiteren Atemzug von der staubgeschwängerten Luft. Ihre Kehle war völlig ausgetrocknet. Folle hatte ihr während der vergangenen zwei Tage zu essen und zu trinken gebracht. Sie selbst hatte nichts zu ihrem Überleben beigetragen. Und jetzt dachte er überhaupt nicht mehr an sie.

Sie wollte zum Kommunikationszentrum gehen. Falls er nicht dort war und an der Installation des Senders arbeitete – nun, darüber würde sie sich Gedanken machen, wenn es soweit war.

Zuerst versuchte sie, sich durch den Korridor zu bewegen, indem sie tat, als würde sie gehen. Doch es war ungefähr so, als würde man bis zum Hals im Wasser stehen. Ihr Körper wollte schweben, und es war schwierig, am Boden zu bleiben. Für die Perioden, in denen die Schwerkraft ausfiel, hatten die Konstrukteure die Basis mit Haltestangen an den Wänden ausgestattet, doch die meisten waren durch die Erschütterungen abgerissen worden.

Schließlich sprang sie einfach los. Eine Hand hatte sie nach oben ausgestreckt, damit sie nicht zu hoch hinaufflog und mit dem Kopf gegen die Decke stieß.

Sie kam sehr schnell voran.

Die meisten Türen waren verschlossen oder aus den Angeln gerissen worden. Die Notbeleuchtung wurde durch die Staubwolken getrübt, die Prescott hinter sich herzog. Allmählich verstand sie, warum Folle kleinere Objekte eingefangen und in seine Taschen gesteckt hatte, denn sie mußte häufiger schwebenden Metallstücken ausweichen. Eins traf sie im Flug am Kopf. Sie hatte sich gar nicht schnell bewegt, und auch das Metallstück war ihr mit geringer Geschwindigkeit entgegengekommen, doch die Bewegungen hatten sich addiert, wodurch der Zusammenstoß ihr einen blutenden Schnitt in der Kopfhaut zugefügt hatte.

Ein paar Blutstropfen schwebten davon, während sie sich ein Stück Stoff vom Hosenbein abriß und es auf die Wunde drückte. Es schmerzte nicht sehr. Es ärgerte sie nur, weil dieser Zwischenfall sie daran erinnerte, daß sie immer noch am Leben war, während so viele andere tot waren.

Sie hatte den Kommunikationsraum fast erreicht, als die Station zu vibrieren begann. Die Haltestangen im Korridor schlugen scheppernd gegen die Wand und verursachten einen Höllenlärm. Die Trümmer gerieten wieder in Bewegung und flogen schneller als zuvor herum. Sie zog sich in eine Ecke zurück und hoffte, daß nichts auf sie fiel oder gegen sie stieß.

Dann hörten die Vibrationen auf.

Wie jedesmal.

Sie wußte, daß sie irgendwann nicht mehr aufhören würden.

Sie hielt sich noch eine Weile an der stählernen Wand fest. Ihre Augen waren so trocken, daß sie schmerzten. Irgendwie fühlte sie sich anders als vorher, aber sie war sich nicht sicher, in welcher Hinsicht.

Bis sie es erkannte.

Sie hatte ihr Leben geschützt.

Zum ersten Mal, seit sie das Auseinanderbrechen des ersten Planeten beobachtet hatte, war sie um ihre eigene Sicherheit besorgt gewesen. Statt den Tod zu erwarten, hatte sie sich bemüht, ihn zu verhindern.

Sie wußte nicht genau, ob das ein gutes oder ein schlechtes Zeichen war.

Sie strich sich eine lose Haarsträhne aus dem Gesicht und wischte sich den Staub von der Nase. Ihre Haut war völlig verschmutzt. In ihrem Haar hatten sich vermutlich jede Menge winziger Splitter verfangen. Ihre Kleidung war zerrissen.

Und sie konnte nichts gegen all das tun.

Sie setzte ihren Weg zum Kommunikationsraum fort. Kurz davor weitete sich der Korridor. Die Tür stand offen, und helleres Licht fiel nach draußen.

Vielleicht kam es ihr auch nur so vor, weil sie wußte, daß sich Leute darin aufhielten.

Sie benutzte die Tür, um sich hineinzuziehen.

Drei ihrer Offiziere drängten sich um eine einsame Konsole. Die übrigen Konsolen lagen auf der Seite, waren zertrümmert oder ausgeschlachtet worden. Einige der angeschraubten Sitze befanden sich noch an Ort und Stelle. Andere hatten die Leute benutzt, um die Konsolen zu sichern, damit sie nicht in der geringen Schwerkraft herumflogen.

Folles abgemagerte Gestalt saß im einzigen Stuhl vor der Konsole, und neben ihm schwebten Carad und Rogaur, die ihm zusahen. Beide trugen immer noch ihre weißen Laborkittel, die inzwischen stark verschmutzt waren. Auf Carads kahlem Schädel erkannte sie einen unangenehmen Schnitt, der sie an ihre eigene Verletzung erinnerte. Sie tupfte sich noch einmal mit dem Stück Stoff ab. Es schien, daß die Wunde sich schloß oder mit Staub verklebte. Im Augenblick waren ihr beide Möglichkeiten recht.

Die Kommunikationskonsole, vor der sich die drei Männer aufhielten, war das einzige Gerät im Raum, das noch über Energie zu verfügen schien. Folle tippte etwas in die Tastatur.

»Habt ihr schon etwas erreicht?« fragte sie, während sie sich im Flug Folles Stuhl näherte und sich an der Rückenlehne abfing, um sich in eine aufrechte Position zu bringen.

Folle schrak zusammen, als wäre er einem Geist begegnet, und blickte sich zu ihr um. Dann lächelte er voller Wärme und Freude.

»Wir glauben, daß wir auf zehn verschiedenen Kanälen senden«, sagte er, als wäre ihre Anwesenheit überhaupt nichts Ungewöhnliches. »Aber wir können nicht feststellen, ob es wirklich so ist. Allerdings müssen wir ständig Daten eingeben, um das Notsignal aufrechtzuerhalten.«

»Wie lange hat es gedauert, das Signal zu starten?«

»Eine Weile«, sagte Folle. »Entschuldige, daß ich vergessen habe, dir neue Vorräte zu bringen. Ich habe völlig die Zeit vergessen.«

»Kein Problem«, sagte sie. Carad blickte sie an, als wäre er überrascht, daß Folle sich um sie gekümmert hatte. »Ich bin wieder auf dem Posten. Ich komme schon zurecht.«

»Gut«, sagte Folle nur. Er hatte seine Aufmerksamkeit wieder der Konsole zugewandt. Irgendwie schienen die Geräte für ihn wichtiger als ihre Person geworden zu sein. Sie fragte sich, wann diese Wandlung eingetreten war.

»Glaubst du wirklich, daß es funktionieren wird?« fragte sie, während sie über den hoffnungsvollen Unterton ihrer eigenen Stimme erstaunt war.

»Wenn uns jemand finden soll, müssen wir ihm sagen, daß wir hier sind.«

Wer sollte uns finden? wollte sie zurückfragen, aber dann verzichtete sie darauf. Es war gut, daß die Leute beschäftigt waren, daß sie ihre letzten Tage mit einer Aufgabe verbrachten, statt sich selbst zu bemitleiden, wie sie es tat.

Wie sie es tat?

Es wurde Zeit, daß auch sie aktiv wurde. Der Tod kam nicht so schnell oder mühelos, wie sie erwartet hatte. Ihr Philosophieprofessor im Studienzentrum hatte einmal gesagt, daß es besser war, wenn jemand in vollem Bewußtsein seines Verbrechens lebte, als ohne dieses Bewußtsein zu sterben.

Jetzt verstand sie, was der Professor damit gemeint hatte.

Er hatte gemeint, daß das Leben manchmal eine schwerere Strafe als der Tod war.

Es wurde Zeit, daß sie ihr Schicksal akzeptierte.

»Ich gehe in die Kontrollzentrale zurück. Vielleicht kann ich dort irgend etwas wieder in Betrieb setzen.

Wenn es da draußen jemanden gibt, werde ich ihn vielleicht finden.« Sie ließ Folles Stuhl los. »Halte mich auf dem laufenden!«

Die Männer wußten, daß es keine Aussicht gab, die Instrumente der Kontrollzentrale wieder zu reparieren, genauso wie Prescott wußte, daß das Signal niemand erreichen konnte. Aber genauso wie sie sagten auch die Männer nichts.

»Viel Glück«, wünschte ihr Folle, ohne sich von seiner Arbeit abzuwenden.

»Euch auch.« Sie schwebte langsam zur Tür hinüber. Es war besser, etwas zu tun, als zu grübeln. Der einzige Unterschied lag darin, daß Folle sich selbst davon überzeugt hatte, daß irgendein mythischer Retter auf den Plan treten würde.

Sie jedoch wußte, daß eine Rettung unmöglich war.

Die einzigen Leute, die im gesamten Universum noch am Leben waren, befanden sich in dieser Station und waren genauso hilflos wie sie.

Und wenn das Zentrum auseinanderbrach, was zwangsläufig irgendwann geschehen mußte, würden sie alle sterben.

Gemeinsam.

8

Captain Bogle blieb in seinem Kommandosessel sitzen, während seine Finger sich um die Armlehnen krallten. Diese Subraumwellen beunruhigten ihn in mehr als nur einer Hinsicht. Wenn sie Planeten zerstören konnten, konnten sie auch Raumschiffe zerstören. Und es gefiel ihm nicht, sein Schiff und seine Besatzung unnötig in Gefahr zu bringen.

Auf seine Anweisung hin beobachteten die Offiziere, ob die Intensität der Wellen stärker wurde. Und sie sollten so viele Informationen wie möglich darüber sammeln.

Auch Kirks Gespräch mit den Klingonen machte ihm Sorgen. Etwas schien schiefgelaufen zu sein. Kirk hatte sich hervorragend geschlagen, wenn man die Feindseligkeit der Klingonen berücksichtigte, aber es schien, als hätte Kirks Ego die Sache vermasselt.

»Die *Enterprise* ruft uns«, sagte Fähnrich Gustavus.

»Auf den Schirm«, sagte Bogle.

Er stand auf, als Kirks Gesicht erschien. Kirk wirkte genauso zerrauft wie bei ihrem letzten Gespräch. Bogle sah mit Sicherheit nicht besser aus, nachdem er drei Subraumschockwellen überstanden hatte.

»Meinen Glückwunsch zu deinem Erfolg bei den Klingonen«, sagte Bogle, ohne zu lächeln.

Kirk dagegen lachte. »Sie können meinem Charme einfach nicht widerstehen.« Dann wurde er ernst. »Mein Wissenschaftsoffizier und Chefingenieur haben einen Weg gefunden, wie wir ins System vordringen können. Zum Ausgangspunkt des Signals.«

»Und wie steht es mit dem Rückweg?« fragte Bogle.

»Wir werden schon wieder herauskommen.« Kirk klang ungeduldig. Offensichtlich hatte er einen Plan und brannte darauf, ihn Bogle mitzuteilen.

Bogle winkte seinem Wissenschaftsoffizier Lee, zu ihm zu kommen. »Du meinst, wir sollten auf das Notsignal reagieren, das wir empfangen haben?«

»Es setzte ein, nachdem wir eingetroffen sind«, sagte Kirk.

»Vielleicht wurde es von einer dieser Subraumwellen ausgelöst«, sagte Bogle.

»Das wäre möglich«, entgegnete Kirk. »Oder es stammt von Überlebenden. Wir wissen es nicht, aber wir müssen uns vergewissern.«

Bogle blickte sich zu Lee um. Lee runzelte die Stirn. Rodriguez überwachte die klingonischen Schiffe mit seinem Navigationscomputer. Klingonen, Subraumwellen und ein Notsignal. Kirk war für seine Neigung bekannt, auf den Schauplatz zu stürmen und das Problem zu lösen, ganz gleich, wie schlecht die Chancen standen. Bogle war durch große Umsicht zu seinem Kommando gekommen. Und er hatte das Gefühl, daß diese Situation äußerst umsichtiges Vorgehen erforderte.

»Vielleicht sollten wir versuchen, zunächst die Echtheit des Signals zu überprüfen. Es könnte sich um eine Falle der Klingonen handeln.«

Kirk machte eine Handbewegung, als wollte er Bogles Bedenken wegwischen. »Mein wissenschaftlicher Offizier sagt, daß dieser Asteroid schon bei der nächsten Welle auseinanderbrechen kann. Falls dort jemand überlebt hat, schwebt er in höchster Gefahr. Je schneller wir etwas unternehmen, desto besser.«

»Er hat recht, Captain«, sagte Lee leise. »Wenn es

Überlebende gibt, müssen wir sie herausholen. Und zwar sofort.«

Bogle warf Lee einen strengen Blick zu und schaute dann wieder Kirk an. Es gefiel ihm überhaupt nicht, sein Schiff durch diese Subraumwellen in Gefahr zu bringen. Er würde sich eher den Klingonen stellen, als die *Farragut* durch Schockwellen unbekannter Herkunft zu verlieren.

Er seufzte. Kirk war zuerst eingetroffen.

Kirk hatte sich bereits einen Überblick über die Lage verschafft.

Kirk hatte eine phänomenale Erfolgsrate vorzuweisen.

Und Kirk hatte diesmal recht.

Falls es Überlebende gab, könnten es die letzten ihrer ausgelöschten Spezies sein.

»Also gut«, sagte Bogle und bemühte sich, seine Verärgerung nicht allzu deutlich zu zeigen. »Wie sieht dein Plan aus?«

Während er diese Frage stellte, überlegte er, ob sie diese Verbindung kodieren sollten. Vermutlich belauschten die Klingonen ihr Gespräch. Aber der mögliche Schaden hielt sich in Grenzen. Sie würden höchstens erfahren, wie die Rettungsmission durchgeführt werden sollte.

»Wir versuchen es nach der alten Methode ›Ein Schritt vor und zwei zurück‹«, sagte Kirk.

Bogle hatte das Gefühl, daß er dieses Manöver an der Akademie verpaßt hatte. Benutzte Kirk vielleicht doch einen Kode? Er kannte die übliche Vorgehensweise bei Starfleet, wenn ein Kommandant einem anderen mitteilen wollte, daß die folgende Botschaft verschlüsselt war. Aber Kirk hatte nichts dergleichen angedeutet.

»Könntest du dich bitte etwas klarer ausdrücken?«

Lee räusperte sich und wartete nicht die Erlaubnis

ab, sprechen zu dürfen. »Ich habe es verstanden, Captain«, sagte er. »Wir dringen zwischen den Wellenfronten vor und lassen uns ein Stück davon zurückwerfen, um die Folgen zu mindern. Es ist wie Wellenreiten. Eine ausgezeichnete Idee. Und ich glaube, daß es funktionieren könnte.«

»Genau«, sagte Kirk. »Die Wellen dürften innerhalb des Systems stärker als hier sein, so daß wir ihnen länger ausgesetzt wären, während wir darauf surfen. Aber die Methode müßte uns genügend Zeit verschaffen, um nach Überlebenden zu suchen.«

»Ich habe es immer noch nicht begriffen«, sagte Bogle. Jetzt gab er sich keine Mühe mehr, seine Verärgerung zu verbergen. »Erkläre mir den Plan bitte noch einmal.«

Lee meldete sich wieder zu Wort, bevor Kirk etwas sagen konnte. Bogle würde später noch einmal mit ihm darüber reden müssen.

»Stellen Sie sich vor«, sagte Lee, »daß Sie am Strand im seichten Wasser stehen und eine anderthalb Meter hohe Welle auf Sie zukommt. Wenn Sie einfach stehenbleiben, wird sie Sie höchstwahrscheinlich umwerfen. Doch wenn Sie sich umdrehen und mitschwimmen, sich von ihr zum Ufer tragen lassen, werden Sie nicht soviel von der Kraft der Welle spüren.«

»Und ein Raumschiff wird ein solches Manöver überstehen?« wollte Bogle von Kirk wissen, ohne auf seinen Ersten Offizier einzugehen. Die *Farragut* hatte bereits einige schwierige und anstrengende Manöver hinter sich, aber nichts, was mit Lees Beschreibung vergleichbar wäre.

Kirk lachte, aber in seiner Stimme lag keine Fröhlichkeit. »Mein Chefingenieur Mr. Scott hat mir versichert, daß die *Enterprise* es überstehen wird, und bis jetzt konnte ich mich immer auf ihn verlassen.«

Bogle wünschte sich, er hätte genügend Zeit, um

seinen eigenen Ingenieur nach dessen Meinung zu fragen. Aber er würde dies auf jeden Fall tun, bevor er mit seinem Schiff in die Trümmerzone flog.

Lee beugte sich an Bogles Seite vor und schien völlig von dieser Idee fasziniert zu sein. »Es wäre besser, über der Ebene des Planetensystems vorzustoßen«, sagte er, »um dann von oben in die Trümmerzone einzudringen. Damit würde sich die Chance einer Kollision erheblich verringern.«

Kirk wandte kurz den Blick vom Bildschirm ab und nickte dann. »Das werden wir tun. Aber dann wärst du hier draußen mit den Klingonen ganz allein, Kelly.«

»Du meinst, beide Schiffe sollten ins System fliegen?« fragte Bogle, während er versuchte, die Erleichterung zu ignorieren, die er empfand.

»Nein«, erwiderte Kirk. »Ich glaube, zwei Schiffe würden die Sache zu kompliziert machen. Außerdem besteht zu diesem Zeitpunkt keine Notwendigkeit, beide Schiffe in Gefahr zu bringen.«

»Ich werde schon mit den Klingonen fertig«, sagte Bogle.

Er war tatsächlich davon überzeugt, daß er mit diesem Teil des Problems viel besser zurechtkam.

Kirk strich sich mit der Hand durchs Haar, womit er es nur noch mehr zerraufte. »Ich werde den Klingonen sagen, was wir vorhaben, und sie bitten, uns bei der Rettungsaktion zu helfen.«

Bogle hatte mit vielem gerechnet, aber nicht, daß Kirk als nächstes so etwas sagen würde. In der Starfleet-Zentrale hieß es, daß das Wort ›Hilfe‹ vermutlich in keinem klingonischen Wörterbuch stand – zumindest nicht, wenn es darum ging, Nicht-Klingonen beizustehen.

»Helfen?« fragte Bogle. »Soll das ein Witz sein?«

Kirk zuckte die Schultern. »Fragen kostet nichts.«

Jetzt wußte Bogle, daß Kirk total übergeschnappt war. Er hatte es schon immer vermutet, aber jetzt war er endgültig davon überzeugt. Kopfschüttelnd sagte er: »Ich schätze, es kann nicht schaden, wenn du sie fragst. Und wenn sie tatsächlich mitmachen wollen, sind sie zumindest für eine Weile beschäftigt.«

»Und wenn nicht, stehst du hier ganz allein vier Klingonenschiffen gegenüber.«

Bogle schnaufte unwillkürlich. »Mach dir um uns keine Sorgen, Jim. Wir kommen schon zurecht.«

Kirk grinste auf geradezu heimtückische Weise. »Ich weiß«, sagte er. »Schließlich habe ich schon mit dir Karten gespielt. Weißt du noch? Halte die Verbindung. Ich werde das Gespräch mit den Klingonen an dich übertragen lassen.«

Als der Bildschirm dunkel wurde, setzte sich Bogle wieder in den Kommandosessel und schüttelte immer noch den Kopf.

Auf der kreisrunden Brücke des klingonischen Kreuzers herrschte hektische Aktivität. Niemand sprach. Die grünen Wände und die schwache Beleuchtung tauchten die Brücke in ein kriegerisches Zwielicht. Das war vermutlich angemessen. Der Krieg war so nahe wie die Dolchspitze eines Feindes.

KobtaH, KerDaqs Stellvertreter und engster Verbündeter auf dem Schiff, suchte nach dem Zentrum der Störungen. KerDaq konnte keinem seiner übrigen Offiziere vertrauen, danach zu suchen und ihm das Ergebnis in angemessener Zeit mitzuteilen. Ein Teil seiner Brückenbesatzung diente erst seit kurzer Zeit unter ihm, deshalb mußten sich diese Leute noch beweisen, bevor er ihnen vertrauen konnte. Sein Posten als Kommandant war zu kostbar, um ihn an einen ehrgeizigen jungen Klingonen zu verlieren, der seine Karriere beschleunigen wollte.

Die anderen Brückenoffiziere überwachten ebenfalls die Situation. Alle wußten, daß diese Art von Begegnung für sie alle sehr schlechte Folgen haben konnte – oder sehr gute.

KerDaq hatte die feste Absicht, den zweiten Fall eintreten zu lassen.

Doch bis jetzt hatten sie nichts getan, außer nach der Ankunft der Föderationsraumschiffe Kontakt aufzunehmen. Und es gab nichts, was sie darüber hinaus tun konnten.

Noch nicht.

Sie mußten abwarten.

KerDaq haßte es zu warten. Er war ein Krieger und nicht jemand, der herumsaß und wartete. Aber er wußte, daß jeder Krieger sich in Geduld üben mußte, daß er wissen mußte, wann die Zeit zum Kämpfen war und wann nicht.

Und jetzt war nicht die Zeit zum Kämpfen.

Die Föderationsschiffe mußten ihm zuerst zeigen, wo sie ihre geheime Superwaffe versteckt hatten.

KerDaq hatte einen Plan.

Die Föderation mußte irgendwann ihre Waffe bergen. KerDaq und seine Leute hatten die Subraumwellen studiert. Sie konnten näher heranfliegen und überleben, wenn sie sich mit den Wellen treiben ließen. Es wäre riskant, aber es würde sich lohnen.

Und wenn die Föderationsschiffe die Waffe geholt hatten, würde er sie ihnen abnehmen.

KerDaq wollte die Waffe der Föderation haben. Er würde sie persönlich vor den Hohen Rat bringen. Dann würde man ihn als Held feiern.

»Commander«, sagte KjaH, sein wissenschaftlicher Offizier, mit grollender Stimme. »Es ist uns immer noch nicht gelungen, den Ursprung der Subraumwellen zu lokalisieren.«

KerDaq wirbelte mit seinem hohen Kommandosessel herum und funkelte seinen Wissenschaftsoffizier an. »Was ist daran so schwierig?«

»Commander, von unserer gegenwärtigen Position aus erhalten wir keine guten Meßwerte. Wenn wir uns vielleicht ein Stück ...«

»Wir werden uns nicht von der Stelle bewegen«, sagte KerDaq. »Suchen Sie das Zentrum, denn dort befindet sich die Superwaffe der Föderation.«

»Verstanden«, sagte KjaH und ließ die Absätze zusammenknallen, bevor er sich wieder seiner Konsole zuwandte.

KerDaq nickte und drehte sich wieder zum Hauptsichtschirm um, der die zwei Föderationsschiffe und dahinter das zerstörte Planetensystem zeigte. Er zerrte an seinen Handschuhen und überprüfte, ob die stählernen Kappen genau über den Knöcheln lagen. Sein Wissenschaftsoffizier wußte, wann er kämpfen oder nachgeben mußte. Daran erkannte man einen guten Krieger. Er würde ihn scharf im Auge behalten müssen.

»Commander«, sagte der Kommunikationsoffizier KenIqu. »Die *Enterprise* ruft uns.«

»Durchstellen!« sagte KerDaq laut. Dann fügte er leise hinzu: »Wollen wir mal sehen, welche Tücke sie sich diesmal ausgedacht haben.«

Kirks grinsendes Gesicht füllte den Bildschirm aus.

KerDaq knurrte leise. Dieser Kirk wurde allmählich zu einem der meistgehaßten und -gefürchteten Offiziere der Föderation. Im Augenblick konnte KerDaq jedoch keinen Anlaß zur Besorgnis erkennen. Kirk hatte nicht mehr Kraft als die übrigen Schwächlinge aus der Föderation.

»Commander«, sagte Kirk mit einem leichten Nikken.

Zumindest wußte der Mensch, dachte KerDaq, wie man sich respektvoll verhielt.

»Wir werden in das Trümmerfeld des Systems vordringen«, sagte Kirk. »Wir glauben, daß wir dort Überlebende entdeckt haben. Wir wollen versuchen, sie zu retten. Und dazu …« Er schob eine dramatische Kunstpause ein. »… könnten wir Ihre Hilfe gebrauchen.«

KerDaq war von Kirks Worten so überrascht, daß er laut loslachte. Es war ein volltönendes Lachen aus dem Bauch, als hätte ein Krieger ihm gerade eine amüsante Geschichte bei einem starken Getränk erzählt.

Kirks häßliche Menschenaugen wurden kleiner. »Was ist daran so komisch, KerDaq?« fragte er.

KerDaq beugte sich vor, damit Kirk seine Insignien, die Abzeichen seines Hauses und seiner Ehre, sehen konnte. Dieser Kirk hielt ihn für einen Trottel, der sich mühelos austricksen ließ. KerDaq wollte ihn unverzüglich vom Gegenteil überzeugen.

»Sie können uns mit diesem angeblichen Rettungsplan nicht zum Narren halten. In Wirklichkeit wollen Sie Ihre Waffe bergen.«

Diesmal sah Kirk verblüfft aus. KerDaq wußte, daß er ihn bei einer Lüge ertappt hatte. Die Menschen gaben sich alle Mühe, ihre Emotionen zu verbergen, aber es gelang ihnen nie. Diese weit aufgerissenen Augen, diese zu offensichtliche Reaktion, waren nur ein Teil der erfolglosen Täuschung.

Kirk schüttelte den Kopf. »Ich habe Ihnen bereits gesagt, KerDaq, daß wir keine Waffe haben. Aber wir haben einen Notruf empfangen, und wir werden ihn nicht ignorieren. Wir fliegen ins System. Und wir möchten Sie bitten, uns zu begleiten.«

»Sie haben noch ein zweites Schiff«, sagte KerDaq. »Sie brauchen uns nicht.«

»Wir wissen nicht, wie viele Überlebende es gibt«, sagte Kirk. »Je mehr Schiffe wir zur Verfügung haben, desto mehr können wir an Bord beamen.«

»Sie sind ziemlich einfallsreich«, sagte KerDaq. »Aber wir haben unsere eigenen Untersuchungen der

Wellen durchgeführt. Jedes Schiff, das sich in dieses System wagt, würde zerstört werden. Es wäre natürlich etwas anderes, wenn man die Wirkungsweise der Waffe kennt und sich irgendwie vor ihren Auswirkungen abschirmen könnte.«

»Wir haben keine besondere Abschirmung«, sagte Kirk. »Aber wir haben einen Plan. Wenn …«

»Genug, Kirk.« KerDaq deutete vage auf das zerstörte System. »Tun Sie, was Ihnen in den Sinn kommt. Wir werden Sie nur beobachten und abwarten. Denken Sie nicht, daß Sie diesen Sektor mit der Waffe an Bord verlassen können.«

KerDaq schlug auf den Knopf in seiner Armlehne und schnitt damit Kirks Erwiderung ab. Es hatte keinen Sinn, sich weitere Lügen anzuhören. Er würde nicht zulassen, daß Kirk auch nur einen einzigen seiner Krieger in den Tod lockte. Er würde genau verfolgen, wie Kirk unter der Abschirmung ins Zentrum des Systems vordrang.

Und er würde beobachten, wie Kirk die Waffe holte.

Kirks Taten sollten seine Schuld beweisen.

»Commander«, sagte KenIqu, »die *Enterprise* setzt sich in Bewegung.«

KerDaq nickte. »Informieren Sie die *QuaQa*, daß wir der *Enterprise* folgen werden. Die anderen beiden Schiffe sollen in der Nähe des zweiten Föderationsraumschiffs bleiben.«

»Ja, Commander«, sagte KenIqu.

»Subraumwelle nähert sich«, meldete KobtaH.

KerDaq lehnte sich lächelnd zurück und hielt sich an seinem Sitz fest, während er zusah, wie die *Enterprise* langsam davontrieb.

Bald würde er den großen Captain Kirk auf frischer Tat ertappen. Und dann konnte die Waffe ihre Zerstörungen dort anrichten, wo sie besser aufgehoben war, nämlich in den Händen des Imperiums.

9

Die *Enterprise* entfernte sich von der *Farragut* und flog über die Ebene des Sonnensystems, um einen sicheren Abstand zu den Überresten der Planeten zu halten. Die Gesichter der Brükkenbesatzung waren angespannt und konzentriert. Alle wußten, daß ein hohes Risiko mit dieser Rettungsaktion verbunden war, vor allem in Anbetracht der Möglichkeit, daß es vielleicht niemanden mehr zu retten gab.

Doch sie waren bereit, dieses Risiko einzugehen. Sie vertrauten Kirk. Sie hatten ihm immer vertraut.

Und auch er konnte seinen Leuten vertrauen.

»Schilde hoch«, sagte er. »Halten Sie sie auf Kurs, Mr. Sulu.«

»Verstanden, Captain.« Sulu ließ den Hauptsichtschirm nicht aus den Augen.

»Captain«, meldete Chekov. »Zwei Klingonenschiffe folgen uns.« Er blickte sich um und hatte die Augen vor Überraschung und Anspannung weit aufgerissen.

Kirk lächelte. Also hatte KerDaq beschlossen, ihnen doch hinterherzufliegen. Er würde sich zwar nicht in die Trümmerzone wagen, aber er würde Wache halten. Was Kirk betraf, so konnte er seinetwegen so lange Wache halten, wie er wollte. Es gab keine Superwaffe, und er bezweifelte, daß die Föderation jemals an einem solchen Projekt arbeiten würde.

»Captain?« Chekovs Akzent war deutlicher ausgeprägt, wenn er nervös wurde.

»Behalten Sie sie im Auge, Fähnrich«, sagte Kirk.

»Aber, Captain…«

»Behalten Sie sie einfach nur im Auge«, wiederholte Kirk und grinste noch breiter. KerDaq wußte genauso wie sie, wie man am besten durch diese Wellen kam. Vielleicht befürchtete er, daß Kirk bei der Rettung der Überlebenden die Waffe der Klingonen entdecken könnte. Kirk hatte gelernt, daß man immer genau auf die Vorwürfe seiner Feinde hören sollte, weil sie oftmals genau das aussprachen, was sie selbst tun würden – oder bereits getan hatten.

Chekov keuchte entnervt und beugte sich über seine Konsole.

»Ach ja, Fähnrich« fügte Kirk hinzu, der Chekovs Bestürzung mehr genoß, als angemessen gewesen wäre, »geben Sie Alarmstufe Gelb für das Schiff. Und legen Sie zusätzliche Energie auf die vorderen Schilde. Ich möchte, daß die Besatzung auf alles vorbereitet ist.«

»Ja, Captain!« sagte Chekov mit so großer Erleichterung, daß Kirk ein Lachen unterdrücken mußte.

»Wir dringen in die Trümmerreste des fünften Planeten vor«, sagte Sulu.

Kirk hielt sich an den Armlehnen fest, obwohl keine Erschütterungen spürbar waren. »Bringen Sie sie sicher hindurch, Sulu«, sagte Kirk.

Gewaltige Asteroiden drifteten auf dem Schirm vorbei. Zwischen den größeren Brocken befanden sich Millionen winziger Planetentrümmer und Staubteilchen. Sie prallten von den Schilden ab, wie Steine, die über eine Wasseroberfläche sprangen. Kirk machte sich bei dieser Geschwindigkeit keine Sorgen wegen der kleineren Trümmer. Sie mußten sich vor denen in acht nehmen, die zu groß waren, um von den Schilden abgewehrt zu werden.

Sulu antwortete nicht. Offenbar konzentrierte er

sich darauf, das Schiff auf sicherem Kurs zwischen den größeren Brocken hindurchzumanövrieren.

»Wir sind da«, sagte Sulu.

»Maschinen stop!« befahl Kirk. Der riesige Asteroid sah aus dieser Entfernung trostlos und unbelebt aus. Kirk konnte kaum glauben, daß dort jemand überlebt haben sollte.

»Ich glaube, wir müssen etwas näher heranfliegen, wenn wir versuchen wollen, mögliche Überlebende zu bergen«, sagte Spock.

Kirk mißfiel es, wenn Spock von ›versuchen‹ und ›möglich‹ sprach. Er drückte sich so präzise aus, daß man jedes Wort auf die Goldwaage legen mußte. Wenn Spock solche Formulierungen benutzte, hieß das, daß er große Zweifel am Erfolg des Unternehmens hatte.

Kirk erhob sich schwungvoll aus dem Kommandosessel.

Jedes weitere Zögern war überflüssig.

Auch das Nachdenken über Möglichkeiten und Wahrscheinlichkeiten.

Sie würden es schaffen oder beim Versuch umkommen.

»Mister Sulu«, sagte Kirk. »Bringen Sie uns so nahe an den Felsen heran, wie es geht.«

»Ja, Captain.« Sulu wirkte ernst, als er die Kurskoordinaten eingab. Er wollte die Feinarbeit des Manövers manuell ausführen, da der Computer nicht flexibel genug reagierte.

In Augenblicken wie diesen drängte es Kirk, persönlich die Steuerung des Schiffes zu übernehmen. Aber Sulu war einer der besten Piloten, die es gab. Er würde sie sicher ans Ziel bringen.

»Mister Sulu«, sagte Spock, »wir erwarten die erste Subraumwelle innerhalb des Trümmerfeldes. Sie wird in einer Minute eintreffen. Ich habe Ihrem Computer einen Kurs überspielt. Auf mein Zeichen folgen Sie diesem Kurs drei Sekunden lang bei einem Zehntel Impulsgeschwindigkeit.«

»Kurs liegt an. Ich warte nur auf Ihren Befehl, Mister Spock«, sagte Sulu.

Kirk blickte sich zu Spock um, der angestrengt auf seine Anzeigen starrte. Er hatte Spock schon sehr oft sein Leben anvertraut. Diesmal vertraute er ihm sogar das ganze Schiff an. Ein Fehler, und die Subraumwelle würde sie zerreißen oder gegen einen größeren Trümmerbrocken werfen.

»Captain«, sagte Uhura, »das Notsignal kommt eindeutig aus dem Innern des Asteroiden.«

»Bildausschnitt vergrößern, Mister Chekov.«

Ein grauer Felsbrocken mit zerklüfteter Oberfläche erschien auf dem Bildschirm. Er rotierte langsam im Uhrzeigersinn.

»Noch fünfzehn Sekunden, Mister Sulu«, sagte Spock.

Kirk wandte sich an Uhura. »Können Sie die Position exakt lokalisieren, Lieutenant?«

»Sie liegt zu tief im Innern, Captain.« Sie drehte sich zu ihm um und blickte ihn mit gerunzelter Stirn an, als könnte sie den Anzeigen ihrer Instrumente nicht vertrauen. »Mindestens einen Kilometer tief.«

Kirk stellte eine Sprechverbindung zum Maschinenraum her. »Scotty«, sagte er, »lassen sich die Transporter so justieren, daß wir einen Kilometer festen Gesteins durchdringen können?«

»Ich würde mich nur ungern auf diese Weise hineinbeamen lassen«, antwortete Scottys Stimme, die aus weiter Ferne zu kommen schien. »Aber wenn Sie die Überlebenden herausholen wollen, sollten wir es riskieren. Das heißt, falls wir sie erfassen können.«

»Jetzt, Mister Sulu!« sagte Spock.

Die *Enterprise* setzte sich in Bewegung und ließ den zerklüfteten Felsen hinter sich.

Dann schlug die Subraumwelle ein.

Es war viel schlimmer als vorher.

Das Schiff wurde durchgeschüttelt wie ein kleines Boot auf einem stürmischen Ozean. Kirk klammerte sich an die Armlehnen, aber dadurch wurde es nicht besser. Sein Körper hüpfte im Sessel auf und ab, als wäre dieser ein durchgedrehter Schleudersitz.

Sulu stemmte sich mit den Füßen gegen die Konsole und schaffte es, auf seinem Posten zu bleiben. Chekov wurde aus dem Sessel geworfen. Spock geriet ins Taumeln und konnte sich abfangen, doch er hatte große Schwierigkeiten, auf den Beinen zu bleiben.

Riesige Brocken des zerstörten Planeten rauschten auf dem Sichtschirm vorbei, die Schilde heulten protestierend auf und glühten unter dem Trommelfeuer aus kosmischem Staub in rötlichem Licht.

Dann war die Welle vorbei.

Spock stand auf, klopfte sich den Schmutz von der Uniform und kehrte an seine wissenschaftliche Station zurück, als wäre nichts geschehen. Chekov schüttelte einmal den Kopf, als müßte er wieder zur Besinnung kommen, bevor er sich in seinen Sessel setzte.

»Mister Sulu«, sagte Kirk, »bringen Sie uns jetzt zum Asteroiden zurück.«

»Ja, Captain.«

Die *Enterprise* suchte sich ihren Weg durch ein Labyrinth aus fliegenden Felsen. Die Einschläge kleinerer Brocken in die Schutzschilde erzeugten ein ständiges Vibrieren.

»Was machen unsere Freunde, die Klingonen, Mister Chekov?«

»Die Flöhe setzen uns noch immer nach. Aber sie halten sich außerhalb des Trümmerfeldes.«

Kirk nickte. Die *Enterprise* flog immer noch durch die Szene der Verwüstung. Es kam ihm vor, als würde es eine Ewigkeit dauern.

Schließlich füllte der Asteroid wieder den gesamten Sichtschirm aus. Der Brocken hatte annähernd dreieckige Form und war mit dolchartigen Zacken versehen.

»Captain«, sagte Spock, »wir sind jetzt nahe genug heran, um präzisere Meßwerte über den Asteroiden zu erhalten. Es handelt sich dabei um den größten noch vorhandenen Teil des Mondes des fünften Planeten. Im Innern befindet sich eine Art Station oder Basis. Der größte Teil der Anlage wurde zerstört, aber das Signal stammt eindeutig von dort.«

»Überlebende, Spock?« fragte Kirk. Plötzlich konnte er spüren, wie sein Herz in der Brust schlug. Bis zu diesem Zeitpunkt hatte sich die Aktion auf Vermutungen gegründet. Jetzt waren sie in der Lage, sich Gewißheit zu verschaffen.

»Ich empfange sehr schwache Werte, Captain«, sagte Spock. »Es scheint sich um zweiundneunzig individuelle Lebensformen zu handeln, die sich in einem relativ kleinen Bereich drängen.«

»Geben Sie die Informationen an den Transporterraum weiter.« Kirk drückte so heftig auf die Kommunikationstaste, daß ihm der Zeigefinger schmerzte. »Scotty, im Innern des Asteroiden sind Überlebende. Holen Sie sie heraus!«

»Ja, Captain.«

»Kirk an Krankenstation. McCoy, wir werden Überlebende an Bord beamen. Ich könnte mir vorstellen, daß viele verletzt sind.«

McCoys Stimme antwortete ohne Verzögerung. »Verstanden.«

»Mister Sulu«, sagte Spock, »die nächste Subraumwelle trifft in einer Minute und sechsundvierzig Sekunden ein. Ich habe Ihnen die Koordinaten übermittelt. Auf mein Zeichen folgen Sie dem Kurs mit einem Neuntel Impuls.«

»Kurs liegt an, Mister Spock.«

»Komm schon, Scotty«, brummte Kirk. Wenn es sich vermeiden ließ, wollte er nicht noch einmal auf einer Subraumwelle durch das Trümmerfeld reiten.

»Captain«, sagte Spock, ohne von seinen Instrumenten aufzublicken. In seiner Stimme erklang plötzlich Faszination. »Von unserer jetzigen Position aus kann ich die Quelle der Subraumwellen lokalisieren. Sie stammen anscheinend von einem Riß in der Raumstruktur, ungefähr dort, wo sich zuvor der neunte Planet befunden hat.«

»Ein Riß?« fragte Kirk. Die Klingonen besaßen eine Waffe, die stark genug war, um einen Riß im Universum zu erzeugen?

Wie war das möglich?

Kirk drückte wieder auf die Kommunikationstaste. »Scotty, wie sieht es aus?«

»Noch eine Minute, Mister Sulu«, sagte Spock.

»Wir holen sie herein, Captain«, antwortete Scottys Stimme.

Kirk starrte auf den riesigen Brocken des Mondes. Es war kaum zu glauben, daß darin zweiundneunzig Personen überlebt hatten. Manchmal geschahen seltsame Dinge im Universum.

Spock hob eine Hand. »Noch fünf Sekunden, Mister Sulu.«

»Scotty!« bellte Kirk, »sind Sie fertig?«

»Nein, Captain. Zweiundneunzig Leute durch einen Kilometer Fels zu beamen ist Präzisionsarbeit. Wenn ich ...«

»Wir werden die übrigen später nachholen«, sagte Kirk.

»Jetzt, Mister Sulu!« gab Spock das Kommando.

Dabei senkte er den Arm, als wollte er das Startzeichen für ein Wettrennen geben.

Und wieder entfernte sich die *Enterprise* vom Asteroiden, um sich wie ein Wellenreiter von der Subraumschockfront mitreißen zu lassen.

Kirk hoffte nur, daß sie nicht auf ein felsiges Ufer geworfen wurden.

10

Die winzigen Geräusche, die sie verursachte, wirkten im großen Raum ungewöhnlich laut.

Prescott war unter die Kontrollkonsole für den Hauptbildschirm gekrochen. Sie hatte tragbare Leuchtkörper an ihren Handgelenken befestigt, da sie keine Helmlampen finden konnte. Sie war schon einige Zeit bei der Arbeit, und sie hatte festgestellt, daß Folles Philosophie richtig war. Es war besser, sich zu beschäftigen. Auf diese Weise hatte sie keine Zeit, über die Hoffnungslosigkeit ihrer Lage nachzugrübeln.

Oder über die Ursachen.

Sie war überrascht gewesen, als sie unter die Konsole gekrochen war. Trotz der Erschütterungen und trotz des Staubes schien die Einrichtung intakt geblieben zu sein. Das Problem waren die nicht vorhandene Energie (welche Ironie!) und die unterbrochenen Verbindungen zur Oberfläche und damit zu den Außenkameras, wie sie erwartet hatte. Trotzdem überprüfte sie noch einmal jeden Schaltkreis, jedes System und jeden Chip.

»Hast du schon etwas erreicht?« hörte sie Folles Stimme. Sie hatte nicht einmal gehört, wie er hereingekommen war. Sie lächelte zufrieden. Sie hatte sich nur auf ihre Arbeit konzentriert.

Sie schaltete die Lampen an den Handgelenken aus, schob sich durch die Wartungsklappe und schwebte in eine halbwegs aufrechte Position. Ihre Hände waren verschmutzt, und sie wußte, daß der Schweiß Streifen in der Staubschicht auf ihrem Gesicht hinterlassen hatte.

»Hier ist alles in Ordnung«, sagte sie. »Ich wollte gerade nachsehen, ob ich Energie von den Notsystemen abzweigen kann, um eine Verbindung zu den Außenkameras herzustellen, falls noch welche vorhanden sind.«

Folle hatte sich umgedreht, während er sich an der Rückenlehne eines Stuhls festhielt. »Gute Idee«, sagte er. »Ich will versuchen …« Er stieß sich vom Stuhl ab, um zu den Kontrollen für die Notsysteme hinüberzuschweben, die sich auf der anderen Seite des Raumes befanden. Doch mitten im Flug begann sein Körper plötzlich zu flimmern.

Der schockierte Ausdruck auf seinem Gesicht verriet Prescott, daß sie sich diesen Effekt nicht nur einbildete. Sein ganzer Körper war in flirrendes Licht getaucht, als würde sie ihn durch einen sonnenbeschienenen Wasserfall betrachten.

Dann war er verschwunden.

Ohne ein Geräusch.

Er war plötzlich weg.

Eben noch war er hier gewesen, dann hatte er sich in Luft aufgelöst.

»Folle?« sagte sie und bewegte sich instinktiv auf seine letzte Position zu.

Aber er war nicht mehr da.

Sie stoppte ihre Bewegung, indem sie sich am Stuhl festhielt. Vielleicht war es das erste Anzeichen des Wahnsinns. Unter dem Streß und den Gewissensbissen der letzten Wochen wäre jeder andere längst verrückt geworden. Warum sollte sie davon verschont bleiben?

»Folle?« rief sie noch einmal, doch nur das Echo hallte aus dem leeren Raum zurück. Waren auch ihre

Milliarden Artgenossen auf diese Weise gestorben? Waren auch sie vor einigen Tagen in ein überirdisches Licht getaucht worden, als die Schockwellen sie erfaßten, um sie dann in Luft aufzulösen?

Oder hatte sie sich alles nur eingebildet? Vielleicht war Folle gar nicht in diesem Raum gewesen.

»Du drehst allmählich durch«, sagte sie in die Leere. »Es wird nicht mehr lange dauern.«

Aber vorher mußte sie noch einmal nach ihm suchen. Er mußte irgendwo in der Station sein. Und wenn nicht, nun, dann mußte sie sein Verschwinden mit seinem Tod gleichsetzen.

Ein weiterer Tod durch das Experiment.

Sie packte den Stuhl und wollte sich gerade in Richtung Eingang abstoßen, als die Station zu zittern begann.

Mehrere Stahltrümmer fielen von der Decke. Staub hüllte sie ein. Die Notbeleuchtung flackerte.

In diesem Augenblick wußte sie, daß sie sterben würde.

Sie zog sich in den Stuhl und hielt sich fest. Seit sie sich entschlossen hatte, Folles Rat zu befolgen, funktionierte ihr Überlebensinstinkt wieder. Sie wollte nicht sterben.

Nicht mehr.

Auch wenn sie es im Grunde nicht verdient hatte, weiterhin am Leben zu bleiben.

Dann hörten die Erschütterungen auf. Der Staub legte sich und hüllte sie und alles andere, das sich im Raum befand, mit einer neuen grauen Schicht ein.

Die leeren Bildschirme schienen sie zu verspotten, sie auszulachen, indem sie ihr durch die Leere mitteilten, daß sie nicht tot war. Noch nicht.

Innerlich zitterte sie immer noch. Folles Verschwinden hatte ihr einen größeren Schrecken eingejagt, als sie sich eingestehen wollte. Sie hatte die vergangenen fünf Jahre mit ihm in dieser Forschungseinrichtung verbracht. Sie waren den größten Teil dieser Zeit zusammengewesen.

Er hatte ihr in dieser schweren Zeit geholfen, und sie hatte geglaubt, daß sie gemeinsam sterben würden.

Sie strich sich mit der Hand eine Haarsträhne aus dem Gesicht, spürte das kühle Plastikmaterial der Lampe an der Stirn und atmete tief durch. Sie wußte noch nicht, ob er wirklich tot war. Sie mußte zuerst nach ihm suchen.

Sie war Wissenschaftlerin. Und Wissenschaftler ließen nur Beweise gelten.

Sie hatte ihn nicht berührt, als er das letzte Mal bei ihr gewesen war. Sie hatte gearbeitet. Sie hatte unter großem Streß gestanden. Und wer unter Streß stand, bildete sich Dinge ein.

Wie das merkwürdige Gefühl an ihrem gesamten Körper, als würde ihre Haut atmen.

Aber überall gleichzeitig.

Sie senkte die Arme und starrte sie an. Sie bestanden aus Licht in allen Farben. Und sie flimmerten.

Sie öffnete den Mund und wollte um Hilfe rufen, als…

… als plötzlich alles schwarz wurde.

Dann befand sie sich fast unmittelbar darauf wieder in hellem Licht. Sie blinzelte. Hier war die Luft sauber und frisch.

Sie spürte eine Berührung an ihrem rechten Ohr. Und wie durch ein Wunder verwandelten sich die Geräusche, die sie umgaben, plötzlich in verständliche Sprache.

»Captain«, sagte eine seltsame Stimme mit einem noch seltsameren Akzent. »Jetzt kommt der letzte Schub.«

Sie blinzelte erneut. Rote und grüne Punkte tanzten in ihrem Gesichtsfeld.

»Ausgezeichnet, Scotty. Beeilen Sie sich. Ich würde gerne so schnell wie möglich von hier verschwinden.« Die zweite Stimme klang irgendwie künstlich und hatte einen ganz anderen Akzent, den sie noch nie zuvor gehört hatte.

Langsam ließ das Flirren nach, so daß sie wieder klar sehen konnte. Sie stand auf einer Plattform mit mehreren Kreisen. Genau gegenüber stand ein Mann in roter Uniform hinter einer Konsole. Er grinste sie mit einem ansteckenden Funkeln in den Augen an. Seine Haut war blaß, und sein Haar wies eine Schwarztönung auf, die sie bisher noch nie gesehen hatte.

Zwei weitere rot uniformierte Leute standen neben einer offenen Tür. Dahinter lag ein gelber Korridor.

Sie schluckte und blickte verstohlen auf ihre Arme. Sie waren wieder völlig normal und genauso schmutzig wie in der Kontrollzentrale. Dann bemerkte sie eine Bewegung an ihrer Seite. Auf der Plattform standen drei weitere Mitglieder ihres Personals. Sie hätte schwören können, daß sie noch nicht dagewesen waren, als sie selbst eingetroffen war.

»Und das sind die letzten«, sagte der fremde Mann. Er sprach laut, als würde er mit jemandem reden. Aber die Leute an der Tür starrten nur geradeaus, wie Wächter, und sonst schien sich niemand in diesem Raum aufzuhalten.

Außer Folle, der links von ihr im Hintergrund stand.

»Folle«, hauchte sie voller Erleichterung.

Scotty grinste, trat vor und reichte ihr eine Hand, um ihr behilflich zu sein, von der Plattform zu steigen. »Willkommen im Raumschiff *Enterprise*«, sagte er.

11

Die *Enterprise* verließ das Trümmerfeld, das die Zerstörung des fünften Planeten und seines Mondes hinterlassen hatte. Kirk lockerte den Griff um die Armlehne seines Sessels ein wenig. Sich mit einem Raumschiff auf einem Schlingerkurs zwischen tausend fliegenden Bergen hindurchzubewegen, von denen jeder mit unterschiedlicher Richtung und Geschwindigkeit dahintrieb, entsprach nicht gerade seiner Vorstellung von angenehmer Unterhaltung.

Trotzdem konnte er seine Freude nicht unterdrükken. Sie hatten die Überlebenden gerettet. Scotty hatte sie aus ihrem Asteroidengrab ans Licht gezerrt, so daß sie nun weiterleben konnten.

Ihr Leben würde sich sehr von dem unterscheiden, das sie vorher geführt hatten, aber sie würden leben.

Dennoch durfte er nicht zulassen, daß er sich von seiner Freude überwältigen ließ. Die *Enterprise* hatte keineswegs alle Probleme hinter sich gelassen.

Der Bildschirm zeigte die entstehenden Ringe um die Sonne Tautee. Kirk kam sich vor, als würde er auf eine leblose Wüste schauen. Die Zerstörung war ein trostloser Anblick.

»Bringen Sie uns zur Position der *Farragut* zurück, Mister Sulu. So schnell, wie es auf sichere Weise möglich ist.«

»Ja, Captain.« Die Anstrengung der manuellen Navigation durch das Asteroidenfeld hatte Falten der

Erschöpfung in Sulus Gesicht gezeichnet. Dennoch schien seine Konzentration nicht einen Augenblick nachzulassen. In Momenten wie diesen war Kirk sehr stolz auf seine Besatzung.

»Beide Klingonenschiffe folgen uns immer noch«, sagte Chekov mit beinahe angewidertem Gesichtsausdruck.

»Sollen sie doch«, sagte Kirk, obwohl die Anwesenheit der Klingonen auch ihn ärgerte. »Solange sie uns nicht in die Quere kommen.«

»Captain?« sagte Spock mit einem seltsamen Unterton in der Stimme.

Kirk blickte sich zu ihm um. Spock zeigte niemals Begeisterung – wie er nur äußerst selten überhaupt eine Gefühlsregung zeigte –, aber Kirk hatte gelernt, die subtilen Nuancen in Spocks Tonfall wahrzunehmen.

Und diese Nuance gefiel ihm überhaupt nicht.

Er drehte sich mitsamt seinem Sessel herum, um seinen wissenschaftlichen Offizier genau beobachten zu können. Für einen Moment glaubte er beinahe, einen Ausdruck der Besorgnis auf Spocks Gesicht zu erkennen, doch dann verwarf er diese Idee wieder. Spock war genauso leidenschaftslos wie immer.

»Ich habe einige der größeren Asteroiden in den Ringen untersucht, die von den vier ehemals bewohnten Planeten stammen.«

»Um nach Überlebenden zu suchen«, sagte Kirk, während er ein ungutes Gefühl in der Magengegend verspürte. Es drängte ihn danach, weitere Überlebende zu finden. Er wünschte sich, daß die Katastrophe nicht so umfassend war, wie sie zu sein schien.

Doch er wußte auch, daß die *Enterprise* und die *Farragut* Einschränkungen unterworfen waren, was die Möglichkeiten für Rettungsaktionen betraf. Und wenn es da draußen noch weitere Überlebende gab, mußten sie so schnell wie möglich von oder aus den Asteroiden geholt werden.

»Ich habe sechs Orte entdeckt, an denen Tauteeaner überlebt haben könnten«, sagte Spock. »Mögliche Überlebende dürften sich in unterirdischen Bunkern innerhalb größerer Asteroiden befinden. Nach meinen Beobachtungen könnte es noch ein Dutzend weiterer Bunker und Höhlen geben, in denen Individuen überlebt haben könnten.«

Noch ein Dutzend. Sie hatten bei dieser Aktion fast einhundert Personen gerettet, für die es kaum genügend Platz an Bord der *Enterprise* gab.

Kirk erhob sich aus seinem Sessel und ging zur wissenschaftlichen Station hinüber. Er beugte sich über die Konsole, sah jedoch keine entsprechenden Anzeigen. Offenbar hatte Spock die Berechnungen im Kopf angestellt, wie er es häufig tat.

»Sind Sie sicher?« fragte Kirk.

Spocks langes Gesicht schien plötzlich noch länger zu werden. Er hob eine Augenbraue, als könnte er nicht fassen, daß er Captain seine Aussagen in Frage stellte.

»Absolut, Captain«, sagte Spock.

»Aber wie können Sie auf diese Entfernung eindeutige Werte erhalten, Mister Spock?« fragte Chekov, der sich an seiner Konsole zu ihnen umgedreht hatte.

Uhura beobachtete sie ebenfalls.

Sulu hatte den Kopf geneigt, damit er seine Arbeit fortsetzen konnte, während er gleichzeitig ihr Gespräch verfolgte.

Sie alle wußten, welche Gefahren auf sie zukamen, wenn sie weitere Überlebende bergen mußten.

»Auf diese Entfernung«, entgegnete Spock in seiner pedantischen und beinahe entrüsteten Art, »und angesichts der gegebenen Subraumstörungen lassen sich keine tatsächlichen Anzeichen auf humanoide Lebensformen registrieren.«

»Oh«, sagte Kirk.

Spock blickte sich um, und als niemand etwas sagte, sprach er weiter. »Allerdings habe ich das Asteroidenfeld nach Hohlräumen durchsucht, in denen sich eine Atmosphäre und damit auch Leben gehalten haben könnte. Außerdem müssen wir auch die unberechenbaren Faktoren berücksichtigen. Wir haben eine Mondbasis gefunden. Ich habe jedoch nur die Planetentrümmer abgesucht. Wir müssen davon ausgehen, daß es weitere Mondbasen gibt, und vielleicht auch einige Raumschiffe, die die Zerstörung bis jetzt überstanden haben. Wir ...«

»Wie viele könnten überlebt haben?« fragte Kirk. Er wollte keine weiteren Erklärungen hören, sondern wissen, womit sie zu rechnen hatten. Er wollte wissen, mit welchen Entscheidungen er konfrontiert wurde.

»Ich kann Ihnen keine genaue Zahl nennen«, entgegnete Spock.

Kirk seufzte.

»Es gibt zu viele Variablen«, erklärte Spock weiter. »Aber die Zahl der Überlebenden könnte durchaus in die Tausende gehen, möglicherweise noch mehr.«

»Tausende, möglicherweise mehr«, wiederholte Kirk, da er nicht recht glauben konnte, was Spock gerade gesagt hatte.

Er wich einen Schritt zurück. Er hatte Bauchschmerzen, und ihm war schwindlig.

»Tausende?«

»Ja, Captain«, sagte Spock. »Tausende.«

Kirk kehrte schwankend zu seinem Sessel zurück und setzte sich. Mit den Mitteln der *Farragut* und der *Enterprise* würden sie es vielleicht schaffen, fünfhundert zu retten.

Doch mehr als tausend war ohne Unterstützung von außen nicht möglich.

Nur mit sehr viel Unterstützung.

»Captain«, sagte Spock. »Die Zeit ist ein wichtiger Faktor. Mit jeder Subraumwelle verringern sich die Überlebenschancen der Tauteeaner.«

»Ich weiß, Spock.« Kirk atmete tief durch. Der Hauptsichtschirm zeigte wieder die *Farragut* und die vier klingonischen Kreuzer. Selbst wenn die Klingonen sich dazu herabließen, ihnen zu helfen, wäre auf den Schiffen nicht genügend Platz für Tausende von Überlebenden. Die Föderation mußte weitere Schiffe schicken.

Aber er wußte nicht, ob sie es tun würde.

Die Erste Direktive. Plötzlich kam ihm Admiral Hoffmans Warnung wieder deutlich zu Bewußtsein.

Die Rettung einiger hundert Überlebender einer isolierten Zivilisation war eine Sache, aber wenn es um Tausende und Abertausende Individuen ging, wäre das durch eine merkwürdige Verdrehung des Schicksals eine Verletzung der Ersten Direktive.

Die Erste Direktive besagte, daß eine Zivilisation ohne Einflußnahme durch fortgeschrittenere Spezies existieren sollte. Auf diese Weise konnte sie sich ungestört aus eigener Kraft entwickeln. Ein Teil dieser Entwicklung bestand bei vielen Kulturen – einschließlich der irdischen – darin, mit der Möglichkeit der Selbstvernichtung zu spielen. Jede Zivilisation wurde immer wieder von Hungersnöten, Naturkatastrophen und Kriegen bedroht. Das war völlig natürlich.

Die Föderation konnte eine Handvoll Überlebender retten, weil die Zivilisation praktisch tot war. Aber wenn sie mehrere tausend Mitglieder dieser Kultur ohne Warptechnik in Sicherheit beamten, würde ihre Kultur weiterexistieren und plötzlich mit der Existenz von interstellaren Raumschiffen und dem Warpantrieb sowie Menschen, Vulkaniern und Klingonen konfrontiert werden.

Die Rettung mehrerer tausend Tauteeaner wäre eine Verletzung der Ersten Direktive.

Denn es wäre ein verbotener Eingriff in das Leben der Zivilisation.

Die Föderation hatte aus bitterer Erfahrung gelernt, daß es besser war, wenn eine Spezies aus eigener Kraft überlebte oder unterging. Eine Störung von außen hatte im allgemeinen schlimmere Folgen als jede Veränderung, die im Verlauf der natürlichen Entwicklung eintrat.

Doch in diesem Fall bedeutete die ›natürliche Entwicklung‹ den sicheren Tod für Tausende.

Er konnte nicht zulassen, daß Tausende starben.

Aber er hatte im Grunde keine Wahl. Die Gesetze und Vorschriften besagten, daß er es nicht tun durfte.

12

Abschürfungen, Schnitte, Knochenbrüche. Und Dreck. McCoy hatte nicht mehr so viel Dreck erlebt, seit er in die Vergangenheit der Erde gereist war. Allerdings konnte man diesen Leuten deswegen keinen Vorwurf machen. Schließlich hatten sie wochenlang unter schwierigsten Bedingungen gelebt.

McCoy arbeitete in den Frachträumen. Hier hatten die knapp einhundert Überlebenden mehr Platz als in der Krankenstation. Die Sicherheitswächter trugen die schlimmsten Fälle – die mit zertrümmerten Gliedmaßen und Wundbrand – in die Krankenstation, wo Schwester Chapel sie ruhigstellen würde, bis McCoy sich um sie kümmern konnte.

Zum Glück hatte er noch keine inneren Verletzungen diagnostiziert. Und noch mehr Glück war es, daß Scotty seine Golfmaschine aus dem Weg geräumt hatte. Auf dem Deck gab es nun keinen holographischen grünen Rasen mit Meeresrauschen mehr, sondern ein provisorisches Lazarett mit Betten und Dekken – die Notunterkunft der Heimatlosen.

Die Tauteeaner lehnten sich gegen die Wände oder lagen mit geschlossenen Augen auf den Betten. Ein paar saßen auf Stühlen, doch ihre Beine waren zu kurz, um bis zum Boden zu reichen. Sie sahen jedoch nicht wie Kinder aus, sondern eher wie geschrumpfte Menschen.

Aber sie waren keine Menschen.

Die Tauteeaner waren zierliche, fast vogelhaft gebaute Wesen. McCoy vermutete, daß der schwerste von ihnen kaum mehr als ein durchschnittliches zehnjähriges Kind wog. Die Männer waren kaum größer als einen Meter fünfzig, und die Frauen waren sogar noch etwas kleiner. Aber sie hatten eine betörende Schönheit, die mit ihrer Zerbrechlichkeit zu tun haben mußte. McCoy verspürte instinktiv den Drang, sie zu beschützen.

Oder war es die Aura der Verzweiflung, die sie umgab?

McCoy hatte schon mehrere Rettungsmissionen miterlebt, und normalerweise feierten die Überlebenden, wenn sie dem scheinbar sicheren Tod entronnen waren. Erst Tage oder gar Monate später wurden sie mit den Schuldgefühlen des Überlebens konfrontiert. Doch diese Leute schienen sich der Schuld bereits bewußt zu sein. Selbst diejenigen, die nur leicht verletzt waren, schlossen die Augen und sprachen nur wenig mit ihren Artgenossen.

Die Stille in den Frachträumen zerrte an seinen Nerven. Wenn er mit einem Patienten sprach, hallte das Echo laut von der hohen Decke zurück, als wollte es ihn verspotten.

Niemand schaute auf oder sah zu, niemand wollte sich vergewissern, wie es einem Artgenossen ging. Nicht einmal als sie eine neue Subraumwelle erlebten und jeder nach einem sicheren Halt suchte.

McCoy würde alle seine Patienten sorgsam überwachen müssen. Mit einer so tiefen Verzweiflung war nicht zu spaßen. Er hatte schon vor langer Zeit erfahren, daß jemand, der sterben wollte, seinen Körper dazu zwingen konnte, die Lebensfunktionen einzustellen.

Im Grunde machte er sich größere Sorgen über ihren mentalen Zustand als über die körperliche Verfassung. Der Verlust einer Wohnung, einer Behausung oder des eigenen Grundstücks war schlimm genug. Der Verlust der Heimat, des Landes war verheerend. Der Verlust des heimatlichen Planeten und die Zerstörung des ganzen Sonnensystems lag außerhalb seines Fassungsvermögens.

McCoy war schon lange Zeit nicht mehr im Haus seiner Familie auf der Erde gewesen, aber wenn er jetzt erfahren sollte, daß die Erde und ihre Schwesterplaneten vernichtet waren, daß nicht nur das Haus, sondern auch das Land und die Luft, die es umgaben, verloren waren ... nun, bei dieser Vorstellung stockte ihm der Atem.

Er behandelte gerade einen Mann, dessen Hände und Arme mit Schnittwunden übersät waren. Ein langer Schnitt verlief quer durch seine Wange, und auf der Stirn hatte er Beulen, als wäre er mit Steinen beworfen worden. Die Schnitte waren verschmutzt, aber noch nicht infiziert. McCoy pumpte den Mann mit Antibiotika voll und hob dann behutsam seine linke Hand hoch. Er hatte das Gefühl, daß die zarten Knochen ohne weiteres zerbrachen, wenn er sie nur ein wenig zu hart anfaßte.

Der Mann hatte ein einziges Mal gestöhnt, als McCoy eine besonders tiefe Wunde im Oberarm berührt hatte. Doch davon abgesehen hatte er nichts gesagt. Sein Atem klang in der Stille des Frachtraums unnatürlich laut.

Dann hörte McCoy ein Klappern. Er blickte nach links zu den Reihen von Fässern, die Scotty hier zu einem unbekannten Zweck lagerte, und sah eine schlanke, dunkelhaarige Frau, die von einem Tauteeaner zum nächsten ging. Im Vorbeigehen berührte sie jeden Artgenossen und sprach leise ein paar Worte. Zur Antwort erhielt sie ein Lächeln. Ein trauriges Lächeln, aber immerhin ein Lächeln.

Die Frau bewegte sich mit einer Mischung aus Autorität und Schuld, als würde sie die Verantwortung für alles tragen. McCoy hatte Jim Kirk in sehr ähnlichen Situationen beobachtet. Ihre Autorität schien den anderen Kraft zu geben, und das Eingeständnis der Schuld vermittelte Respekt vor ihren Schmerzen.

McCoy lächelte still und wandte sich wieder seiner Arbeit zu. Die sanfte Stimme der Frau schien sogar ihn zu beruhigen. Ihre Berührungen halfen den Tauteeanern möglicherweise mehr als McCoys Bemühungen.

Er wollte sich gerade mit dem tiefen Schnitt in der Wange des Mannes beschäftigen, als er plötzlich jemanden an seiner Seite spürte. McCoy blickte sich um und sah, wie die Frau mit den Fingern über die geheilten Arme des Mannes strich.

»Seien Sie vorsichtig«, sagte McCoy. »Die Haut dürfte noch sehr empfindlich sein.«

Sie blickte zu ihm auf. Ihre Augen waren gleichzeitig aufmerksam und getrübt. »Die Haut sieht gesund aus«, sagte sie mit voller, tiefer und musikalischer Stimme.

»Sie ist geheilt«, erwiderte McCoy. »Aber die Erinnerung an den Schmerz hält noch etwa eine Stunde lang an.«

Ein Mann trat hinter die Frau. Er war genauso groß wie sie. Er legte besitzergreifend eine Hand auf ihre Schulter. Sie wehrte sich nicht gegen die Berührung, aber sie schien sie auch nicht zur Kenntnis zu nehmen. Das wiederum schien den Mann nicht zu stören.

Sie beobachtete den Doktor für eine weitere Minute, bis sie sich offenbar zusammenriß. Anscheinend war sie nicht gekommen, um über die Verwundeten zu sprechen. Sie war aus irgendeinem anderen Grund gekommen.

Als McCoy die Schnittwunde gesäubert hatte, drückte er die Wundränder zusammen und versiegelte die Haut. Der andere Mann schnappte hörbar nach Luft. Offensichtlich war seinem Volk diese Technik unbekannt. Die Frau hingegen ließ sich nicht beeindrucken. Sie wartete ab, bis McCoy seine Arbeit beendet hatte.

Er blickte auf sie hinab, und sie hob den Kopf. Offenbar machte sie sich bereit, eine Frage zu stellen.

»Ich würde gerne mit Ihrem ...« Sie zögerte kurz, bis sie das angemessene Wort fand. »... Captain sprechen. Können Sie mir in irgendeiner Weise behilflich sein?«

Plötzlich schüttelte sich das Schiff, als es von einer neuen Subraumwelle getroffen wurde. Der Frachtraum bebte, und die Leute mußten sich anstrengen, auf den Beinen zu bleiben. McCoy stellte die Füße auseinander und schaffte es fast durch bloße Willenskraft, sich aufrecht zu halten. Die Frau wahrte ebenfalls das Gleichgewicht, während der Mann hinter ihr zu Boden geworfen wurde. Schreie hallten durch den Raum, als Tauteeaner stürzten und Wunden wieder aufrissen.

Außerdem spürte McCoy eine Art tiefsitzende Furcht. Diese Leute hatten Todesangst vor den Subraumwellen. Aber sie hatten guten Grund dazu.

Und alle verhielten sich dementsprechend. Alle bis auf diese seltsame Frau neben ihm. Sie hielt den Erschütterungen stand, als wäre alles nur ein vorübergehendes Ärgernis ohne größere Bedeutung.

Fast genauso unvermittelt, wie es eingesetzt hatte, hörte das Beben wieder auf. Die Schreie verstummten, bis es wieder so still wie zuvor war. Die Frau blickte zu ihm auf, als wären sie nie unterbrochen worden.

McCoy räusperte sich. »Der Captain ist im Augenblick ziemlich beschäftigt, wie Sie sich vielleicht denken können. Ich könnte Sie später zu ihm bringen, wenn sich die Lage ein wenig beruhigt hat.«

»Ich denke, daß Ihr Captain gerne mit mir sprechen

würde«, sagte die Frau. »Ich bin die Anführerin dieser Leute. Außerdem verfüge ich über Informationen hinsichtlich dieser Schockwellen, die sehr nützlich sein könnten.«

McCoy nickte und sah sich um. In diesem Raum war alles unter Kontrolle. Die Überlebenden im zweiten Frachtraum waren nicht so schwer verletzt wie diese hier. Er wurde jetzt in der Krankenstation gebraucht, um die Knochenbrüche und schweren Infektionen zu behandeln, aber er konnte sich einen kurzen Abstecher zur Brücke erlauben. Es würde nicht lange dauern und könnte sich als höchst interessant erweisen.

»Also gut«, sagte er. »Ich bin sicher, daß der Captain jede Hilfe gebrauchen kann. Ich werde Sie zu ihm bringen.« Er streckte ihr seine Hand hin. »Ich bin Dr. Leonard McCoy.«

Die Frau zögerte kurz, dann legte sie ihre überraschend kleine Hand in seine, als wäre sie eine Königin bei einer Audienz. »Prescott«, sagte sie und deutete auf den Mann hinter ihr. »Und das ist Folle.«

McCoy nickte ihrem Begleiter zu und unterdrückte seinen Impuls, sich wie ein Edelmann über ihrer Hand zu verbeugen. Ihre Stärke machte sie sympathisch, während ihre Zerbrechlichkeit und Verzweiflung gleichzeitig seinen Beschützerinstinkt weckten. Der Mann beobachtete ihn mit einem gewissen Mißtrauen.

Widerstrebend gab McCoy ihre Hand frei.

Sie musterte mit leichter Verwirrung sein Gesicht.

»Habe ich Sie in irgendeiner Weise beleidigt?« fragte er, als er sich plötzlich Sorgen machte, ob eine Berührung der Hände in ihrer Kultur eine völlig andere Bedeutung haben könnte.

Sie schüttelte den Kopf. »Doktor Leonard McCoy, warum haben Sie drei verschiedene Namen?«

McCoy öffnete den Mund, schloß ihn und öffnete

ihn wieder. Warum hatte er drei Namen? Er sah sich plötzlich außerstande, ihr darauf eine befriedigende Antwort zu geben.

Sie beobachtete ihn mit einem ernsten Gesichtsausdruck, bei dem er das Gefühl hatte, sein Leben würde von dieser Antwort abhängen.

Dann lachte er nur. »So sind wir nun einmal«, sagte er. »In meinem Volk gibt es ein Sprichwort: Warum einfach, wenn es auch kompliziert geht?«

Er mußte immer noch über ihre verblüffte Miene grinsen, als sie sich auf den Weg zum Turbolift machten.

13

Auf der Brücke der *Enterprise* war es totenstill. Es war, als wäre die Zeit stehengeblieben.

Uhura hielt eine Hand über die Kontrollen ihrer Kommunikationskonsole.

Sulu starrte immer noch auf den Sichtschirm, aber sein Kopf war merkwürdig geneigt, als würde er versuchen, gleichzeitig den Captain aus dem Augenwinkel zu beobachten.

Chekov dagegen starrte den Captain mit aufgerissenen Augen an.

Die drei weiteren Fähnriche auf der Brücke hatten sich mit ihren Stühlen herumgedreht, um den Captain sehen zu können.

Und Spock musterte ihn, als wäre er ein besonders interessantes – und möglicherweise gefährliches – Exemplar einer außerirdischen Insektenart.

Kirk war es gewohnt, von allen beobachtet zu werden, und er war dankbar für die Stille. Er mußte entscheiden, ob weitere mögliche Überlebende der Tautee-Katastrophe gerettet werden sollten – und wenn ja, auf welche Weise.

Spock hatte gesagt, es könnte sich um Tausende handeln.

Das überstieg die Kapazitäten der *Enterprise* und *Farragut* um ein Vielfaches. Und bei so vielen Überlebenden einer bislang isolierten Zivilisation würde eine Rettungsaktion eine klare Verletzung der Ersten Direktive darstellen. Die Föderation würde ihn zweifellos zurückpfeifen, falls er weitere Unterstützung anforderte.

Aber es mußte eine Möglichkeit geben, die Vorschriften zu umgehen. Er hatte das *Kobayashi-Maru*-Dilemma gelöst, und er würde auch dieses lösen.

Auf dem Hauptsichtschirm waren die vier klingonischen Kreuzer zu sehen. Sie schienen ebenfalls abzuwarten. Aber warum und worauf, das wußte Kirk nicht.

Vielleicht waren die Klingonen der Schlüssel zur Lösung des Problems. Kirk drehte sich unvermittelt zu seinem wissenschaftlichen Offizier herum. »Spock, haben Sie schon eine Theorie, wodurch die Zerstörung verursacht wurde?«

Spock hob eine Augenbraue, als hätte er nicht damit gerechnet, daß der Captain diese Frage stellte. »Noch habe ich keine konkrete Theorie, Captain. Ich weiß nicht, wodurch die Katastrophe verursacht wurde. Vielleicht waren die Tauteeaner selbst dafür verantwortlich. Es könnte sich auch um eine Naturkatastrophe handeln, die uns bislang unbekannt ist. Ich weiß es nicht, und zu diesem Zeitpunkt bin ich noch nicht in der Lage, Spekulationen anzustellen.«

»Sie hätten einfach nur nein sagen können«, brummte Kirk.

Spock wandte sich von ihm ab und widmete sich seinen Instrumenten.

Kirk verschränkte die Hände. Von seiner nächsten Entscheidung hing das Leben mehrerer tausend Intelligenzwesen ab.

Natürlich hätte sein alter Kollege und Lieblingsfeind Admiral William Banning gesagt, daß Kirk nicht genügend Vertrauen in die Ordnung der Dinge hatte. Die Richtlinien der Föderation waren eindeutig. Eine Zivilisation ohne Warptechnik mußte sich ungehindert aus eigener Kraft entwickeln können. Wenn sie durch eine Naturkatastrophe ausgelöscht wurde, dann handelte es sich um eine völlig natürliche Entwicklung. Und wenn einige wenige diese Naturkatastrophe überlebten, mußte man ihnen die Möglichkeit lassen, sich selbst zu retten.

Aber Kirk war nicht davon überzeugt, daß diese Katastrophe natürliche Ursachen hatte. Und die Föderation hatte keine klaren Vorschriften aufgestellt, wie mit den Überlebenden einer solchen Zivilisation umzugehen war, wenn diese durch eine fortgeschrittenere Spezies angegriffen wurde.

»Captain«, sagte Spock. Seine Stimme war so ruhig wie immer. »Eine weitere Subraumwelle wird uns in zehn Sekunden treffen.«

»Könnte eine klingonische Superwaffe diese Zerstörung bewirkt haben?« fragte Kirk.

Spock blickte sich über die Schulter zum Captain um. Uhura holte plötzlich tief Luft und hielt dann den Atem an.

Aus dem Augenwinkel konnte Kirk erkennen, daß Sulu sich zu ihm umsah.

»Zu diesem Zeitpunkt«, sagte Spock betont langsam, »bin ich nicht bereit, Spekulationen anzustellen.«

Das gesamte Schiff schüttelte sich ächzend, als die internen Stabilisatoren darum kämpften, es gegen die von außen einstürmenden Gewalten auf Kurs zu halten. Kirk hielt sich an den Armlehnen seines Sessels fest, der gegen seine Beine und sein Rückgrat schlug, ohne daß die dünne Polsterung die Stöße minderte.

Sulu klammerte sich an die Pilotenkonsole.

Chekov versuchte, sich mit dem Stuhl zurückzudrehen, und wäre dabei fast wieder zu Boden geworfen worden.

Uhura gelang es, mit der Anmut einer Ballerina ihr Gleichgewicht zu wahren.

Sie gewöhnten sich allmählich an die Erschütterungen, obwohl sich diese Subraumwelle viel schlimmer als die vorherige anfühlte.

Spock runzelte die Stirn, und noch bevor die Vibrationen nachließen, hatte er sich wieder über seine Instrumente gebeugt. Kirk sprang auf, erleichtert, endlich seinen Sessel verlassen zu können, und trat an das Geländer vor der wissenschaftlichen Station.

»War diese Welle intensiver als die anderen?« fragte er, obwohl er bereits die Antwort wußte. Es war eindeutig so, aber er wollte, daß Spock seinen Eindruck bestätigte.

Es dauerte einen Moment, bis Spock aufblickte. »Seit unserer Ankunft in diesem System hat sich die Intensität der Subraumwellen um fast zehn Prozent verstärkt. Die Steigerungsrate scheint konstant zu sein.«

»Konstant?« fragte Kirk nach. Damit hatte er nicht gerechnet. Er hatte geglaubt, daß nur die letzte Welle sich von den vorherigen unterschied. »Können Sie auf dieser Basis eine Spekulation anstellen, Spock?«

»Bedauerlicherweise ja, Captain«, antwortete Spock. »Wenn sich diese Steigerungsrate nicht verändert, wird die Sonne Tautee in schätzungsweise siebenundzwanzig Komma drei Tagen auseinandergerissen werden.«

»Völlig auseinandergerissen?« fragte Kirk. Sein Verstand konnte eine solche Zerstörungskraft genausowenig begreifen wie die Vernichtung der fünfzehn Planeten.

Spock nickte. »Ja, Captain. Und in zweiundsechzig Tagen wird das nächstgelegene Planetensystem zerstört werden.«

In Kirks Magengegend breitete sich ein unangenehmes Gefühl aus, und er atmete einmal tief durch. Doch es schien nicht zu helfen. Das Wheaten-System hatte eine Bevölkerung von vier Milliarden. »Die Wellen werden sich so weit ausbreiten?« fragte Kirk leise, während er gleichzeitig hoffte, sich verhört zu haben.

Spock hielt sich mit einer Hand an seiner Station fest, als würde er jeden Augenblick mit einer neuen Subraumwelle rechnen. »Wenn die Steigerungsrate weiterhin konstant bleibt – und ich sehe keinen logischen Grund, nicht davon auszugehen –, werden die Wellen, die aus diesem Riß im Universum stammen, irgendwann stark genug sein, um den Planeten Vulkan in schätzungsweise vierhundertundacht Tagen zu vernichten. Und sechsundzwanzig Tage später die Erde.«

»Vierhundertacht Tage?«

Kirk lehnte sich gegen das Geländer. Es fühlte sich gut an, etwas Festes im Rücken zu spüren. Klingonen, überlebende Tauteeaner, die Erste Direktive und jetzt das. Sie mußten es irgendwie schaffen, diesen Riß zu schließen, damit die Wellen aufhörten. Wenn er nicht handelte, würde es die Föderation in einem Jahr nicht mehr geben. Er mußte etwas gegen diese Wellen unternehmen.

Und er war überzeugt, daß sich die Wellen nur stoppen ließen, wenn sie genau wußten, wodurch sie verursacht wurden.

Kirk wandte sich wieder an Spock. »Wann gerät die *Enterprise* in ernsthafte Gefahr, wenn die Wellen weiterhin stärker werden, Mister Spock?«

»In zehn Stunden, Captain. Ich rate jedoch dazu, daß wir uns bereits vorher auf eine sichere Entfernung zurückziehen.«

Kirk kehrte zu seinem Sessel zurück und ließ sich kraftlos hineinfallen, worauf ihm sofort ein stechender Schmerz durch den Rücken fuhr. Zehn Stunden. Warum spielten sich alle wichtigen Ereignisse im Laufe seiner Karriere innerhalb so kurzer Zeiträume ab?

Er warf einen Blick auf die klingonischen Schiffe auf dem Sichtschirm. Plötzlich kam ihm eine Verletzung der Ersten Direktive durch die Rettung der überlebenden Tauteeaner äußerst geringfügig vor. Wenn er nicht sofort handelte, würde es bald keine Erste Direktive mehr geben. Keine Föderation und keine Erde.

Das Zischen der Turbolifttüren durchdrang mühelos das Schweigen auf der Brücke. Er verzichtete darauf, sich umzusehen und sich zu vergewissern, wer eingetroffen war. Für ihn gab es bereits genug, worüber er sich Gedanken machen mußte. Ganz gleich, worin das nächste Problem bestand, es konnte bestimmt warten.

Der Brückenbesatzung schien es genauso zu gehen, denn niemand – mit Ausnahme von Sulu – wandte den Blick von ihm ab. Alle warteten darauf, daß er eine Entscheidung traf.

Und er mußte sie bald treffen.

Er ballte eine Faust und schlug damit auf die Armlehne seines Sessels. »Wie können wir diesen Riß im Universum schließen, Mister Spock?«

»Ich weiß es nicht, Captain. Ich weiß nicht einmal, wie er entstanden ist.«

»Aber ich weiß es, Captain.«

Kirk kannte diese Stimme nicht.

Er wirbelte sofort herum und sah Dr. McCoy in Begleitung zweier winziger Wesen, bei denen es sich offenbar um Tauteeaner handelte. Der Mann starrte voller Ehrfurcht die Instrumente an. Er war klein und zierlich gebaut. Er wirkte eher wie ein Junge, wenn nicht die Altersfalten in seinem Gesicht gewesen wären.

Die Frau blickte Kirk mit erhobenem Kopf an. Sie war es, die gesprochen hatte.

Offensichtlich hatte sie das Kommando über die letzten Tauteeaner. Obwohl sie genauso klein und zerbrechlich wie der Mann war, hätte Kirk sie niemals für einen Teenager gehalten. Ihre Kleidung war zerfetzt und ihre Haut verschmutzt, aber dennoch hatte sie die Haltung und Ausstrahlung einer Persönlichkeit, die schon seit langer Zeit das Kommando führte.

»Sie wissen, was geschehen ist?« fragte er.

Die Frau trat von der anderen Seite an das Geländer, bis sie vor Kirk stand – wie eine Angeklagte vor dem Richter. Er blickte auf sie hinab.

»Mein Name ist Prescott«, sagte sie mit voller Stimme. »Ich bin für diese Katastrophe verantwortlich.«

14

»Commander, wir können nicht feststellen, was sie an Bord gebeamt haben.«

KerDaq blickte quer über die düstere Brücke auf KobtaH. Rauchschwaden von der zerstörten Konsole neben der Tür trieben durch die Luft. Ein Offizier war während der Subraumwelle darauf gestürzt. Obwohl KerDaq zu diesem Zeitpunkt in eine andere Richtung geblickt hatte, bezweifelte er sehr, daß es ein Unfall gewesen war. Er vermutete, daß jemand den Offizier gestoßen hatte. Der Mann hatte viel zu schnell Karriere gemacht und war in letzter Zeit von KerDaq begünstigt worden.

Eine solche Unterstützung durch einen Vorgesetzten machte einen Offizier häufig zur Zielscheibe. Nur wer sich gegen diese Attacken durchsetzen konnte, würde es wirklich zu etwas bringen.

Was KerDaq wieder zu seinem eigentlichen Problem zurückführte. »Sie können es nicht?« fragte er seinen Wissenschaftsoffizier.

»Nein, Commander.«

KerDaq zog ein finsteres Gesicht. Er sollte den Kerl in Stücke zerhacken – so wie die Planeten dieses Systems. Wieso konnte er nicht feststellen, ob die Menschen ihre Superwaffe an Bord gebeamt hatten? Wie war eine solche Inkompetenz möglich?

Vor allem auf seinem Schiff!

»Was konnten Sie bisher feststellen?« Er sprach absichtlich voller Sarkasmus. »Sind Sie überhaupt sicher, daß sie irgend etwas an Bord gebeamt haben?«

»Ja, Commander«, antwortete KobtaH. »Sie haben mehrere Transportvorgänge durchgeführt und etwas aus dem Zentrum des großen Asteroiden geholt.«

»*Mehrere?*« fragte KerDaq.

»Ja, Commander.«

»Sie hatten mehrere Gelegenheiten, sich zu vergewissern, und Sie haben immer noch nichts festgestellt?«

»Ich vermutete, daß es die Superwaffe war, Commander.«

»So, Sie vermuteten es! Aber Sie haben es nicht überprüft.«

KobtaH fletschte die Zähne. Er wußte, daß KerDaq seine Kompetenz in Frage stellte. Wenn KerDaq dies weiterhin tat, wäre der Posten des Wissenschaftsoffiziers bald von einer fähigeren Person besetzt.

Die übrigen Anwesenden drehten sich herum, um den Wortwechsel zu verfolgen.

»Ist es so?« KerDaq stand auf. Die Metallbeschläge seiner Handschuhe schimmerten im schwachen Licht. »Sie haben es nicht überprüft.«

»Nein, Commander. Aber etwas von dieser Größe, das so viele Transportvorgänge erforderte, konnte nur die Superwaffe sein.«

KerDaq trat einen Schritt näher an KobtaH heran. Jetzt war es zu spät für eine nochmalige Überprüfung. Durch KobtaHs Inkompetenz waren ihnen wichtige Informationen entgangen. »Falls Sie sich geirrt haben, sollten Sie dringend Kahless um Schutz bitten.«

»Ich irre mich nicht, Commander«, sagte KobtaH.

KerDaq musterte ihn blinzelnd. KobtaH war etwas kleiner als er, und seine Stirnwülste waren glatter, aber er hatte Macht und gute Beziehungen. KerDaq war noch nicht bereit, ihn aus seiner Besatzung zu entfernen. Außerdem glaubte er trotz KobtaHs Inkompetenz, daß der Offizier recht hatte.

Aus welchem Grund sollte Kirk sich sonst mitten in die Subraumwellen wagen? Diese Geschichte mit den Überlebenden war nur ein Vorwand. Kein luftatmendes Geschöpf konnte eine solche Katastrophe überleben.

KerDaq grunzte und kehrte zu seinem Kommandosessel zurück.

Er drehte sich damit herum und beugte sich vor. Er war froh darüber, daß der Sessel auf einem Podest stand, so daß er noch mächtiger wirkte, als er war. »Also glauben Sie, daß die Menschen bereit sind, sich mit ihrer Superwaffe an Bord auf den Weg zu machen?«

»Das glaube ich nicht, Oberster Commander.«

KerDaq lächelte. KobtaH redete ihn nur dann mit seinem offiziellen Titel an, wenn er sich Sorgen wegen KerDaqs möglicher Reaktion machte. Sie arbeiteten schon seit langer Zeit zusammen, und KerDaq hatte dieses Verhalten bereits des öfteren an ihm beobachtet.

»Auf welche Fakten gründet sich Ihre Meinung?«

KobtaH blickte sich um. Die anderen beobachteten ihn und warteten ab, wie KerDaq ihn für diese schwerwiegenden Irrtümer bestrafen würde.

KobtaH war ganz auf sich allein gestellt. Niemand machte Anstalten, ihn zu unterstützen, und niemand würde auf die Idee kommen, es zu tun.

Er reckte die Schultern, atmete tief durch und stellte sich wie ein guter Klingone seinem Schicksal. »Meine Ansicht stützt sich auf folgende Tatsachen, Commander. Die Subraumwellen nehmen immer noch an Stärke zu.«

»So, tun sie das?« erwiderte KerDaq, als hätte er mit dieser Antwort gerechnet. Aber das hatte er nicht.

KobtaH hatte ihn überrascht. Und KobtaH war auf einen Punkt gestoßen, der jeden überzeugen mußte.

KerDaqs Schweigen schien KobtaH nervös zu machen. »Bei der gegenwärtigen Steigerungsrate«, fügte KobtaH hinzu, »wird die Sonne in wenigen Tagen zerstört sein.«

»Und damit auch alle noch vorhandenen Beweise«, knurrte KerDaq.

Er drehte sich mit seinem Sessel wieder zum Sichtschirm herum. Es war zu erkennen, daß die Trümmerringe bereits ein Viertel der Umlaufbahnen der ehemaligen Planeten ausfüllten. Vor diesem Hintergrund wirkten die Föderationsschiffe winzig und unheilvoll.

Plötzlich war der durchtriebene Plan der Föderation völlig klar. Sie waren an diesen Ort gekommen, hatten die Waffe getestet, dann Informationen über den Ablauf des Experiments gesammelt und schließlich die Superwaffe darauf programmiert, die Sonne zu zerstören. Dabei sollten gleichzeitig die Waffe und alle übrigen Beweise vernichtet werden.

Kirk hatte vermutlich nicht die Waffe an Bord gebeamt, sondern nur die Daten.

»Brillant!« sagte KerDaq. Die Durchtriebenheit dieses Plans der Föderation war beispiellos. Und wenn sie ein abgelegenes Sonnensystem wie Tautee in weniger als einer Woche zerstören konnten, dann würde ihnen das gleiche auch mit dem Klingonischen Imperium gelingen – oder irgendeinem anderen System, das ihnen Schwierigkeiten bereitete.

Die Klingonen brauchten alle verfügbaren Informationen über diese Waffe. Sie mußten wissen, wie sie sich dagegen verteidigen konnten, um eine weitere Katastrophe dieser Art zu verhindern.

»Informieren Sie die anderen Kommandanten, mir zu folgen«, sagte er. »Ich will die *Enterprise* gefangensetzen, aber sie nicht zerstören.«

»Aber Commander, sie haben …«

»Sie haben Informationen, die für das Klingonische Imperium überlebenswichtig sind«, sagte KerDaq. »Wir werden sie uns holen. Alles, was wir wissen müssen.«

KobtaH grinste.

Die übrigen Offizier bekundeten knurrend ihre Zustimmung.

KerDaq packte die Armlehnen seines Sessels und beugte sich vor. »Auf mein Zeichen«, sagte er, »werden wir angreifen.«

»Captain«, sagte der Wissenschaftsoffizier Richard Lee, in dessen Stimme plötzlich Panik mitschwang. »Die Klingonen aktivieren ihre Waffensysteme und Schilde.«

»Alarmstufe Rot«, sagte Bogle. »Rufen Sie die *Enterprise*.«

Als ob Kirk noch nichts davon bemerkt hätte! Es war äußerst unwahrscheinlich, aber Bogle wollte kein Risiko eingehen. In dieser Situation würde er streng nach Vorschrift handeln.

Er strich sich mit einer Hand durch das ausgedünnte Haar. Zu viele Dinge geschahen in zu kurzer Zeit. Seine Brückenbesatzung, die sich über die Konsolen beugte, konnte dem Lauf der Ereignisse kaum folgen. Er vermutete, daß es Kirk und seinen Leuten genauso ging.

Bogle glaubte an die Erste Direktive – mehr als an alles andere, was die Föderation vertrat. Die Rettung von einhundert Überlebenden ließ sich gerade noch angesichts der Ersten Direktive rechtfertigen.

Aber nicht die Rettung Tausender, die Kirks Angaben zufolge die Katastrophe in den Felstrümmern überlebt haben könnten. Obwohl dieser Umstand sein Gewissen belastete, brachte er volles Verständnis für die Gründe auf. Jedes Gesetz galt für die unterschiedlichsten Bedingungen, für problemlose Fälle genauso wie für unangenehme und schmerzhafte. Sie durften all diese Überlebenden nicht retten.

Doch Bogle kannte Kirk. Er wußte, daß Kirk nach einer Möglichkeit suchen würde, die Vorschriften zu umgehen. Wenn Kirk eine solche Möglichkeit fand, mußte sie nach den Richtlinien der Föderation legal sein, sonst würde Bogle sich niemals einverstanden erklären. Wenn nicht, wäre er sogar gezwungen, Kirk an der Ausführung seines Vorhabens zu hindern, und von dieser Aussicht war er nicht gerade begeistert.

Dann gab es noch das Problem der sich ausbreitenden Wellen, die in absehbarer Zeit sogar die Heimatplaneten der Föderation bedrohen würden. Bogle schüttelte den Kopf. Das war mehr, als ein Captain unter normalen Umständen zu bewältigen hatte.

Er hatte über all das nachgedacht, nur noch nicht über die Klingonen.

»Die Verbindung zu Captain Kirk steht«, sagte Gustavus.

»Auf den Schirm mit ihm!« Bogle setzte sich in seinem Sessel zurecht und beugte sich ein wenig vor. Er wollte einen entspannten Eindruck machen, obwohl er keineswegs entspannt war.

Kirk dagegen wirkte sehr angespannt. Beinahe, als wäre er süchtig nach Adrenalin. Hinter ihm blinkten rote Lichter. Auch er hatte für sein Schiff Alarm gegeben.

»Hast du eine Ahnung, was sie im Schilde führen könnten?« fragte Bogle.

»Wie ich die Klingonen kenne«, sagte Kirk, »könnte es jede nur denkbare Gemeinheit sein. Und die Wahl des Zeitpunkts ist ebenfalls typisch. Ich habe sie immer wieder gerufen, aber sie antworten nicht.«

»Meinst du, ich sollte es noch einmal probieren?«

Kirk schüttelte den Kopf. »Wenn der Commander mir nicht antwortet, dann wird er es bei dir auch nicht tun.«

»Was haben wir falsch gemacht?« fragte Bogle.

»Vielleicht gar nichts«, sagte Kirk. »Vielleicht sind wir nur einer Sache zu nahe gekommen, die für sie sehr wichtig ist.«

»Eine Waffe?« Bogle hatte gehofft, daß diese Zerstörung nicht durch eine Superwaffe bewirkt worden war. Er wollte einfach nicht daran glauben, daß so etwas möglich war.

»Vielleicht«, sagte Kirk. »Oder sie haben gerade beschlossen, daß sie uns nicht mehr ausstehen können. Uns bleibt nichts anderes übrig, als die Sache durchzustehen.«

Bogle nickte. »Wir geben dir Rückendeckung.«

»Und wir tun das gleiche für euch«, sagte Kirk. »Kirk Ende.«

Der Bildschirm wurde für eine halbe Sekunde dunkel.

»Gustavus!« rief Bogle. »Ich will die Klingonen sehen.«

»Verstanden, Captain«, sagte sie. Der Bildschirm aktivierte sich wieder und zeigte vier grüne klingonische Kampfkreuzer vor den sich langsam ausdehnenden Ringen von Tautee.

»Captain«, sagte Lee, »sie nehmen Fahrt auf.«

Im gleichen Moment lösten sich die Schiffe voneinander und nahmen eine Angriffsformation ein.

Bogle stand so schnell auf, daß sein Stuhl in Rotation versetzt wurde. »Photonentorpedos und Phaser bereitmachen!«

Zwei Kreuzer scherten aus und flogen in einem engen Bogen über die zwei Föderationsschiffe hinweg.

»Die beiden wollen sich von oben auf uns stürzen«, sagte Lee.

»Wir warten, bis sie den ersten Schuß abgegeben haben«, sagte Bogle. Er wollte nicht dafür verantwortlich gemacht werden, einen Krieg zwischen der Föderation und den Klingonen angezettelt zu haben.

Obwohl sein Herz raste, fühlte er sich verhältnismäßig ruhig. Nachdem er jetzt wußte, was die Klingonen vorhatten, konnte er Gegenmaßnahmen ergreifen. Er hatte zwar nicht allzuviel Erfahrung mit den Klingonen, aber er wußte, wie man gegen sie kämpfen mußte. »Dann erwidern wir das Feuer. Manöver Alpha.«

Er setzte sich wieder in seinen Kommandosessel und machte sich bereit. Die Sekunden bis zum Angriff der Klingonenschiffe schienen sich zu einer ganzen Lebensspanne auszudehnen. Die Spanne seines Lebens und vielleicht die vieler anderer.

Das Schiff bäumte sich unter dem Angriff auf. Seine Offiziere versuchten, das Gleichgewicht zu wahren. Ihre Hände bewegten sich so schnell, daß seine Augen ihnen kaum noch folgen konnten. Und dann schossen die roten Leuchtspuren einer Salve Photonentorpedos über den dunklen Bildschirm, direkt auf die zwei Kampfkreuzer zu.

Die Schlacht hatte begonnen, aber Bogle wußte noch nicht einmal genau, worum es in diesem Kampf eigentlich ging.

Und er vermutete, daß Jim Kirk es ebensowenig wußte.

Er wußte nur, daß die Föderation diesen Kampf gewinnen mußte, wenn die Völker in diesem Sektor – einschließlich der Klingonen – überleben sollten.

Und sie mußten ihn schnell gewinnen.

15

Prescott klammerte sich an das Geländer, das rings um das Kommandozentrum des Schiffes verlief. Ihre Finger konnten die kühle und unvertraute Oberfläche kaum umfassen. Hier wirkte alles riesig, mächtig und laut.

Das pulsierende rote Licht wurde von einem rhythmischen Röhren begleitet, das die fremden Wesen gar nicht wahrzunehmen schienen. Als die Erschütterungen begonnen hatten, war sie zunächst davon ausgegangen, daß das Schiff von Schockwellen getroffen wurde, bis sie allmählich erkannte, daß ein anderes Schiff das Feuer auf sie eröffnet hatte.

In ihrem Kopf rasten die Gedanken, und ihr Körper war vor Schock erstarrt. Sie berührte lediglich die Oberfläche der Dinge, während in Wirklichkeit all das, woran sie je geglaubt hatte, zerstört wurde, genauso wie ihre Heimat durch ihr Experiment zerstört worden war.

Daran gab es für sie jetzt keinen Zweifel mehr. Vielleicht konnte sie diese Tatsache jetzt akzeptieren, weil sie sich an diesem magischen Ort mit diesen außergewöhnlichen Fremden befand.

Sie sahen den Tauteeanern ähnlich, aber sie waren groß wie die Riesen der uralten Mythen. Die Männer waren doppelt so groß und doppelt so stark gebaut wie Folle, aber sie waren durchaus beweglich, da ihre Körpermasse nicht aus Fett, sondern aus Muskeln bestand.

Die Frauen waren ebenfalls sehr groß und muskulös, als wären sie genauso gute Kämpfer wie ihre Männer. Und obwohl die Verständigung mit ihnen problemlos funktionierte, sprach fast jeder von ihnen mit einem unterschiedlichen Akzent – einige mit musikalischem Tonfall, wie der Mann, der sie an Bord der *Enterprise* geholt hatte, andere rauher, wie beispielsweise Dr. Leonard McCoy.

Irgendwie gefiel ihr Dr. Leonard McCoys Akzent besser.

Er stand neben ihr und hielt sich ebenfalls am Geländer fest. Er hatte nur seine langen Finger um die Stange geschlungen und bewegte sich im Rhythmus des Schiffes, als wäre diese Situation ihm seit der Geburt in Fleisch und Blut übergegangen.

Die anderen verhielten sich ähnlich, und sie fragte sich, wo sie geboren sein mochten, wie sie hierhergekommen waren und wer sie waren. Nicht alle schienen demselben Volk anzugehören. Der dünne Mann mit der grünlichen Haut unterschied sich am meisten von den anderen. Bereits seine Hauttönung, seine Ohren und Augenbrauen setzten ihn von den anderen ab, aber das Fremdartigste an ihm war sein Verhalten. Während die übrigen Besatzungsmitglieder sich mit angestrengten Mienen gegen die Erschütterungen wehrten, wahrte er mühelos sein Gleichgewicht und seine Gelassenheit.

Prescott beobachtete sie alle und fühlte sich irgendwie von der Szenerie losgelöst. Es war, als hätte sich ihr Geist vom Körper getrennt. Nach der Verzweiflung, die sie auf dem zerstörten Mond empfunden hatte, war es seltsam, plötzlich gar nichts mehr zu empfinden. Ihr wissenschaftlicher Verstand sagte ihr, daß sie so fühlte, weil sie sich bereits mit ihrem Tod abgefunden hatte. Doch da diese Erklärung sie nicht recht überzeugte, vermutete sie, daß der Schock die Ursache dafür war.

Aber tief im Innern glaubte sie, daß sie nichts empfand, weil sie bereits alles von Bedeutung verloren hatte. Wenn sie auch noch ihr Leben verlor, fiel das kaum noch ins Gewicht.

Folle stand auf ihrer anderen Seite und schien sich genauso benommen wie sie zu fühlen. Er hatte Schwierigkeiten, nicht das Gleichgewicht zu verlieren. Wenn sich das Schiff schüttelte, stieß er gelegentlich gegen sie und murmelte jedesmal eine Entschuldigung. Schließlich hob sie eine Hand und legte sie auf seine. Dr. Leonard McCoy beobachtete es mit großem Interesse.

Sonst schaute niemand in ihre Richtung.

Captain James Kirk hatte den Sitz in der Mitte der Kommandozentrale eingenommen und ließ den gewaltigen Bildschirm, vor dem zwei weitere Leute seiner Besatzung saßen, nicht aus den Augen.

Der Schirm zeigte den Weltraum. Sie erkannte die Überreste des Tautee-Systems, die Ringe um die ferne Sonne. Ihre Heimat. Doch genau in der Mitte des Bildschirms standen zwei grüne Raumschiffe, die mit ihren großen Köpfen, schmalen Rücken und Flügeln wie Ne-Echsen aussahen. Das waren offenbar die Feinde, die Klingonen.

Sie hoffte, daß sie nicht ähnlich wie die Ne-Echsen angriffen, denn sobald diese Tiere Kontakt mit der Haut ihres Opfers hatten, klammerten sie sich fest und ließen sich nicht mehr ablösen.

Ein anderes Schiff wurde ebenfalls von zwei grünen Raumschiffen bedrängt. Es sah aus wie ein Fabeltier mit Tellerkopf und Doppelschwanz und stellte anscheinend die *Farragut* dar, den Verbündeten von Captain James Kirk.

So viele neue Informationen und so viele Ereignisse. Für sie ergab längst nicht alles einen Sinn.

Aber sie wußte, daß die roten Streifen auf dem Bildschirm von Waffen stammten. Sie hatte es erfahren, als eine dieser Lichterscheinungen auf ihr Schiff zugekommen war und das Schiff anschließend von einem Treffer erschüttert worden war.

»Die Schilde halten, Captain«, sagte der große Mann mit dem beinahe unverständlichen Akzent.

»Erwidern Sie das Feuer, Mister Chekov«, sagte Captain James Kirk.

Neue Lichtstreifen schienen knapp außerhalb des Bildschirm zu entstehen. Sie wurden kleiner, als sie sich den grünen Schiffen näherten, um kurz davor in roten Feuerbällen zu explodieren.

»Treffer!« sagte Mister Chekov und hob eine geballte Faust.

»Beschuß fortsetzen.« Captain James Kirk machte den Eindruck, als würde er mit bloßen Händen kämpfen. Er war ständig in Bewegung, beugte sich vor, lehnte sich zurück und beobachtete alle Mitglieder seiner Besatzung. In diesem Moment drehte er sich mit seinem Sitz herum und blickte den grünlichen Mann an. »Wie schlägt sich die *Farragut*?«

»Sie feuern auf die zwei Kreuzer«, sagte der Fremde. Seine Stimme war genauso ruhig wie seine gesamte Art. »Sie haben bislang offenbar keinen Treffer einstecken müssen.«

»Gut.« Captain James Kirk stand auf und entfernte sich von seinem Sitz. Er blieb genau hinter einem anderen Mann stehen, der unentwegt auf den Bildschirm starrte. »Mister Sulu, bringen Sie uns unmittelbar vor KerDaqs Schiff.«

»Ja, Captain.« Mister Sulu hatte eine tiefe und beruhigende Stimme. Von allen Besatzungsmitgliedern klang er einem Tauteeaner am ähnlichsten.

Prescott spürte keinerlei Fliehkraft, aber die Bildschirmansicht veränderte sich, während eins der grünen Schiffe immer näher kam. Rote Lichtblitze erhellten die Finsternis des Weltraums.

Dr. Leonard McCoys Hände verkrampften sich um das Geländer. Er hatte schon seit einiger Zeit leise, schnaufende Geräusche von sich gegeben, mit denen er offenbar sein Mißfallen ausdrückte. Und als das Schiff sich der feindlichen Einheit näherte, murmelte er: »Das ist der absolute Wahnsinn.«

Captain James Kirk wirbelte herum. »Hast du eine Meinung dazu, Pille?«

»Ich habe zu allem eine Meinung, Jim«, sagte Dr. Leonard McCoy. »Ich denke, daß wir vom sicheren Kurs abkommen.«

»Wir haben nicht mit diesem Scharmützel angefangen, Pille«, erwiderte Captain James Kirk gereizt.

»Ich wünsche mir nur, wir könnten es so schnell wie möglich beenden.«

»Genau das habe ich vor, Pille«, sagte der Captain und drehte sich wieder zum Bildschirm um.

Die zwei Schiffe schienen sich zum Greifen nahe zu kommen, und wieder wurde die *Enterprise* von feindlichem Feuer geschüttelt. Prescott hatte nicht die geringste Vorstellung von der Energie und Durchschlagskraft dieser Schiffe und ihrer Waffen. Völker, die zwischen den Sternen reisen konnten, mußten wohl sehr mächtige Waffen besitzen.

»Captain«, sagte Mister Chekov, »die Schilde haben noch achtzig Prozent Energie.«

»Captain«, sagte der grünhäutige Mann, ohne Captain James Kirk die Gelegenheit zu geben, auf Mister Chekov zu antworten. »Wir erwarten in fünfzig Sekunden eine sehr starke Subraumwelle. Mit geschwächten Schilden werden wir diese Welle wesentlich intensiver als die bisherigen spüren.«

»Sind wir in unmittelbarer Gefahr, Mister Spock?« fragte Captain James Kirk.

»Meinen Sie die Schilde, die Klingonen, die Subraumwelle oder alle drei, Captain?«

»Ein simples Ja oder Nein hätte vollauf genügt, Mister Spock«, warf Dr. Leonard McCoy ein.

»Doktor«, sagte der grünhäutige Mann. War Spock sein einziger Name? »Um eine Anfrage präzise zu beantworten, ist es notwendig, die …«

»Die Schilde und die Welle, Spock«, unterbrach Captain James Kirk ihn ungeduldig. »Ja oder Nein?«

»Natürlich, Captain«, sagte Spock. »Eine Welle dieser Intensität in Kombination mit geschwächten Schilden würde …«

»Schilde auf siebzig Prozent«, sagte Chekov mit einem besorgten Unterton, den sogar Prescott deutlich heraushören konnte. Ihr wurde die Ironie der Situation bewußt. Nachdem sie vor dem sicheren Tod gerettet worden war, würde sie nun gemeinsam mit ihren Rettern in einem Krieg getötet werden, von dessen Hintergründen sie nicht die geringste Ahnung hatte.

Weitere Treffer ließen das Schiff erzittern. Prescott hatte das Gefühl, daß ihre Finger tiefe Gruben im ungewöhnlichen Material des Geländers hinterließen.

»Spock!« sagte Captain James Kirk und stürmte die Stufen hinauf, um direkt hinter Prescott stehenzubleiben. »Kommt die Subraumwelle direkt aus dem Trümmerring des neunten Planeten?«

»Ja, Captain«, sagte Spock seelenruhig, als würden sie über das Abendessen reden. »Ich schlage vor, daß wir wieder auf der Welle reiten, um die Schilde zu schonen.«

Sie unterhielten sich auf einem Niveau, das Prescotts Horizont so weit überstieg, daß sie sich wie ein Kind unter Erwachsenen vorkam. Der Größenunterschied zu diesen Fremden verstärkte den Eindruck zusätzlich. Sie wollten irgendwie auf die Zerstörungswellen reagieren, um die Schäden möglichst gering zu halten. Allein diese Vorstellung war für sie nur schwer zu fassen. Die Wellen hatten ihre Heimatwelt und alle anderen Planeten des Systems zerstört. Wie konnte dieses Schiff die Zerstörung unbeschadet überstehen? Diese Fremden verfügten über eine atemberaubende Macht.

Captain James Kirk nickte. Seine Entschlossenheit war ansteckend. Prescott konnte seine Energie beinahe körperlich spüren, als würde sie neben einem unzureichend abgeschirmten Fusionsreaktor stehen.

»Wir machen es genauso wie im Trümmerfeld«, sagte Captain James Kirk. »Mister Spock, übermitteln Sie die Koordinaten an Mister Sulu. Doch bevor Sie Spocks Kurs folgen, Sulu, möchte ich, daß Sie mit einem Sechstel Impuls Kurs auf den neunten Planeten nehmen. Machen Sie sich bereit, auf mein Zeichen den Kurs zu ändern und Spocks Anweisungen zu folgen.«

»Verstanden, Captain«, sagte Mister Sulu.

Prescott hatte keine Ahnung, was Captain James Kirk vorhatte, aber wie es aussah, war seine Besatzung bereit, seinen Befehlen ohne Nachfragen zu gehorchen. Der Mann war ein sehr mächtiger und vertrauenswürdiger Anführer.

Neben ihr schüttelte Dr. Leonard McCoy den Kopf. Er hatte das Geländer ebenfalls nicht einen Moment lang losgelassen. Sie überlegte, ob seine Ungeduld auf seine Stellung im Kommandozentrum zurückzuführen war. Er hatte gesagt, daß er nur schnell hier vorbeischauen wollte, bevor er sich auf den Weg in die Krankenstation machte, wo weitere Verletzte auf ihn warteten, wie er gesagt hatte.

War das der Grund für seine Ungeduld?

Sie wußte es nicht. Sie wußte nicht einmal genau, warum diese Leute manchmal drei Namen und manchmal nur einen einzigen benutzten. Sie hatte das Gefühl, daß sie überhaupt nichts mehr wußte.

»Mister Chekov?« fragte Captain Kirk, doch Prescott verstand nicht, was er ihn eigentlich fragen wollte.

Mister Chekov nickte. »Die Klingonen drehen ab und folgen uns.«

Captain James Kirk lächelte und ließ sich wieder in seinen Kommandosessel sinken. Er klammerte sich an die Armlehnen, als wären sie Erweiterungen seines Körpers.

»Noch fünfzehn Sekunden«, sagte Spock.

»Auf mein Zeichen, Mister Sulu.«

Mister Sulu nickte.

Prescott hatte den Eindruck, daß die gesamte Besatzung den Atem anhielt.

Die Sekunden verstrichen ungewöhnlich langsam.

Sogar sie hielt unwillkürlich den Atem an, obwohl sie gar nicht wußte, warum es die anderen taten.

Folle starrte sie mit weit aufgerissenen Augen an. Seine Finger fühlten sich kalt an.

»Jetzt, Mister Sulu«, sagte Captain James Kirk. »Kurs umkehren!«

»Noch fünf Sekunden«, sagte Spock.

»Festhalten!« rief Captain James Kirk.

Auf dem Bildschirm flitzten die zwei feindlichen Schiffe vorbei, als das Schiff im gleichen Augenblick lautstark erbebte. Prescott verlor den Halt und wurde gegen die Wand geschleudert. Sie spürte einen stechenden Schmerz in der Wirbelsäule. Sie rollte sich ab und gelangte in eine sitzende Position, während sie sah, wie Folle neben ihr gegen die Wand prallte. Er stöhnte hörbar auf und wurde blau.

Auch zwei Leute der Schiffsbesatzung wurden aus ihren Sitzen geworfen, und Prescott fragte sich, warum sie trotz ihrer fortgeschrittenen Technologie noch nicht auf die Idee gekommen waren, etwas so Simples wie Sitzgurte zu benutzen.

Dann hörten der Lärm und die Erschütterungen auf.

McCoy, der es geschafft hatte, auf den Beinen zu bleiben, eilte sofort zu Folle, um ihn zu untersuchen, während er ständig etwas von ›Wahnsinn‹ murmelte.

»Schadensmeldungen von den Decks vier, fünf und sieben«, sagte die große Frau in der knappen roten Uniform. Sie sprach mit verhältnismäßig ruhiger Stimme, während sie sich ständig eine Hand ans Ohr hielt.

»Die Schilde haben nur noch fünfzig Prozent Energie, aber sie halten«, meldete Mister Chekov.

»Maschinen stop!« befahl Captain James Kirk.

Prescott spürte, wie sich das Schiff bewegte. Es gab einen merklichen Ruck, und sie runzelte die Stirn. Sie hatte nicht geglaubt, daß solche Manöver im Weltraum möglich waren.

Captain James Kirk wandte sich an Spock. »Haben unsere Freunde es geschafft?«

Spock starrte eine Weile auf seine Instrumente, bevor er sprach, ohne aufzublicken. »Beide Schiffe haben schwere Beschädigungen erlitten. KerDaqs Schiff weist die größten Schäden auf. Das zweite Schiff ist vorübergehend ohne Energie.«

»Und Kellys Schiff?«

Wieder sprach Spock, ohne zum Captain aufzusehen. »Die *Farragut* konnte einem dritten Schiff, vermutlich in Kombination mit der Gewalt der Subraumwelle, erheblichen Schaden zufügen. Das vierte Klingonenschiff versucht dem dritten zu helfen. Sämtliche Feindseligkeiten wurden eingestellt. Captain …«

Spock verstummte, während er seine Instrumente noch konzentrierter als gewöhnlich studierte. Dann sprach er mit tonloser Stimme weiter. »KerDaqs Schiff wird in weniger als einer Minute einen Warpkern-Kollaps erleiden.«

Obwohl Prescott nicht verstand, was diese Worte bedeuteten, wurde ihr sofort klar, daß die Besatzung von KerDaqs Schiff dieses Ereignis nicht überleben würde. Und wie es schien, konnte auch keins der anderen feindlichen Schiffe den Leuten helfen.

Sie erhob sich vom Boden. Obwohl sie KerDaq niemals gesehen hatte, obwohl sie nichts über sein Volk wußte, empfand sie sofort Mitgefühl für ihn. Schließlich hatte sie selbst sich noch vor wenigen Stunden in derselben Lage befunden.

Captain James Kirk drückte ohne jedes Zögern auf einen Knopf in seinem Stuhl. »Transporterraum. Ich brauche einen Nottransport für sämtliches Personal an Bord des klingonischen Flaggschiffs. Sicherheit für den Transporterraum verdoppeln.«

»Jetzt auch noch Klingonen, Jim?« fragte Dr. Leonard McCoy. »Meinst du nicht, daß es bereits etwas eng im Schiff geworden ist?«

»Vertraue mir, Pille.« Captain James Kirk stand auf. Prescott hatte noch nie einen so unruhigen Mann erlebt. Er warf Spock einen kurzen Blick zu und grinste. Spock blieb völlig ungerührt, aber er hob eine Augenbraue. Offenbar hatte diese Geste dieselbe Bedeutung wie ein Lächeln.

Captain James Kirk lachte und drehte sich zum Sichtschirm um. Prescott folgte seinem Blick. Die zwei grünen Schiffe trieben langsam rotierend dahin. Offenbar waren sie nicht mehr manövrierfähig. Plötzlich sah es aus, als würde das rechte in sich zusammenstürzen. Dann explodierte es in einem hellen rotgelben Feuerball.

»Wir haben alle retten können, Captain«, sagte eine leise, körperlose Stimme.

Captain James Kirk schlug erneut auf die Kommunikationstaste. »Gute Arbeit. Lassen Sie Commander KerDaq auf die Brücke bringen. Wir haben einige Dinge zu bereden.«

»Ja, Captain«, antwortete die Stimme.

Darauf wandte sich Captain James Kirk an Dr. Leonard McCoy und lächelte. »Nun, Pille, habe ich die Sache schnell genug für dich beendet?«

Prescott blickte den Arzt an.

Dr. Leonard McCoy schnaufte, während er weiterhin Folle behandelte. »Es wäre besser gewesen, wenn es gar nicht so weit gekommen wäre.«

»Das finde ich auch«, sagte Captain James Kirk.

Dann schaute der Captain Prescott an, die sich an der Wand abstützte. »Wie es aussieht, habe ich jetzt ein paar Minuten Zeit für Sie«, sagte er.

Folle stöhnte, als der Doktor ihm beim Aufstehen behilflich war.

Unter dem konzentrierten Blick des Captains trat sie ein paar Schritte vor. »Ich bin Prescott, die Anführerin der Gruppe, die Sie gerettet haben.«

Kirk stand auf und verbeugte sich leicht. Sein Blick schien sie zu durchdringen, als wollte er mit diesem einen Blick sämtliche Unterschiede zwischen ihnen erfassen. »Captain James T. Kirk von der *U.S.S. Enterprise*«, sagte er. »Ich freue mich, Sie an Bord meines Schiffes begrüßen zu dürfen.«

Sie war über seine Freundlichkeit verblüfft. Nachdem er gerade gegen zwei feindliche Schiffe gekämpft hatte, wirkte er auf einmal nett und liebenswürdig.

McCoy räusperte sich. »Sie behauptet, sie sei für die Zerstörung dieses Systems verantwortlich.«

»Das hatte ich bereits gehört, Pille«, sagte Captain James Kirk. Die Wärme seiner Stimme war wie eine zärtliche Berührung. Prescott verschränkte die Hände hinter dem Rücken. Dieser Mann war sowohl unberechenbar wie auch gefährlich. Und mächtig. Sehr mächtig.

»Aber ich glaube es einfach nicht«, sagte er.

Sie richtete sich auf und wünschte sich zum ersten Mal in ihrem Leben, daß sie größer wäre. »Sie können es mir glauben«, sagte sie. »Ich habe das System zerstört. Und wenn Sie mir die Gelegenheit dazu geben, werde ich Ihnen sagen, wie es geschah.«

»Und wie«, fragte Captain James Kirk, »wollen Sie ein komplettes Planetensystem zerstört haben?«

»Es war ein Unfall.« Als sie spürte, daß ihre Stimme zitterte, zwang sie sich zur Ruhe.

Alle Personen im Kommandozentrum des Schiffes starrten sie an.

Und für längere Zeit sagte niemand ein Wort.

16

Kirk spürte, wie ihm eiskalt wurde. All die Energie und Aufregung der vergangenen Minuten verflüchtigten sich, als er nicht nur erkannte, was die zierliche Tauteeanerin gesagt hatte, sondern auch, was es bedeutete.

Sie war der festen Überzeugung, daß sie ihr gesamtes Volk vernichtet hatte.

Ein Schauer lief ihm über den Rücken. Ob sie recht hatte oder nicht – er mußte sie auf jeden Fall anhören.

Spock hatte sich mit seinem Stuhl herumgedreht und starrte sie an. Uhura hatte die Hand vom Ohr genommen und blickte sie voller Mitgefühl aus großen braunen Augen an. Sulu sah sich mit offenem Mund über die Schulter um. McCoy trat einen Schritt vor und wollte nach der Frau – Prescott – greifen, doch dann zog er seine Hand schnell wieder zurück.

Der Tauteeaner am Boden atmete keuchend und zitternd. Er stützte sich mit einer Hand an der Wand ab und kam mühsam auf die Beine, als bedeuteten die Worte der Frau mehr als seine Schmerzen.

»Prescott«, sagte er mit einer Stimme, die durch Sauerstoffmangel geschwächt war.

»Schon gut, Folle«, sagte sie, ohne sich zu ihm umzudrehen.

Kirk runzelte die Stirn. Er war fest davon überzeugt gewesen, daß die Klingonen diese Zerstörung durch eine Superwaffe bewirkt hatten – und er war immer noch nicht bereit, diese Möglichkeit völlig auszuschließen. Aber ihm war klar, daß die Wahrscheinlichkeit mit einem Mal erheblich geschrumpft war, ohne daß Spock ihm sagen mußte, um wieviel Prozent sie abgenommen hatte.

Außerdem wurde damit das Problem nicht gelöst. Die Klingonen hatten ihm vorgeworfen, eine spezielle Waffe eingesetzt zu haben. Er hatte gedacht, es wäre nur eine Schutzbehauptung gewesen, mit der sie ihre eigene Verwicklung in die Sache verschleiern wollten. Aber was war, wenn sie beide falsch lagen und diese Prescott recht hatte?

Kirk durfte ihre Beweise nicht allein begutachten. Die Klingonen mußten ebenfalls davon erfahren.

»Captain James Kirk«, sagte sie, »ich kann Ihnen die Antworten auf Ihre Fragen geben.«

Er nickte, während er sich durch die neue Richtung, die dieses Gespräch genommen hatte, aus dem Gleichgewicht gebracht fühlte. »Bevor Sie mir alles sagen«, erwiderte er, »wollen wir auf jemanden warten, der sich Ihre Geschichte ebenfalls anhören sollte. Er wird in Kürze eintreffen.«

Wie auf dieses Stichwort öffnete sich die Tür zum Turbolift, und KerDaq trat herein, flankiert von zwei Sicherheitswächtern. Er überragte Kirk, und im Vergleich zu den Tauteeanern wirkte KerDaq wie ein Riese. Prescott reichte ihm nur bis zum Gürtel.

KerDaq schob sie zur Seite, als er quer durch die Brücke stapfte, die Augen unter den ungewöhnlich ausgeprägten Stirnwülsten starr auf Kirk gerichtet.

Kirk erwiderte KerDaqs Blick. Klingonen drangsalierten jeden, der schwächer als sie war, und hatten nur Respekt vor Stärke. Kirk kannte sich mit diesem Spiel aus, besser als KerDaq ahnen konnte.

»Warum haben Sie uns nicht wie Krieger im Kampf sterben lassen?« fragte KerDaq mit voller und wütender Stimme. Sie beherrschte sofort die Brücke der

Enterprise, als wäre es hier viel zu klein für die Anwesenheit eines Klingonen.

Kirk bemerkte, daß Prescott schockiert zurückwich und sich vor dem wilden Gehabe des riesigen Klingonen zu ängstigen schien. Die Gesichtszüge der Tauteeaner waren denen von Menschen sehr ähnlich. Sie hatte Spock angestarrt, als hätte sie noch nie etwas so Fremdartiges gesehen. Ein Klingone mußte wie eine Alptraumgestalt auf sie wirken.

»Ihr Tod hätte niemandem genützt«, antwortete Kirk mit ebenso lauter und kräftiger Stimme. »Ich hätte Ihr Schiff liebend gerne aus dem Weltraum gefegt, aber in diesem Fall geht die Explosion nicht auf mein Konto. Ihr Schiff wurde durch die Subraumwelle zerstört, nicht durch die *Enterprise.*«

»Das weiß ich, Kirk.« KerDaq trat einen Schritt näher an Kirk heran. »Sie haben uns in eine Falle gelockt!«

KerDaq spuckte die Worte aus.

Kirk widerstand dem Impuls, sich den Speichel vom Gesicht zu wischen. Statt dessen lachte er. Es klang recht gezwungen und berechnend, aber KerDaq würde den Unterschied nicht bemerken.

Der Klingone funkelte ihn wutschnaubend an.

Jetzt war Kirks Lachen echt. Es war ihm noch nie zuvor gelungen, einen Klingonen so heftig zu reizen. »Damit könnten Sie recht haben«, sagte er und drängte sich an KerDaq vorbei, wobei er grob seine Schulter streifte und den Klingonen etwas aus dem Gleichgewicht brachte. Kirk wußte genau, daß KerDaq ihn nicht angreifen würde, zumindest nicht in diesem Augenblick. Klingonen waren brutale und furchtlose Krieger, aber sie waren nicht dumm. KerDaq würde ihm zuhören.

Er hatte gar keine andere Wahl.

»Das ist Prescott«, sagte Kirk, als er neben der kleinen, zierlichen Frau stehenblieb und wieder den Klingonen ansah. »Sie gehört zu dem Volk, das dieses System bewohnt hat.«

»Das ist mir gleichgültig, Kirk. Was geschehen ist, geht nur Sie und mich etwas an.«

»Nein«, erwiderte Kirk, ohne KerDaq aus den Augen zu lassen. »Sie irren sich.«

Er legte Prescott eine Hand auf die Schulter und stellte überrascht fest, daß sie zusammenzuckte. Ihre Knochen fühlten sich unter seiner schweren Hand zerbrechlich an. Er hoffte, daß er ihr nicht weh getan hatte. Dann lächelte sie ihn tapfer an, als hätte sie beschlossen, ihre Furcht zu überwinden.

»Kirk«, sagte KerDaq.

Kirk bedeutete ihm mit einer erhobenen Hand zu schweigen. KerDaq verzichtete auf eine Erwiderung, und zum ersten Mal war Kirk dankbar, daß es auch vernünftige Klingonen gab.

Dann wandte er sich Prescott zu. »Ich möchte, daß KerDaq hört, was Sie zu sagen haben. Bitte erzählen Sie uns, was Sie bereits angedeutet haben, und erklären Sie, wie alles geschehen ist.«

Prescott befeuchtete ihre dünnen Lippen. Ihr Blick wanderte von Kirk zum Klingonen und zu McCoy, bis sie wieder Kirk ansah. Sie wirkte beinahe ängstlich, als könnte ihr Gehirn die Situation nicht vollständig verarbeiten. Kirk konnte sich nur schwer vorstellen, wie es wäre, in ihrer Haut zu stecken.

Sie atmete tief durch und blickte sich zu Folle um, der einmal nickte. Als sie sich wieder Kirk zuwandte, schien eine neue Kraft in ihren Augen zu leuchten.

»Wir hatten gehofft, unserem gesamten Volk eine unerschöpfliche Energiequelle zur Verfügung zu stellen«, sagte sie. »Das Experiment fand auf dem größten Mond des neunten Planeten statt. Er brach zuerst auseinander.«

»Das bedeutet überhaupt nichts«, sagte KerDaq und hätte beinahe vor Abscheu auf den Boden gespuckt.

»Sie befinden sich auf meinem Schiff, KerDaq. Sie werden Prescott zuhören.«

KerDaq verschränkte die muskulösen Arme über der Brust, sagte aber nichts mehr.

Spock jedoch hatte Prescott nicht aus den Augen gelassen. Jetzt stand er langsam auf und kam auf sie zu, als hätte sie etwas gesagt, das seine Aufmerksamkeit erregt hatte. »Mit welcher Art von Energie haben Sie experimentiert?«

Prescott erzitterte leicht. Kirk spürte es in seiner Hand. Spock schien ihr Unbehagen zu verursachen, aber äußerlich ließ sie sich nichts davon anmerken. Sie bemühte sich, seinen Blick unerschrocken zu erwidern. »Wir haben eine Quantenfusionsreaktion im Zentrum des Mondes gezündet. Als Abschirmung diente ein magnetisches Feld und die natürliche Kruste des Mondes.«

Spock blickte kurz Kirk an, bevor er sich wieder Prescott zuwandte. Kirk wußte genau, was der Vulkanier dachte. Solche Versuche waren bereits erfolgreich in Hunderten von Systemen überall in der bekannten Galaxis durchgeführt worden. Die entstehende Energie wäre jedoch niemals groß genug, den Mond auseinanderzureißen, geschweige denn das gesamte System.

KerDaq schnaufte verächtlich und sagte dann: »Wir haben so etwas schon vor tausend Jahren versucht, aber wir haben dabei unser Heimatsystem nicht zerstört.«

»Ja«, sagte Spock, ohne auf KerDaqs Bemerkung einzugehen. »Die Quantenfusion ist eine bekannte und zuverlässige Energiequelle, die von vielen Zivilisationen ohne Warptechnologie entwickelt wurde.«

»Warptechnologie?« fragte Prescotts Begleiter Folle.

»Mit diesem Begriff definieren wir den Entwicklungsstand einer Zivilisation«, sagte McCoy. »Eine Kultur mit Warptechnologie gilt als ausreichend entwickelt, um Kontakt zu anderen Zivilisationen aufnehmen zu können.« Dabei hob er leicht den Kopf und sah den Klingonen von der Seite an – mit einem Blick, der Kirk jedesmal mißtrauisch machte, wenn er ihn beim Doktor bemerkte. »Also glauben Sie, Prescott, daß Ihre Experimente etwas mit der Zerstörung des Systems zu tun haben.«

Sie schüttelte den Kopf. »Ich glaube es nicht, Dr. Leonard McCoy, ich weiß es.«

»Eine unkontrollierte Quantenfusion könnte niemals ein so katastrophales Ausmaß annehmen«, sagte Ker-Daq. »Jedes Kind weiß, daß es unmöglich ist.«

»Wir wollen sie zu Ende reden lassen, KerDaq«, erwiderte Kirk.

Prescott löste sich von Kirk und seiner Hand und trat auf das erhöhte Deck, möglichst weit von den anderen entfernt. Es schien, als wäre dieses Thema so schmerzhaft, daß sie niemanden in ihrer Nähe dulden konnte.

Kirk ließ sie gehen. »Prescott«, sagte er sanft und leise, weil er diesen Moment nicht zerstören wollte. »Eine unkontrollierte Quantenfusion könnte vielleicht einen Mond vernichten, aber nicht mehr. Es gibt keine Möglichkeit, wie sich eine solche Reaktion durch den leeren Weltraum ausbreiten könnte.«

Prescott schlang die Arme um ihren Körper, als hätte sie ihm gar nicht zugehört. Als Folle zu ihr trat, wich sie vor ihm zurück. »Prescott«, sagte er, »wir haben es nicht getan. Das habe ich von Anfang an gesagt.«

Sie schüttelte den Kopf.

Spock war immer noch ganz auf sie konzentriert. »Der Ausgangspunkt der Zerstörungen liegt in der

Umlaufbahn des neunten Planeten. Wir haben Sie aus einer Basis innerhalb eines Mondes des fünften Planeten gerettet. Was haben Sie dort gemacht?«

»Diese Basis war unsere Kontrollzentrale«, sagte Prescott. »Die Energie sollte zu diesem Mond projiziert werden. Von dort aus wäre sie innerhalb des Systems weiterverteilt worden.«

»Projiziert?« wiederholte Kirk. Plötzlich wußte er, was geschehen war. Er warf Spock einen Blick zu, der sichtlich erschüttert wirkte. Spock wußte es ebenfalls.

KerDaq trat einen Schritt auf Prescott zu. »Sie haben die Energie *projiziert*?« Selbst KerDaq hatte erraten, was als nächstes kommen würde.

Kirk hob eine Hand, um KerDaq zurückzuhalten, und der Klingone gehorchte sogar.

Prescott gab sich alle Mühe, sich nicht einschüchtern zu lassen. Trotzdem blickten ihre Augen wie die eines verängstigten Rehs, und ihre Wangen röteten sich. Folle stand wie eine Säule hinter ihr, um sie zu unterstützen.

Kirk schluckte. »Mit welcher Methode«, fragte er langsam, »wollten Sie die Energie projizieren?«

Prescott drehte sich zu Folle um, der sofort vortrat. Kirk wußte in diesem Augenblick, daß Prescott der führende Kopf bei der Entwicklung des Quantenfusionsprojekts gewesen war. Folle dagegen war für die Technologie zuständig, mit der die Energie zu den inneren Planeten transportiert werden sollte.

»Durch eine Mikrowellentransmission«, sagte er mit erhobenem Kopf. In seiner Haltung war keine Spur von Scham. Er verstand offenbar immer noch nicht, weshalb das Projekt zum Scheitern verurteilt war. Und er war nicht bereit, die Schuld auf sich zu nehmen.

Was hatte er vor wenigen Augenblicken gesagt? *Prescott, wir haben es nicht getan. Das habe ich von Anfang an gesagt.*

Sie hatte es die ganze Zeit gewußt und geglaubt, daß sie allein für den Tod ihres gesamten Volkes verantwortlich war.

Kirk empfand trotz der Katastrophe Mitleid für sie. Sie hatte wochenlang mit der Überzeugung leben müssen, daß sie ihr Volk vernichtet hatte, während jeder in ihrer Umgebung es ihr auszureden versucht hatte.

»Durch eine Mikrowellentransmission lassen sich keine Energien übertragen, wie sie bei einer solchen Quantenfusion freigesetzt worden wären«, sagte Spock. »Wie haben Sie das Problem der Abschirmung gelöst?«

Folle runzelte die Stirn, als hätte ihn etwas im Tonfall von Spocks Frage beunruhigt. »Wir haben eine Rückkopplungsschleife erzeugt und einen Teil der Energie des Strahls zur Abschirmung verwendet.«

KerDaq schnaufte voller Verachtung. »Narren!«

Folles Wangen röteten sich leicht, aber Kirk hatte den Eindruck, daß Folle nur wütend über die Beleidigung war und keineswegs daran glaubte, sie könnte gerechtfertigt sein.

Prescott jedoch blickte zu Kirk auf. »Ich weiß, daß etwas schiefgelaufen ist«, sagte sie. »Was war der Fehler?«

»Spock«, sagte Kirk nur und forderte den Vulkanier damit auf, die Sachlage zu erklären.

»Ihr Konzept für die Energiegewinnung war gut durchdacht, aber das Übertragungssystem war fehlerhaft«, sagte Spock. »Mikrowellen eignen sich nicht als Trägerwelle für potenzierte Quantenenergie. Es ist genauso, als wollte man Wasser mit einem Sieb transportieren. Es würde niemals sein Ziel erreichen, sondern unterwegs durch die zahllosen Löcher entweichen. In diesem Fall bedeutet es, daß der von Ihnen erzeugte Strahl Energie verliert. Und zwar mehr Energie, als er transportiert.«

Folles Stirnrunzeln wurde tiefer. Prescott jedoch wirkte irgendwie erleichtert, als würde dieses Wissen ihr helfen.

»Und dadurch wurde die Zerstörung verursacht?« fragte sie.

»Durch die Rückkopplung mit der verlorenen Energie erzeugten Sie eine Wellenschleife innerhalb des Abschirmungsfeldes«, erklärte Spock. Es schien ihm wichtig zu sein, sowohl knappe Antworten wie auch wissenschaftliche Erläuterungen abzugeben. »Und die Energie dieser Schleife überstieg die transportierte Energie um ein Vielfaches.«

»Wir wußten, daß dieser Effekt eintreten würde«, sagte Folle. »Deshalb entwickelten wir eine Methode, um die Energie des Abschirmungsfeldes in der Empfangsstation wieder abzuzapfen.«

KerDaq schnaufte. »Solche Dummheit müßte mit dem Tod bestraft werden.«

»Diese Bestrafung ist bereits erfolgt«, warf McCoy leise ein.

Kirk erschauderte.

Eine Weile war es totenstill auf der Brücke.

Kirk verstand allmählich, was geschehen war. Es war hilfreich, die Ursachen für das Problem zu verstehen, aber das genügte noch nicht. Das Ausmaß der Zerstörung war erschreckend, und er begriff immer noch nicht, warum es weiterhin zunahm.

Spock ging nicht auf KerDaqs und McCoys Kommentare ein, als er weitersprach. »Das Abschirmungsfeld würde niemals an der Empfangsstation eintreffen. Es würde unmittelbar nach der Aktivierung des Strahls eine Rückkopplung mit der Energiequelle selbst erzeugen.«

»Das heißt, es gäbe eine Rückkopplungsschleife innerhalb der Quantenfusionsreaktion«, sagte Kirk.

»Exakt«, sagte Spock. »Und diese geballte Energie

reicht aus, um das Raumgefüge aufzureißen und den Subraum zu öffnen.«

»Ein Loch, das zerstörerische Subrauminterferenzen auslöst«, sagte KerDaq. »Wellen, die mein Schiff zerstört haben.«

»Ein Loch, das wir irgendwie wieder schließen müssen«, sagte Kirk.

17

Die Notsysteme hatten sich aktiviert. Captain Bogle war die Dunkelheit recht. Sie unterstützte das Gefühl der Dringlichkeit, und seine Besatzung arbeitete immer dann am besten, wenn es schwierig wurde. Er hatte während des letzten Scharmützels mit den Klingonen die Hauptenergie in die Schilde leiten lassen, aber jetzt schien auch das nicht mehr zu genügen.

Die Alarmleuchten blinkten im Hintergrund und tauchten die Brücke stroboskopartig in ein unheimliches rotes Licht. Seine Offiziere sahen aus, als wären sie blutüberströmt, doch außer ihm schien es niemandem aufzufallen.

Bogle hätte den Alarm abschalten lassen, wenn es möglich gewesen wäre.

Aber es war nicht möglich. Die Alarmbeleuchtung schien für ein Raumschiff genauso notwendig wie die Luftversorgung zu sein.

Auf dem Sichtschirm stand reglos das einzige noch funktionsfähige klingonische Schiff, aber gegen das rote Licht auf der Brücke wirkte die grüne Farbe kränklich und blaß.

»Schilde auf vierzig Prozent«, sagte der Wissenschaftsoffizier Lee. »Das ist zuwenig, um der nächsten Subraumwelle standzuhalten.«

Bogle ballte seine Hände zu Fäusten. Die Klingonen hatten seine Schilde unter Feuer genommen. Sie hatten die Schwachpunkte entdeckt und gezielt angegriffen. Wenn er die Schilde nicht mit mehr Energie versorgen konnte, würde es den Klingonen letztlich gelingen, die *Farragut* zu vernichten.

»Wieviel Zeit haben wir noch?« wollte Bogle wissen.

»Zwei Minuten«, erwiderte Lee.

Bogle schlug auf die Interkomtaste, um mit seinem Chefingenieur zu reden. »Projeff, wir brauchen mehr Energie für die Schilde.«

»Ich habe bereits alles umgeleitet, was mir eingefallen ist.« Bogle konnte an seinem Tonfall erkennen, daß Pro um die Ernsthaftigkeit des Problems wußte.

»Dann leiten Sie auch noch alles andere um. Einschließlich der verdammten Alarmbeleuchtung.«

»Ja, Captain.« Bogle glaubte eine Spur von Belustigung in Projeffs Stimme zu hören. Der Ingenieur wußte, wie sehr der Captain die Alarmbeleuchtung haßte.

»Gut«, sagte er. »Bogle Ende.«

Auch auf der Brücke waren vier Besatzungsmitglieder damit beschäftigt, Energiereserven auf die Schilde umzuleiten. Jetzt kam alles darauf an, daß die Schilde hielten, vor allem, da die Intensität der Wellen aus bislang unbekannten Gründen zunahm.

Und obendrein machte er sich Sorgen, daß die Klingonen genau in dem Augenblick angreifen würden, wenn sie von der Welle getroffen wurden, wenn die *Farragut* am verletzlichsten war.

Bogle drehte sich mit seinem Stuhl herum.

Lee war tief über seine wissenschaftliche Konsole gebeugt, um alle Werte im Auge zu behalten. Er wußte nicht, was er ohne Lee machen sollte.

»Wie steht es um die *Enterprise*?« fragte Bogle.

»Sie scheint nur geringfügige Schäden erlitten zu

haben«, sagte Lee, während er ungläubig den Kopf schüttelte.

Bogle schüttelte ebenfalls den Kopf. Er wußte nicht, wie Kirk es wieder einmal geschafft hatte. Bogle würde fast jede Wette eingehen, daß es Kirk als einzigem Offizier von ganz Starfleet gelang, in Ruhestand zu gehen, ohne auch nur ein einziges Schiff verloren zu haben. Sofern er nicht vorher wegen Mißachtung der Vorschriften unehrenhaft entlassen wurde.

Die roten Alarmleuchten erloschen plötzlich, so daß es beinahe stockfinster auf der Brücke wurde. Bogle blinzelte und mußte grinsend. *Gut gemacht, Projeff!*

»Captain«, sagte Gustavus, »die *Enterprise* ruft uns.«

»Und das Klingonenschiff direkt vor unserem Bug verfügt wieder über Energie«, warf Lee ein.

»Ausgezeichnet«, brummte Bogle. Genauso, wie er es vermutet hatte. Die Klingonen würden genau dann angreifen, wenn die nächste Welle kam. Er hoffte, daß Pro die Schilde rechtzeitig reparieren konnte. »Geben Sie mir die *Enterprise*.«

Der Bildschirm flackerte kurz, bevor sich ein neues Bild stabilisierte. Bogle unterdrückte den spontanen Impuls, sich die Augen zu reiben. Der Oberste Commander der Klingonen stand neben Kirk und schien sich genauso selbstverständlich wie der Captain auf der Brücke aufzuhalten. Auf Kirks anderer Seite stand eine kleinwüchsige Frau. Obwohl die Männer sie um etliches überragten, machten die drei den Eindruck, als gehörten sie zusammen.

»Captain«, sagte Kirk, während sich ein Lächeln auf sein Gesicht stahl. Er wußte genau, welche Wirkung dieser Auftritt erzielte, und schien es zu genießen. »Ich möchte Sie mit Commander KerDaq bekannt machen.« Kirk deutete auf den Klingonen an seiner Seite.

KerDaq nickte, sagte aber kein Wort.

Dann verschwand Kirks Lächeln, und eine feste Entschlossenheit trat in seine Augen. Obwohl Kirk den amüsanten Teil einer Situation zu würdigen wußte, war er sich der Ernsthaftigkeit der Lage durchaus bewußt.

»Wie ich höre, hat die *Farragut* Probleme mit den Schilden«, sagte Kirk. »Mister Spock wird Ihnen Kurskoordinaten übermitteln, damit Sie auf der Subraumwelle surfen und damit die Auswirkungen reduzieren können.«

»Verstanden«, sagte Bogle.

KerDaq nickte. »Auch ich muß jetzt meine Schiffe warnen.«

Kirk nickte. »Kirk Ende.«

Der Bildschirm wurde dunkel und zeigte dann wieder den klingonischen Kampfkreuzer vor der *Farragut*.

Bogle starrte auf das Bild, während er immer noch nicht richtig verstand, was er soeben gesehen hatte. Kirk und die Klingonen arbeiteten zusammen. Und neben ihnen hatte schweigend eine kleine Frau gestanden.

Sie war nicht menschlich.

Also offensichtlich eine überlebende Tauteeanerin.

»Ich habe die Kurskoordinaten empfangen«, sagte Lee. »Uns bleiben noch fünfzig Sekunden.«

»Übermitteln Sie sie an die Navigation und machen Sie sich bereit, zum angegebenen Zeitpunkt zu starten.« Bogle drehte sich zu Lee um. »Überprüfen Sie die Kursdaten innerhalb der nächsten zwanzig Sekunden. Wenn irgend etwas nicht stimmt, springen wir in den Warptransit, um der Subraumwelle zu entgehen. Ich will mit dieser Besatzung und diesem Schiff keine Risiken eingehen.«

»Ich arbeitete daran, Captain«, sagte Lee.

Fünfzig Sekunden, um die Schilde zu reparieren. Bogle stieß den angehaltenen Atem aus. Zumindest würde es wahrscheinlich nicht zum befürchteten Angriff der Klingonen kommen. Zumindest nicht, solange KerDaq sich auf der Brücke der *Enterprise* befand.

»Die Daten sind in Ordnung, Captain«, sagte Lee. Für ihn schien es tatsächlich keinen Zweifel zu geben. Bogle konnte sein Gesicht im Zwielicht nicht erkennen und wußte nicht, ob sein zuversichtlicher Tonfall echt war oder nicht.

»Erklärung!« sagte Bogle.

»Wenn wir den Kursdaten folgen, die uns von der *Enterprise* übermittelt wurden, werden die Auswirkungen der Subraumwelle um fast sechzig Prozent reduziert. Wenn unsere Schilde über sechzig Prozent Energie verfügen, dürfte es keinerlei Schäden geben.«

»Verstanden«, sagte Bogle. »Machen Sie sich bereit.«

»Captain«, sagte Rodriguez. »Unsere Schilde haben jetzt siebzig Prozent Energie.«

Bogle grinste unwillkürlich. Er wußte, daß die Alarmbeleuchtung reine Energieverschwendung war. »Gute Arbeit, Pro!« murmelte er.

»Folgen Sie den Anweisungen von der *Enterprise*, Mister Lee.«

»Verstanden, Captain«, sagte Lee. »Mister Rodriguez, gehen Sie auf mein Zeichen auf ein Fünftel Impuls.«

Auf dem Bildschirm war zu sehen, wie sich das klingonische Schiff in dieselbe Richtung drehte. Bogle schüttelte fassungslos den Kopf. Er würde niemals verstehen, wie Kirk es immer wieder schaffte.

»Jetzt, Rodriguez!« sagte Lee. »Die Welle trifft in fünf Sekunden ein.«

Bogle hielt sich fest, als wäre sein Raumschiff ein Surfbrett auf einer gefährlich hohen Welle.

Der klingonische Kampfkreuzer neben der *Farragut* führte exakt das gleiche Manöver aus.

18

McCoy hatte bereits begonnen, die Zeit an den Intervallen zwischen den Schockwellen zu messen.

Nach Prescotts Offenbarungen hatte er die Brücke verlassen. Als die nächste Schockwelle kam, war er gerade in der Krankenstation eingetroffen. Darauf war eine neue Gruppe von Besatzungsmitgliedern mit leichten Verletzungen angekommen. Er trug Schwester Chapel auf, sich um sie zu kümmern, während er die Knochenbrüche der Tauteeaner behandelte und die entzündeten Wunden reinigte.

Dann folgte die nächste Schockwelle. Die Erschütterungen spürte er kaum, nur ihre Auswirkungen. Er versorgte die leichten Prellungen und Abschürfungen und hatte sogar noch Zeit, dem klingonischen Arzt zu helfen, einen Klingonen zu behandeln, der im Kampf schwere Verbrennungen erlitten hatte.

Der einzige positive Effekt der Schockwellen bestand darin, daß er durch die neuen Patienten regelmäßig mit Informationen versorgt wurde. Die *Farragut* und die *Enterprise* hatten die Wellen überstanden; Captain Kirk und der klingonische Commander hatten sich zur Zusammenarbeit entschlossen; Mr. Spock hatte offenbar voller Verzweiflung den Wissenschaftsoffizier der *Farragut* gebeten, gemeinsam den Riß im Universum zu schließen.

Der Fähnrich, der die letzte Information gebracht hatte, schien überrascht, daß Spock zur Verzweiflung imstande war. Doch für McCoy war es keineswegs eine Überraschung. Er kannte Spock schon seit Jahren, und er hatte den Eindruck, daß ihr Verhältnis sich von Anfang an auf Verzweiflung gegründet hatte – auf beiden Seiten.

Die Wellen kehrten regelmäßig wieder, doch die Besatzung schien sich allmählich daran zu gewöhnen. Nach der letzten Subraumwelle waren nur wenige Abschürfungen in die Krankenstation gekommen. Schwester Chapel hatte alles im Griff. McCoy wäre lieber auf der Brücke gewesen. Er redete sich ein, daß er etwas zu den Diskussionen beitragen könnte, daß er vielleicht eine Idee beisteuern könnte, wie sich der Riß im Raum schließen ließ. Aber in Wirklichkeit war er nur daran interessiert, Prescott zu sehen.

Auf der Brücke herrschte dichtes Gedränge, als er dort eintraf.

Kirk, Scotty und KerDaq drängten sich hinter Spock um die Wissenschaftsstation.

Uhura überwachte die Kommunikation, Sulu und Chekov berieten sich, wie es sich besser auf den Wellen surfen ließ, doch Prescott war nirgendwo zu sehen.

McCoy näherte sich der Menschentraube, die die wissenschaftliche Station belagerte. Dann sah er, daß Prescott neben Spock saß und die kleinen Arme auf die Konsole gelegt hatte. Auf der anderen Seite von Spock saß ein weiterer wissenschaftlicher Offizier, wie an seiner blauen Uniform zu erkennen war. Offensichtlich war es der Wissenschaftsoffizier der *Farragut* – Lee, falls McCoy sich richtig an seinen Namen erinnerte. Er war ein großer rothaariger Mann, dessen Jovialität Spock sichtlich Unbehagen bereitete.

Für McCoy wurde sofort klar, daß sie bislang noch keine Fortschritte erzielt hatten.

Er blieb neben Kirk stehen. Der Captain trat einen

Schritt zur Seite, so daß McCoy die Computermonitoren und die Schaltflächen beobachten konnte, die Spocks Arbeitsplatz darstellten. Prescott warf ihm einen Blick über die Schulter zu und lächelte. Es war ein geistesabwesendes Lächeln, da sie offenbar ganz andere Dinge im Kopf hatte, aber McCoy fand es trotzdem nett von ihr.

Spock blickte von seinen Instrumenten auf. »Die Subraumwellen nehmen an Intensität zu, während sich gleichzeitig der Riß erweitert.«

»Wieviel Zeit haben wir noch?« fragte Kirk.

»Nicht mehr viel«, sagte Lee mit tiefer Stimme. McCoy blinzelte überrascht, denn Spock hätte sich niemals mit einer so unbestimmten Antwort zufriedengegeben.

»Richtig«, sagte Spock, doch dann fügte er die exakteren Informationen hinzu, die McCoy von ihm erwartete. »Wenn wir nicht innerhalb von zwei Stunden und zehn Minuten eine Lösung finden, wird kein Raumschiff mehr in der Lage sein, sich dem Riß zu nähern. Und das bedeutet, daß wir nichts mehr unternehmen können.«

Prescott lehnte sich zurück. McCoy spürte ihre Körperwärme an seinem Bein. »Ich verstehe das nicht. Es muß doch eine Quelle für die Energie geben, die diese Wellen verursacht. Können wir diese Quelle nicht irgendwie versiegen lassen? Sie vielleicht zerstören?«

KerDaq schnaufte und verdrehte die Augen. McCoy hätte nicht gedacht, daß Klingonen so ausdrucksvoll sein konnten, ohne ein einziges Wort zu sagen.

Fast wie menschliche Teenager.

Wissenschaftsoffizier Lee schüttelte den Kopf, als könnte er nicht fassen, daß die Frau so dumm war. Spock ging gar nicht auf ihre Frage ein.

Doch Scotty betrachtete sie voller Mitgefühl.

»Es gibt natürlich eine Energiequelle, meine Gute«,

sagte er. »Das Universum ist wie ein lebender Körper. Und ein Körper...« Er blickte kurz zu KerDaq hinüber. »...zumindest der Körper eines Menschen besitzt ein Herz, das die wichtigste Energiequelle des Körpers darstellt. Auch das Universum hat ein solches Herz, also eine Energiequelle, die es am Leben erhält. Mit ihrer Quantenfusionsreaktion haben Sie diese universelle Energiequelle angezapft. Das Problem ist nun, daß Sie ein Loch zwischen verschiedenen Universen erzeugt haben, durch das die Energie von Universum A mit zunehmender Flußrate in Universum B entweichen kann. Und wir befinden uns in Universum B.«

Die Analogie war zwar nicht so treffend, wie Scotty dies beabsichtigt hatte, aber trotzdem schrillten plötzlich McCoys mentale Alarmglocken. Er hatte sich das Universum noch nie als lebendes Wesen mit Herz und Lungen vorgestellt. Die Analogie versagte, wenn man sie zu sehr beanspruchte. Aber zumindest gab sie ihm eine bildliche Vorstellung.

Und eine Idee.

»Jim«, sagte McCoy und trat vor. »Wenn ich Scotty richtig verstanden habe, verhält es sich mit diesem Loch im Raum ähnlich wie mit einer blutenden Wunde in einem menschlichen Körper.«

»Die Analogie läßt sich nicht in jeder Hinsicht übertragen«, sagte Spock, »da ein Körper nicht notwendiger in einen anderen hineinblutet...«

»Schon gut, Spock«, sagte Kirk. »Du hast eine Idee, Pille?«

McCoy nickte. Er empfand die typische Erregung kurz vor einer neuen – und korrekten – Entdeckung. »Wenn ein Patient eine größere Wunde hat, dann schließt man nicht den gesamten Schnitt auf einmal. Man arbeitet sich von den Seiten heran, um die Blutung allmählich zu stillen, während man sie langsam verschließt.«

Spock neigte den Kopf zur Seite und blickte auf einen Punkt, der irgendwo zwischen den Umstehenden lag. McCoy kannte diesen Blick. Er bedeutete, daß Spock angestrengt nachdachte.

»Man schließt sie von den Seiten«, sagte Scotty.

»Man fängt nicht in der Mitte an«, sagte Lee fast gleichzeitig.

»Wenn wir weiter entfernt sind ...«

»... könnten wir den Riß ...«

»... trotzdem schließen.«

»Meine Herren?« sagte Kirk, den offenbar die durcheinander sprechenden Stimmen irritierten. Die zwei Männer unterhielten sich anscheinend in derselben Sprache, aber niemand außer ihnen schien den Zusammenhang zu verstehen. Sie hatten dieselbe Idee, so daß sie nicht viele Worte brauchten, um sich zu verständigen.

»Captain«, sagte Scotty. In seinen Augen strahlte die Schönheit seiner Idee. »Wenn wir nahe genug herankommen, könnten wir unsere Warpabschirmung ausdehnen und über einen Teil des Risses legen.«

»Die *Farragut* könnte das gleiche tun«, sagte Lee, »und zwar auf der anderen Seite, zum selben Zeitpunkt.«

Spock neigte den Kopf zur anderen Seite, als müßte er die Prozedur anschaulich nachvollziehen. Dann blickte er zu Kirk auf. »Das müßte dem abgeschirmten Bereich die Gelegenheit geben, sich von selbst zu schließen«, sagte er.

»Und dann würden beide Schiffe implodieren«, sagte KerDaq so unvermittelt, daß McCoy zusammenzuckte. »Ich werde mich mit meinen Schiffen nicht an einer so aberwitzigen Aktion beteiligen.«

Scotty beugte sich vor und bediente einige Tasten, um die zweidimensionale Darstellung des Risses aufzurufen, die Spock ihnen bereits früher gezeigt hatte. »Wir könnten uns langsam bis zum Zentrum des Risses vorarbeiten, ihn schließen und …«

»Ich muß Commander KerDaq recht geben«, sagte Spock. »Wenn wir unsere Warpfelder auf den Riß im Universum ausdehnen, würden beide Schiffe sofort zerstört werden. Damit würden wir letztlich nur eine ähnliche Rückkopplungsschleife erzeugen, wie sie bereits vorhanden ist.«

»Wenigstens der Vulkanier besitzt noch einen Rest von Vernunft«, sagte KerDaq.

Aber die anderen hörten nicht auf ihn. Prescott studierte das Diagramm des Risses, als könnte sie damit ihr wissenschaftliches Verständnis auf einen Schlag erweitern. Lee und Scotty starrten sich gegenseitig an, während ihre Köpfe rauchten. Dann griff Scotty nach der Rückenlehne des Stuhls vor der technischen Konsole und setzte sich.

»Es muß eine Möglichkeit geben«, sagte er.

»Der Doktor könnte durchaus die richtige Metapher gewählt haben«, sagte Spock, »aber diese Wunde wurde dadurch verursacht, daß ein Loch in den Raum gebrannt wurde. Ich denke, man müßte eine solche Wunde nicht nähen, sondern sie kauterisieren.«

»Man kauterisiert keine Verbrennungen, Spock«, sagte McCoy.

»Wir sprechen hier in Metaphern, Doktor«, erwiderte Spock. »Wir müssen die Wunde auf dieselbe Weise verschließen, wie sie verursacht wurde.«

McCoy wollte schon protestieren, als er die Reaktionen der anderen bemerkte. Lee und Scotty runzelten die Stirn, und KerDaq wirkte auf einmal gar nicht mehr so abweisend.

»Es könnte funktionieren«, sagte Lee leise.

»Ja, mein Junge«, pflichtete Scotty ihm bei. »Es könnte wirklich klappen.«

McCoy schüttelte den Kopf. Es war, als würden die beiden Männer in telepathischer Verbindung stehen.

»Könnte sich vielleicht jemand dazu herablassen, mir zu erklären, worum es geht?« fragte Kirk. Er verließ den Bereich hinter dem Geländer und stellte sich neben seinen Kommandosessel.

»Captain«, sagte Spock. »wenn wir gemeinsam mit der *Farragut* und zwei klingonischen Schiffen eine volle Phasersalve auf den Riß abfeuern, wenn gerade eine neue Subraumwelle entsteht, würden wir eine gegenläufige Energiewelle erzeugen.«

»Und dann würden sich beide Wellen gegenseitig auslöschen«, sagte Scotty.

»Worauf sich das Raumgefüge wieder stabilisiert«, setzte Lee hinzu.

Spock nickte. »Und sich der Riß im Raum schließt.«

»Einfach so, Mister Spock?« fragte Kirk skeptisch.

»Ich denke, es spielt keine Rolle, wie wir es machen, Jim«, sagte McCoy, der sich nicht sicher war, ob er die Idee richtig verstanden hatte. »Es kommt nur darauf an, daß der Riß geschlossen wird.«

»Meine Schiffe werden sich für einen solchen Versuch zur Verfügung stellen«, sagte KerDaq mit fester Stimme, als wäre die Sache längst entschieden.

McCoy blickte sich zum Klingonen um. Er hatte immer noch die Arme über der Brust verschränkt, aber er wirkte auf einmal nicht mehr so bedrohlich, als hätte die Aussicht auf Erfolg etwas in ihm besänftigt.

»Captain«, sagte Spock, während er sich mit seinem Stuhl herumdrehte und dabei fast Prescott umgeworfen hätte. McCoy griff instinktiv nach ihrer Schulter, um sie festzuhalten. »Es gibt da noch ein Problem.«

»Natürlich«, sagte Kirk und atmete tief durch. »Es gibt doch immer ein Problem, nicht wahr?«

McCoy hätte fast gelacht. Kirk hatte recht. In diesem Raumschiff schien es niemals einfache Lösungen für irgendwelche Probleme zu geben. Wenn die Zeit nicht drängte, war eine Lösung unmöglich. Er wollte gar nicht nachrechnen, wie oft die Besatzung dieses Schiffes schon das Unmögliche möglich gemacht hatte.

Spock redete weiter, als hätte Kirk überhaupt nichts erwidert. »Die resultierende Schließung des Risses wird sehr plötzlich geschehen. Sie wird eine letzte Subraumwelle erzeugen, die schätzungsweise eine zweihundertmal größere Zerstörungskraft als die bisherigen besitzt.«

»Das ist kein Problem, Mister Spock«, sagte Scotty. »Die Schiffe könnten sich mit einem Warpsprung vor der Welle in Sicherheit bringen.«

Spock nickte. »Richtig, Mister Scott. Die Schiffe könnten sich rechtzeitig aus der Gefahrenzone bringen.« Spock verschränkte die Hände. McCoy wußte, daß Spock diese Geste immer dann machte, wenn er schlechte Neuigkeiten zu verkünden hatte. »Das Problem, das ich angedeutet habe, hat nichts mit den Raumschiffen zu tun. Die entstehende Subraumwelle würde die noch vorhandenen größeren Asteroiden dieses Systems pulverisieren. Es besteht eine Wahrscheinlichkeit von sechzehn Prozent, daß die Sonne Tautee durch die Welle zum Kollaps gebracht wird.«

Plötzlich verstand McCoy, worauf Spock hinauswollte. Sein Magen krampfte sich schmerzhaft zusammen. Er wußte, daß Prescott noch nichts verstanden hatte, denn sie starrte Spock nur an.

Kirks Gesicht wurde blaß, und er ließ sich in seinen Sessel fallen. KerDaq legte die Stirn in tiefe Falten. Lee blickte sich zu Spock um.

»Ich erkenne nicht, wo das Problem liegt«, sagte er. »Ist die Welle so intensiv, daß sie ein Nachbarsystem zerstören kann? Nach meinen Berechnungen hätte eine Welle von dieser Intensität keine zerstörerischen Auswirkungen außerhalb eines Radius von drei Lichtjahren. Und in dieser Entfernung gibt es keine Systeme.«

Spock schüttelte den Kopf. »Das ist korrekt. Drei Komma eins Lichtjahre, um genau zu sein. In den Nachbarsystemen wird man den Effekt wahrnehmen, aber in dieser Entfernung wird die Welle keine nennenswerten Schäden mehr anrichten.«

Kirk starrte blicklos geradeaus. McCoy wußte, daß ihm keine andere Wahl blieb und daß er sich dieser Tatsache offenbar bewußt war. Es sei denn, jemand entwickelte eine bessere Lösung. Doch die Wahrscheinlichkeit dafür tendierte McCoys Einschätzung zufolge gegen Null.

»Spock«, sagte McCoy. Er wußte, welche Kettenreaktion er in Prescotts Geist auslösen würde, aber er sah keine Möglichkeit, sie zu verhindern. Seine Hand lag immer noch auf ihrer Schulter. Ihr Körper fühlte sich wie eine straff gespannte Feder an. Ihr Unterbewußtsein war sich bereits über die Implikationen im klaren, auch wenn ihr bewußter Verstand sie noch nicht akzeptieren wollte. »Wie viele Überlebende befinden sich nach Ihrer Schätzung noch in diesen Asteroiden?«

»Die Zahl dürfte in die Tausende gehen, Doktor.«

»Überlebende?« Prescott bewegte sich so schnell, daß sie beinahe vom Stuhl gefallen wäre. McCoy konnte sie nicht aufhalten, als sie im nächsten Moment im Zentrum der Brücke stand und zu Kirk aufblickte. »Es gibt noch mehr Überlebende?«

Kirk nickte stumm.

»Sie würden durch dieses Vorhaben getötet werden.«

»Ja, so ist es«, sagte Spock. Er beobachtete die Frau aufmerksam. McCoy trat einen Schritt auf sie zu und blieb wieder stehen. Er konnte nichts mehr tun. Er mußte das Vorhandensein der Überlebenden berücksichtigen und die anderen dazu drängen, nach einer besseren Lösung zu suchen, aber mehr konnte er einfach nicht tun.

»Ihr Volk hat dieses Problem verursacht. Für eine solche Dummheit ist der Tod als Bestrafung angemessen«, sagte KerDaq.

Prescott wirbelte herum und ging auf den Klingonen zu. Sie war zwar nur halb so groß wie er und wog höchstens ein Viertel seines Körpergewichts, aber in ihren Augen war etwas, daß den Klingonen leicht zurückweichen ließ.

McCoy trat ihr in den Weg und hielt sie auf. Er war froh, daß sie stehenblieb. Er bezweifelte nicht, daß sie wesentlich kräftiger war, als sie wirkte. Sie warf dem Klingonen einen vernichtenden Blick zu und drehte sich dann wieder zu Kirk um.

»Captain«, sagte Prescott. »Sie dürfen den Rest meines Volkes nicht töten.«

»Wenn er es nicht tut, meine Gute«, sagte Scotty, »werden Hunderte von Milliarden anderer Intelligenzwesen getötet.«

McCoy beobachtete Captain Kirk, der auf den Sichtschirm starrte, ohne ein Wort zu sagen. Er stand vor einer Entscheidung, die im Grunde gar keine Entscheidung war.

Er mußte einfach den Befehl geben, die letzten paar tausend Überlebenden einer Spezies in den Tod zu schicken.

19

Kirk kehrte seinen Offizieren den Rücken zu und starrte auf den Hauptsichtschirm. Die Ringe breiteten sich immer noch grau, golden und weiß vor dem schwarzen Weltraum aus. Manchmal waren Schönheit und Zerstörung untrennbar miteinander verbunden. Und genau das machte den verführerischen Reiz der Zerstörung aus.

Tausende möglicher Überlebender. Selbst wenn er einen ganzen Tag zur Verfügung hatte, konnte er niemals alle retten. Es war genau wie bei einem dieser philosophischen Gedankenspiele – wenn man einen Freund opfern müßte, um tausend unbekannten Menschen das Leben zu retten, würde man sich für den Freund entscheiden oder ihn sterben lassen? Bei dieser Überlegung wurde oft vergessen, daß Menschen – richtige, nicht nur hypothetische Menschen – ständig solche Entscheidungen treffen mußten.

Kirk hatte schon einmal eine solche Entscheidung getroffen, die ihm immer noch Alpträume verursachte. Er träumte immer wieder von Edith Keelers Gesicht. Dann hörte er, wie ihr Schrei plötzlich verstummte, gefolgt von einem dumpfen Aufprall. Er spürte Pilles warmen Körper in seinen Armen und sah das schmutzigbraune Gebäude und roch den Gestank chemischer Verbrennungsmotoren in der Luft.

Laß mich gehen, Jim.

Ich hätte sie retten können.

Das Pferd wäre nicht gestürzt, wenn es nicht das

Hufeisen verloren hätte. Das Hufeisen wäre nicht abgefallen, wenn sich nicht der Nagel gelockert hätte. Und der Nagel wäre ...

Er riß sich zusammen, während er bemerkte, daß nur Sekunden vergangen waren, obwohl es ihm wie ein halbes Leben vorgekommen war.

Wie tausend Leben.

Wenn er nur zurückgehen könnte, um dem kleinen Jungen aus Iowa zu sagen, daß seine Karriere von ihm verlangen würde, Menschen in den Tod zu schicken. Wenn er nur verhindern könnte, daß dieser Junge die Akademie erfolgreich abschloß und befördert wurde...

Es würde nichts ändern. Auch wenn er im Laufe der Jahre als Captain mehrere Leute unwissentlich in den Tod geschickt hatte – er würde sich in jeder Situation immer wieder genauso entscheiden.

Sogar, was Edith betraf.

Insbesondere Edith.

Denn jemand anderer hätte möglicherweise eine andere Entscheidung getroffen.

Die falsche Entscheidung.

Sie hätte die Notwendigkeit, Hitler aufzuhalten, verstanden, damit die Geschichte sich so ereignete, wie Kirk sie kannte. Edith war ihrer Zeit voraus gewesen, und das war ihr zum Verhängnis geworden.

Sämtliche guten Absichten der Welt konnten daran nichts ändern.

Sie würde auch diese Entscheidung verstehen, obwohl sie versuchen würde, ihn davon abzubringen. Sie würde ihn fragen, ob es keine andere Möglichkeit gab. Und wenn es keine gab, würde sie sagen, daß selbst ein winziger Unterschied immer noch besser als gar nichts war.

Auf der Brücke rings um ihn herum war es sehr still geworden.

Er drehte sich um und blickte Spock an. »Wieviel Zeit haben wir noch?«

»Wir müssen den Riß innerhalb der nächsten einhunderteinundzwanzig Minuten schließen«, sagte Spock.

Selbst ein winziger Unterschied …

Kirk hatte das Gefühl, als würde ihm die Entscheidung aus der Hand genommen. Er wandte sich an den wissenschaftlichen Offizier der *Farragut*. »Haben Sie schon Captain Bogle informiert, Mister Lee?«

… war immer noch besser …

Richard Lee nickte. »Ja, Captain. Er wartet auf Ihre Entscheidung.«

Kirk kam unwillkürlich ein leises Lachen über die Lippen. Ein schlauer Fuchs, dieser Bogle. Da die Lösung auf der Brücke der *Enterprise* entwickelt worden war, wollte Bogle sich nicht einmischen. Doch damit ruhte die Verantwortung ganz allein auf Kirks Schultern. Und Bogle würde alles tun, um sich herauszuhalten.

… als gar nichts.

Im Grunde war die Entscheidung gar keine Frage. Aber es mußte eine andere Möglichkeit geben.

»Spock«, sagte er, »können wir die Ausdehnung des Risses genügend verlangsamen, um weitere Schiffe zu Hilfe zu rufen?«

»Negativ, Captain.«

»Könnten wir nicht zumindest ein paar Stunden herausschlagen, um mit beiden Schiffen so viele Überlebende wie möglich zu retten.«

»Captain«, sagte Spock. Kirk gefiel es nicht, wenn der Vulkanier in diesem Tonfall sprach. Wenn er ihm klarzumachen versuchte, daß er nichts verstanden hatte.

Das Problem war nur, daß er es wirklich nicht verstand. Warum stellte das Universum ihn immer wieder vor solche unmöglichen Entscheidungen?

»Wenn wir wahllos in den Riß feuern«, sagte Spock, »würden wir alles nur schlimmer machen. Statt eine gegenläufige Rückkopplungsschleife zu erzeugen, würden wir nur die bereits existierende Schleife verstärken und damit auch die Kraft der Subraumwellen erhöhen. Die einzige Möglichkeit, den Riß zu schließen, besteht darin, zum richtigen Zeitpunkt einen Energiestoß abzugeben, wenn sich eine neue Welle bildet. Trotz allem wird es auf jeden Fall eine letzte Welle geben, über deren Zerstörungskraft wir vor kurzem geredet haben.«

Er hatte keine Wahl. Es gab keinen Entscheidungsspielraum.

Prescott schob sich an Pille vorbei. In ihren winzigen Zügen spiegelte sich ein Universum der Emotionen. Gegen sie wirkte der Klingone wie ein zahmes Haustier. »Captain, Sie können den Rest meines Volkes nicht sterben lassen.«

Er öffnete den Mund, um etwas zu sagen, schloß ihn dann jedoch wieder. Sie verstand es einfach nicht. Es war zu theoretisch für sie. Noch vor wenigen Stunden hatte sie gar nicht gewußt, daß noch andere Völker im Universum existierten. Sie konnte den geistigen Sprung von den Tausenden, die sie kannte, zu den Milliarden, die sie nicht kannte, nicht vollziehen. Niemand konnte das.

Das wußte er aus eigener schmerzhafter Erfahrung.

»Ich muß es tun«, sagte er, obwohl er wußte, daß er sie nicht überzeugen konnte. Auch ihr Gesicht, auch ihr Flehen und Bitten würden ihn künftig in seinen Träumen verfolgen, genauso wie Ediths Schrei.

Selbst ein winziger Unterschied …

Dann bekam er die Idee zu fassen, nach der er die ganze Zeit getastet hatte.

Er sprang aus seinem Sessel und ging bis zum Geländer. Plötzlich war er wieder voller Energie.

»Aber mit Ihrer Hilfe können wir einen erheblichen Teil Ihres Volkes retten.«

»Sie sind verrückt, Kirk«, sagte KerDaq.

»Wie?« fragte McCoy, während sich seine Miene aufhellte.

Kirk wandte sich an Spock. »Wir haben noch zwei Stunden, sagten Sie? Ist das korrekt?«

»Eine Stunde und achtundfünfzig Minuten«, erwiderte Spock.

Kirk nickte und verschwendete keinen weiteren Gedanken an die verlorenen zwei Minuten. »Mit Ihrer Hilfe, Prescott, und mit der Hilfe Ihrer Leute an Bord dieses Schiffes müßten wir es schaffen, die wahrscheinlichsten Stellen zu lokalisieren, an denen sich Überlebende befinden könnten. Mondbasen, isolierte Einrichtungen, Raumstationen. Wir haben zwei Schiffe zur Verfügung. Wenn es sein muß, können wir darin ziemlich viele Personen unterbringen.« Er lächelte Prescott an. »Zumindest so viele, daß Ihr Volk die Chance bekommt, in einem anderen System neu anzufangen.«

Prescott öffnete den Mund. Im ersten Moment dachte er, daß sie diesen Vorschlag rundweg ablehnen würde. Dann schwankte sie leicht, als hätten seine Worte ihr einen betäubenden Schlag versetzt. »Eine Chance ist alles, was wir brauchen, Captain.«

»Wir haben drei Schiffe«, sagte KerDaq. »Und ein viertes wird in Kürze wieder einsatzbereit sein.«

Kirk riß erstaunt die Augen auf. Er konnte KerDaq einfach nicht vertrauen, genausowenig wie der Klingone ihm vertrauen konnte. Kirk ging zu ihm und blieb genau vor KerDaq stehen. Er sagte nichts, sondern starrte ihn nur an.

Nach einer Weile lachte KerDaq. »Wir müssen Sie im Auge behalten«, sagte er. »Falls Sie einen neuen Versuch machen, Ihre Superwaffe zu bergen. Wenn wir dabei ein paar Überlebende an Bord nehmen können, um so besser.«

Jetzt lachte Kirk ebenfalls. »Ich glaube, Starfleet ist damit einverstanden, wenn wir Überlebende retten, die *Ihrer* Superwaffe entkommen sind.«

KerDaq nickte, während er immer noch grinste. Dann richtete er den Blick fest auf Kirk. »Keine Tricks!«

»Keine Tricks. Mein wissenschaftlicher Offizier wird Ihnen erklären, wie Sie auf den Subraumwellen reiten, um die Schäden für Ihre Schiffe in Grenzen zu halten. Wir können es uns nicht leisten, wenn eins Ihrer Schiffe durch einen Asteroiden zerstört wird. Wir brauchen alle vier Schiffe, um den Riß zu schließen.«

KerDaq knurrte. »Wir benötigen keine Erklärungen. Sorgen Sie nur dafür, daß Sie überleben.«

»Abgemacht«, sagte Kirk.

Kirk wandte sich an Prescott, während KerDaq zusammen mit dem Wissenschaftsoffizier Lee die Brücke verließ. »Wir brauchen jetzt schnellstens die Koordinaten.«

Prescotts Augen strahlten, als sie an Spocks Seite eilte und ihm die erforderlichen Angaben machte.

20

Auf der Brücke der *Farragut* war es immer noch dunkel. Projeff hatte noch nicht alle Systeme einsatzbereit gemacht, aber die Schilde arbeiteten wieder mit neunzig Prozent ihrer maximalen Kapazität.

Was immer ihnen das nützen mochte.

Bogle saß in seinem Kommandosessel, trommelte mit den Fingern auf der Armlehne und dachte an die Zeiten, als er und Kirk gemeinsam auf diesem Schiff gedient hatten. Irgendwie war Kirk befördert worden, wofür hauptsächlich seine naßforsche Art und seine Fähigkeit, Vorschriften zu strapazieren, ohne sie wirklich zu verletzen, verantwortlich waren. Bogle verstand zwar immer noch nicht, wie ihm das gelungen war, aber es hatte funktioniert.

Damals waren sie eigentlich gar keine engen Freunde gewesen. Sie hatten zusammen Poker gespielt, aber viel mehr hatten sie nicht miteinander zu tun gehabt. Sie waren zur gleichen Zeit an Bord der *Farragut* gekommen und hatten ihre Karrieren als Offiziere gleichzeitig begonnen. Aber so war es nicht geblieben. Bogle hatte sich seit Jahren darüber geärgert, daß Kirk vor ihm zum Captain befördert worden war. Kirk war sogar der jüngste Starfleet-Offizier auf diesem Posten gewesen. Und obwohl Bogle sich alle Mühe gab, unvoreingenommen zu bleiben, hatte er deswegen immer einen gewissen Groll gegen Kirk gehegt.

Und vermutlich würde es ihm immer so gehen.

Jetzt war er Captain der *Farragut*, von Kirks altem Schiff. Und was machte er? Er wälzte sämtliche Verantwortung ab, und zwar ausgerechnet auf Kirk.

Bogle wurde klar, daß er, wenn er sich Kirk in allem, was die Tauteeaner betraf, unterordnete, sich und seine Karriere in größte Gefahr brachte.

Kirk würde Bogles Karriere nicht beeinträchtigen. Dafür würde er Sorge tragen.

Sein Wissenschaftsoffizier Richard Lee war kaum zwei Minuten wieder an Bord, als Bogle bewußt wurde, was Kirk für sie alle entschieden hatte.

»*Was* sollen wir tun?« fragte Bogle.

Lee stand mit leicht gerötetem Gesicht neben ihm. Offenbar hatte er sich mit der Entscheidung einverstanden erklärt, obwohl er gewußt hatte, wie die Reaktion seines Captains ausfallen würde. Die übrigen Mitglieder der Brückenbesatzung verfolgten das Gespräch voller Erstaunen.

»Innerhalb der nächsten Stunde und achtundvierzig Minuten wollen wir so viele Überlebende wie möglich retten«, wiederholte Lee. »Dann neutralisieren wir den Riß im Universum und verschwinden von hier.«

Bogle schloß die Augen und lehnte sich zurück. Sein Sessel fühlte sich plötzlich hart an, obwohl er erst vor kurzem mit einer neuen Polsterung ausgestattet worden war. »Hat Kirk schon einmal etwas von der Ersten Direktive gehört?«

»Sie wurde bei der Entscheidungsfindung berücksichtigt«, erwiderte Lee vorsichtig.

»Es freut mich, das zu hören«, sagte Bogle, ohne den sarkastischen Unterton in seiner Stimme zu unterdrücken. Damit hätte er rechnen müssen. Das war es, was ihm die ganze Zeit durch den Kopf gegangen war. Er hätte wissen müssen, daß Kirk sämtliche Vorschriften in den Wind schlagen würde.

Es war nur so, daß Bogle im Grunde seines Herzens derselben Ansicht war. Probleme bereiteten ihm nur sein Verstand und seine Loyalität zu Starfleet. Die Erste Direktive sollte die wichtigste Regel der Föderation sein. Ihre Bedeutung sollte viel bedeutsamer sein, als sie in den Händen von Kirk und den anderen wirkte. Aber das war im Augenblick nur seine persönliche Einschätzung. Starfleet schien in dieser Hinsicht eine wesentlich entspanntere Haltung einzunehmen.

»Geben Sie mir Kirk«, sagte Bogle. Er bedachte Lee mit einem strengen Blick und kehrte seinem Wissenschaftsoffizier dann den Rücken zu.

»Verstanden«, erwiderte Gustavus sofort. Kurz darauf kündigte sie an: »Die Verbindung steht, Captain.«

Bogle erhob sich aus seinem Sessel und trat einen Schritt auf den Sichtschirm zu, als Kirks gerötetes Gesicht erschien. Bevor Kirk auch nur ein Wort äußern konnte, sagte Bogle: »Die Erste Direktive verbietet Ihnen ein solches Vorgehen, Captain Kirk.«

Kirks Lächeln war plötzlich verschwunden, als er mit diesem ungewohnt formell vorgetragenen Widerspruch konfrontiert wurde. »Was ist los, Kelly?«

Kirk versuchte, an ihre Freundschaft zu appellieren, was Bogle nur noch wütender machte. Hier ging es nicht um Freundschaften, falls sie jemals richtige Freunde gewesen waren. Kirk mochte seine Besatzung wie einen Haufen alter Kumpel behandeln, doch Bogle glaubte an Disziplin und vorschriftsgemäßes Verhalten. Und jetzt war eine der Vorschriften verletzt worden – seiner Meinung nach.

»Captain«, sagte Bogle und zwang sich dazu, mit klarer und gleichmäßiger Stimme zu sprechen. »Es verstößt eindeutig gegen den Geist der Ersten Direktive, wenn Sie versuchen, weitere Überlebende zu retten.«

Kirk atmete tief durch und reckte die Schultern.

»Die Tauteeaner haben ein Notsignal gesendet. Wir haben darauf reagiert und werden auch weiterhin darauf reagieren.«

»Wollen Sie mit dieser Ausrede die Erste Direktive umgehen?«

Kirk blickte Bogle stirnrunzelnd an. »Ich werde jedes Mittel einsetzen, um so viele Leben wie möglich zu retten.«

Bogle starrte Kirk an. Bis zu diesem Augenblick war ihm gar nicht bewußt geworden, wie sehr er Kirk dafür haßte, daß er ihm ständig mindestens einen Schritt voraus war. Aber er durfte nicht zulassen, daß seine Gefühle das Arbeitsverhältnis zu Kirk beeinträchtigten. Außerdem hatte Kirk einen wichtigen Sachverhalt angesprochen. Die Tauteeaner hatten tatsächlich ein Notsignal gesendet. Damit war eine Möglichkeit gegeben, die Erste Direktive außer Kraft zu setzen, wie sie gegenwärtig von Starfleet und James Kirk interpretiert wurde.

Aber er durfte seine Meinung über den Anwendungsbereich der Ersten Direktive nicht ohne weiteres aufgeben. Er wußte, daß er sich letztlich an der Rettungsaktion beteiligen würde, aber er wußte auch, daß er damit gegen den ursprünglichen Sinn der Ersten Direktive verstieß.

»Man könnte dich deswegen vor Gericht stellen«, versuchte Bogle es noch einmal. »Hast du mir überhaupt zugehört? Es widerspricht dem Geist unserer Vorschrift Nummer eins. Unsere Schiffe dürfen keine weiteren Überlebenden retten. Die Tauteeaner haben sich selbst vernichtet. Das ist nun einmal für einige Spezies die natürliche Entwicklung.«

Kirk schnaufte erregt und trat näher an die Kamera heran. »Jetzt hören Sie mir zu, Captain Bogle! Ich weiß, daß man mich vielleicht vor Gericht stellt. Aber ich habe noch über eine Stunde Zeit für eine Rettungsaktion, und ich werde so viele Tauteeaner wie möglich aus den Felshöhlen zerren. Wenn man mich anschließend zur Rechenschaft zieht, okay. Wenigstens werde ich nachts ruhig schlafen können.«

Bogle nickte. Es war Zeit, die Diskussion zu beenden – zumindest vorläufig. Trotzdem war ihm bewußt, daß dieser Streit für immer etwas zwischen ihnen verändert hatte. »Also gut, Captain«, sagte er mit einer Mischung aus Einsicht und Förmlichkeit. »Sie haben gewonnen … diesmal. Wir werden alles tun, um Ihnen zu helfen.«

Kirk machte den Eindruck, als wollte er noch etwas erwidern, bis ihm offenbar klarwurde, was Bogle gesagt hatte. Er nickte. »Gut. Kirk Ende.«

Der Bildschirm wurde dunkel und zeigte kurz darauf ein neues Bild. Vor Bogle lag das zerstörte System der Tauteeaner. Drei klingonische Kampfkreuzer standen in der Nähe der *Enterprise*.

Bogle drehte sich langsam um und setzte sich. Die Stille auf der Brücke war geradezu erstickend. Kirk hatte sich durchgesetzt und würde eine Rettungsaktion starten, und es gab nichts, was Bogle dagegen unternehmen konnte. Also konnte er ihm genausogut helfen. Die Tauteeaner hatten um Hilfe gebeten. Das genügte Kirk als Schlupfloch.

Und wenn sie ihre Arbeit abgeschlossen hatten, würden sie den Riß schließen und Kurs auf Starbase 11 nehmen. Dort würde er beginnen, dafür zu sorgen, daß die Erste Direktive in Zukunft korrekt angewendet wurde.

Und wenn Captain Kirk sie noch einmal verletzte, würde er der jüngste Captain von Starfleet sein, der diesen Rang wieder verlor.

21

Kirk wandte sich vom Sichtschirm ab und ballte die Hände zu Fäusten. Bogle war schon immer ein Paragraphenreiter gewesen. Schon immer.

Trotzdem hätte Bogle wissen müssen, daß Paragraphen nicht die Antwort auf alles waren. Manchmal machten sie das Problem nur noch schlimmer.

Wie in diesem Fall.

Die Erste Direktive ließ sich nicht mehr anwenden. Denn die Kultur, um das es hier ging, existierte nicht mehr.

Es war eine denkbar ungünstige Zeit, eine engstirnige philosophische Debatte zu führen.

Kirk setzte sich wieder in seinen Kommandosessel. Die übrigen Besatzungsmitglieder taten so, als würde die Arbeit an den Stationen ihre ungeteilte Aufmerksamkeit in Anspruch nehmen. Selbst Prescott, die in der Nähe der wissenschaftlichen Station stand, war so vernünftig, sich still zu verhalten.

»Captain«, brach Spock schließlich die Totenstille auf der Brücke, als er an seinen gewohnten Platz neben Kirk trat. »Captain Bogle hat recht. Unsere Rettungsmission steht in direktem Konflikt mit den Intentionen der Ersten Direktive.«

Kirks Fäuste verkrampften sich so stark, daß sich die Haut über seinen Fingerknöcheln schmerzhaft spannte. Spock wußte es eigentlich besser. Dieses Argument war falsch.

Auf dem Hauptsichtschirm breitete sich die Szenerie der totalen Zerstörung aus.

»Spock«, sagte Kirk, während er auf den Schirm deutete. »Sie glauben doch nicht etwa, daß dort irgendein Tauteeaner überleben kann, wenn der Riß geschlossen ist.«

»Es besteht nicht die geringste Chance, daß ihre Zivilisation hier weiterbestehen wird, Captain. Aber das hat keinerlei Einfluß auf die Erste Direktive. Diese Spezies hat sich selbst vernichtet. Und die Erste Direktive verbietet uns ausdrücklich, einem Volk zu helfen, das sich selbst zerstört. Dahinter steht die Überlegung, daß ein solches Volk niemals eine zivilisierte Entwicklungsstufe erreichen kann.«

»Ich kenne diese Theorie, Spock.« Doch Kirk konnte sich einfach nicht damit anfreunden.

»Zivilisiert?« fragte Prescott. Ihre Stimme war mühelos auf der ganzen Brücke zu verstehen. Er drehte sich nicht zu ihr um. Im Moment konnte er ihr nicht in die Augen sehen. »Wer sind Sie, daß Sie sich ein Urteil über unsere Zivilisiertheit anmaßen?«

»Ich habe lediglich die Theorie hinter unserem wichtigsten Gesetz erklärt«, sagte Spock im Tonfall eines höflichen Schuljungen. »Die Erste Direktive verbietet uns jede Einmischung in die Belange einer Kultur, die noch kein technologisch ausgereiftes Entwicklungsstadium erreicht hat. Uns ist es sogar verboten, ein solches Volk daran zu hindern, sich selbst zu vernichten.«

»Warum?« fragte sie. »Wollen Sie damit die Bevölkerung im Universum gering halten? Damit Sie einen größeren Teil der Galaxis kontrollieren können?«

»Nein«, sagte Spock. »So einfach ist es nicht. Die ...«

»Jedes Volk, das der Föderation beigetreten ist«, sagte Kirk, während er auf die Ringe von Tautee starrte, »hat irgendwann einmal eine selbstzerstörerische Phase durchgemacht. Mein Volk tat es im zwanzigsten Jahrhundert und ist nur äußerst knapp der Vernichtung entgangen. Wir haben diese Phase aus eigener Kraft überlebt und sind anschließend klüger geworden. Ohne diese Selbsterkenntnis wären wir jetzt nicht hier.«

Er starrte immer noch auf die Verwüstung, die Prescott mit ihren Theorien angerichtet hatte.

Plötzlich stand sie neben ihm. Er spürte den leichten Lufthauch, der ihr Eintreffen begleitete. Sie beugte sich über eine Armlehne des Kommandosessels, während er verstand, wie sie es geschafft hatte, daß ein Klingone vor ihr zurückwich. »Sie würden den Rest meines Volkes einfach sterben lassen, es zum Tode verurteilen, und nur wegen irgendeiner Vorschrift?«

Kirks Mund war wie ausgetrocknet. Er konnte ihr nicht antworten.

Im Gegensatz zu Spock. »Die Erste Direktive läßt uns keine andere Wahl – in Anbetracht der Situation, wie wir sie gegenwärtig verstehen.«

Kirks Blick riß sich von Prescott los und wanderte nachdenklich zum Vulkanier. Selbst Spock mißfiel die Gesetzeslage. Und er versuchte in seiner typischen Art, Kirk einen Ausweg anzubieten.

»Ich würde jedoch dazu raten«, sagte Spock, »daß wir in diesem Fall nicht der Ersten Direktive folgen.«

»Wie bitte?« fragte Kirk völlig verblüfft.

Spock nickte. »In diesem Fall müssen wir berücksichtigen, daß die Tauteeaner ein Notsignal gesendet haben. Sie haben uns um Hilfe gebeten.«

»Ich verstehe«, sagte Kirk. Das war in der Tat eine legale Rechtfertigung für die Rettungsmission. Aber es genügte noch nicht.

»Captain, ich ...«, warf Prescott ein, aber Kirk hob eine Hand, um ihr das Wort abzuschneiden. Im Augenblick wollte er sich nicht mehr von ihr bedrängen lassen. Er mußte nachdenken. Er stand von seinem Sessel auf und trat vor den Schirm. Das Trümmerfeld, das sich allmählich zu einem Ringsystem ausbreitete, war gewaltig – sowohl hinsichtlich der Größe als auch des Ausmaßes der Zerstörung. In etwas mehr als anderthalb Stunden würden die *Enterprise*, die *Farragut* und zwei klingonische Schiffe den Subraumriß schließen, der durch die Experimente der Tauteeaner geöffnet worden war. Und bei der Schließung des Risses würde es zu einer letzten, gewaltigen Schockwelle kommen, die jede Chance zunichte machte, daß sich die Tauteeaner selbst retteten oder gar ihre Zivilisation wieder aufbauten.

Wenn er die überlebenden Tauteeaner rettete, verletzte er damit nicht nur die Erste Direktive, sondern brachte jeden Bürger der Föderation in Gefahr. Wenn der *Enterprise* während einer solchen Rettungsaktion etwas zustieß, hätten die übrigen Schiffe nicht mehr genügend Feuerkraft, um den Riß rechtzeitig zu schließen.

Ganz gleich, aus welcher Richtung Kirk es betrachtete, Bogle behielt recht. Es war falsch, noch mehr Überlebende zu retten. Aber warum mußte ausgerechnet er derjenige sein, der sie tötete, indem er den Riß verschloß?

Dann hörte er sich selbst sagen: »Ich würde sie töten…«

Er drehte sich zu Spock um, der an die wissenschaftliche Station zurückgekehrt war. »Spock, wenn wir den Riß schließen, würden wir damit ursächlich die noch vorhandenen Überlebenden töten. Richtig?«

»Das ist korrekt, Captain«, sagte Spock. »Sie würden die entstehende Welle nicht überleben.«

»Dazu hätte ich folgende Überlegung«, sagte Kirk. »Die Gesetze verbieten es uns, andere Völker zu töten. Es wäre ein Genozid, Spock. Die Erde hat während des zwanzigsten Jahrhunderts in der Genfer Konvention jede Art von Völkermord geächtet. Der Genozid ist etwas so Schreckliches, so Undenkbares, daß jedes Mitglied der Föderation es vor Jahrhunderten verboten hat.«

Er spürte, wie seine Begeisterung zurückkehrte. Er wußte, daß er die Lösung gefunden hatte, die Rechtfertigung, mit der er leben konnte. Er wußte nicht, ob er sich damit vor Gericht durchsetzen konnte, aber zumindest für ihn stellte es eine hinreichende Begründung dar.

Spock runzelte die Stirn und dachte angestrengt nach. »Wenn wir den Riß nicht schließen, würden die überlebenden Tauteeaner innerhalb der nächsten fünf Tage sterben«, sagte Spock, »wenn die Subraumwellen eine gewisse Intensität übersteigen.«

»Wir müssen den Riß schließen, um das Leben aller Bewohner dieses Quadranten zu schützen«, sagte Kirk. »Doch damit würden wir aktiv das Volk der Tauteeaner töten.«

»Das ist korrekt, Captain«, sagte Spock.

»Also würden die Tauteeaner durch unsere Handlungen und nicht durch ihre eigenen getötet werden.«

Spock hob eine Augenbraue und legte die Fingerspitzen aneinander. »Das ist logisch betrachtet völlig richtig«, sagte er.

»Also muß es genauso logisch sein, daß wir verpflichtet sind, so viele überlebende Tauteeaner wie möglich zu retten«, sagte Kirk. Der Triumph war seiner Stimme deutlich anzuhören.

»Im Grunde besteht überhaupt kein Unterschied, ob sie durch ihre oder unsere Handlungen getötet werden. Das Ergebnis wäre das gleiche. Sie würden in jedem Fall sterben …«

»Es besteht sehr wohl ein Unterschied, Spock.« Kirk beugte sich vor. Er spürte, wie seine Erregung wuchs.

Er wußte genau, daß er recht hatte. »Wenn sie sich durch ihre eigenen Handlungen umbringen, wäre die Erste Direktive anzuwenden. Wenn sie jedoch durch unsere Handlungen sterben würden, sind wir verpflichtet – gesetzlich verpflichtet, alles für ihr Wohlergehen zu tun, was in unserer Macht steht.«

»Er hat recht, Mister Spock«, sagte Sulu von seiner Konsole. »Dazu sind wir verpflichtet.«

»Diese Überlegung mag logisch einwandfrei sein, Mister Sulu, aber gesetzliche Bestimmungen sind oftmals eine Frage der Interpretation. Es geht um Bedeutungsnuancen, an denen sich die Experten die Zähne ausbeißen.«

»Soll das heißen, Sie wollen nicht, daß die Überlebenden gerettet werden, Mister Spock?« fragte Kirk.

Spock hob den Kopf und verschränkte die Hände vor dem Bauch. »Captain, jedes Leben ist kostbar.«

Kirk grinste. Er blickte zu Prescott, in deren Gesicht eine Mischung aus Verärgerung und Verwirrung stand. »Können Sie Mister Spock Angaben über mögliche Aufenthaltsorte von Überlebenden machen?«

Sie lächelte – nein, sie strahlte plötzlich über das ganze Gesicht. »Aber gewiß doch«, sagte sie.

Kirk setzte sich wieder. »Mister Sulu, folgen Sie dem Kurs, den Mister Spock Ihnen anweisen wird. Wir müssen innerhalb kürzester Zeit sehr viele Überlebende finden.«

»Ja, Captain«, sagte Sulu.

»Und übermitteln Sie Captain Bogle alternative Koordinaten«, sagte Kirk. Er hatte schon mehrmals Poker mit Kelly Bogle gespielt und wußte, daß sich unter seiner rauhen Schale aus Paragraphen ein großes Herz versteckte. Captain Bogle würde alles tun, um ihnen zu helfen, nachdem er sich zum Mitmachen entschieden hatte.

Kirk lehnte sich in seinem Kommandosessel zurück.

»Noch etwas, Mister Spock. Übertragen Sie die Diskussion, die wir soeben geführt haben, an Captain Bogle und Starfleet. Damit es keine Mißverständnisse gibt.«

»Ja, Captain«, sagte Spock.

Vor ihm hing der Bildschirm mit dem zerstörten System, in das sie noch einmal vorstoßen würden, um nach Überlebenden zu suchen. Doch jetzt hatte er ein gutes Gefühl bei seiner Entscheidung.

»Es kann losgehen, wenn alles bereit ist«, sagte er.

22

Es war wie Ertrinken, nur daß sie gar nicht im Wasser war. Ergi lag mit dem Rücken auf dem kühlen Fels. Die Luft war stickig, und das Atmen fiel ihr schwer. Es fühlte sich etwas besser an, wenn sie flache Atemzüge machte.

Wenn sie schlief, würde sie sich vermutlich noch besser fühlen.

Aber sie wußte, daß sie sterben würde, wenn sie einschlief.

Ringsum lagen ihre Familienmitglieder – ihre Mutter, ihre Tochter und ihr Partner – sowie ihre Freunde und Kollegen. Einige waren auf dem dunklen Fels in Ohnmacht gefallen. Andere waren ganz normal eingeschlafen. Ihre Brustkörbe hoben und senkten sich, aber ihr Atem ging offenbar sehr flach.

Sie setzte sich auf, schlang die Arme um die Knie und beobachtete die anderen, während sie die einzige Lampe bewachte, die noch funktionierte. Sie war sich nicht sicher, ob sie zuerst sterben würden oder ob die Reserveenergie der Lampe schon vorher versiegen würde.

Noch vor einer Woche schien es eine wirklich gute Idee gewesen zu sein. Sie hatten die Zerstörung des neunten Planeten gesehen. Dann waren die Schockwellen gekommen, und mit den Zahlen, die sie von der Regierung erhalten hatte, ergänzt um eigene Berechnungen, hatte sie extrapoliert, daß ihrem Planeten, dem sechsten des Systems, das gleiche Schicksal bevorstand.

Und daß sie sterben würden, wenn sie keine Überlebensmöglichkeit fanden.

Stücke des neunten Planeten und seiner Monde waren davongetrieben. Wer sich zufällig darin aufhielt, konnte von Suchtrupps gerettet werden. Das hatte sie ihrem Partner erzählt. Er hatte es anderen erzählt, die sich daraufhin gemeinsam in das Mineralienbergwerk in der Nähe ihres Hauses zurückzogen. Sie hatten Nahrung und andere Vorräte eingelagert und den Eingang versiegelt. Sie hatten gedacht, daß der Luftvorrat, der für etwa eine Woche reichen mußte, genügen würde.

Das hatte sich als Irrtum erwiesen.

Sie hatte nicht daran geglaubt. Sie hatte nicht damit gerechnet, daß es eine totale Katastrophe geben würde. Noch während ihre Familie in den Bergwerksschacht gekrochen war, hatte sie daran geglaubt, daß die Wissenschaftler einen Weg finden würden, etwas gegen die Auswirkungen der Katastrophe zu unternehmen.

Sie hatte mit höchstens einer Woche gerechnet.

Aber eine Woche hatte nicht genügt. Und einer von ihnen, der einen tragbaren Computer mitgenommen hatte, teilte ihnen schließlich mit, daß auch die anderen Planeten und Monde von der Vernichtung betroffen waren.

Sie wußte, was das bedeutete: Selbst wenn die Wissenschaftler eine Lösung fanden, könnte es Monate oder gar Jahre dauern, bis jemand sie fand.

Und darauf war sie nicht vorbereitet.

Sie strich ihrer Tochter über den Kopf. Die Haut des Mädchens war unterkühlt, ihre Lippen waren blau angelaufen. Bald würde sie sterben, und das wäre vermutlich das Beste, was ihr noch geschehen konnte.

Dann erstrahlte plötzlich der ganze Raum in einem

hellen Licht. Ergi rieb sich die Augen und erstarrte mitten in dieser Bewegung.

Niemand hatte ihr gesagt, daß sie vielfarbige Lichterscheinungen sehen würde, wenn der Sauerstoff verbraucht war.

Aber so war es.

Eine wundervolle Art zu sterben.

Tijer stand am Fenster und starrte in den Weltraum hinaus.

Er war jetzt seit fast einer Woche hier, und sein Magen drehte sich, während er zusah, wie die Raumstation Alpha rotierend aus seinem Heimatsystem trieb. Die Planeten gab es nicht mehr, ihre Überreste bildeten allmählich Ringe um die Sonne. Die Schockwellen hörten nicht auf, aber irgendwie blieb die Raumstation halbwegs unversehrt. Wenn er nicht in der medizinischen Abteilung war, hielt er sich hier im Korridor auf und betrachte das Bild der Zerstörung, das sie hinter sich ließen.

Er hatte geglaubt, daß er nie etwas Schrecklicheres erleben würde, als der siebente Planet explodiert war, als die Raumstation aus dem Orbit in den freien Weltraum hinausgeschleudert wurde. Es war ihm gelungen, sich während der meisten Zeit zu beschäftigen, sich um die vielen Verletzten zu kümmern, so daß er kaum einen Gedanken an ihre Situation verschwendet hatte.

Zuerst hatte er sich nur an die Tatsache geklammert, daß er überlebt hatte, und gehofft, daß die Angst und das Entsetzen irgendwann verschwinden würden.

Aber so war es nicht. Sie lebten unter der stillen Oberfläche weiter, wuchsen wie ein Tumor und zehrten an seiner Substanz. Die einhundertundfünfzigköpfige Besatzung der Station war ganz allein im Weltraum. Niemand würde sie retten. Es war niemand mehr da, der sie retten konnte.

Isi, ihre Botanikerin, war überzeugt, daß sie durch die Kompostierung von Abfällen ausreichend Nahrung nachwachsen lassen konnte. Ihre Nahrungsvorräte waren beträchtlich. Ihre Mission an Bord der Station hatte gerade erst begonnen, als die Katastrophe eingetreten war.

Am meisten Sorgen machte sich Tijer wegen der Schockwellen. Sie schienen von Mal zu Mal stärker zu werden, und der Ingenieur Buk hatte davon gesprochen, daß die gesamte Station in Stücke gerissen werden konnte, wenn eine Welle sie in einem ungünstigen Winkel erwischte.

Sie wären sofort tot.

Tijer starrte blinzelnd in die Finsternis. Das Licht der Sonne wirkte schwächer, aber es wurde von etwas reflektiert. Ein Asteroid, der genau in ihre Richtung trieb. Eine neue Bedrohung. Ein größerer Brocken konnte ihre Schutzschilde durchschlagen.

Dann runzelte er die Stirn. Das war kein Asteroid. Kein Felsbrocken hatte eine so symmetrische Form.

Es war ein Raumschiff.

Er preßte sein Gesicht an die kühle dreischichtige Scheibe. Er konnte sich nicht erinnern, jemals einen solchen Typ gesehen zu haben. Die Schiffe der Tauteeaner waren schlank und länglich, sie besaßen keine runden Aufbauten und schon gar nicht so merkwürdige Heckkonstruktionen.

Er wich zurück und schüttelte den Kopf. Offenbar litt er unter Halluzinationen.

Die Vernichtung seines Volkes konnte nicht ohne Auswirkungen auf seinen geistigen Zustand bleiben.

Er hastete durch den Korridor und erreichte die Krankenabteilung, als er plötzlich sah, wie alle seine Patienten in flimmernde Lichtvorhänge getaucht wurden. Er blinzelte, da er offenbar unter Sehstörungen litt, aber die Umrisse seiner Patienten wurden immer undeutlicher.

Er hob einen Arm und registrierte, daß auch sein Körper die Festigkeit zu verlieren schien.

Er dachte wieder an das Raumschiff, während sein Körper sich auflöste. Ein fremdes Raumschiff? Entsprachen die Geschichten, die er als kleiner Junge gelesen hatte, doch der Wahrheit?

Gab es da draußen doch intelligentes Leben?

Die Kuppel hatte ein Leck. Brug, der eine Sauerstoffmaske trug, stand direkt davor. Seine Begleiterin Docr versiegelte die Kuppel mit einer Dichtungsmasse, doch es war nur ein Provisorium. Noch ein paar dieser Schockwellen, und die Kolonie würde genauso auseinanderbrechen, wie es vor einigen Tagen mit dem Mond geschehen war.

Dann würden zweihundert Tauteeaner sterben. Endgültig. Genauso wie alle anderen, die bereits gestorben waren.

Zuerst hatten sie geglaubt, daß sie Glück gehabt hatten. Nachdem der Mond zerstört worden war und die Kuppel mit der Kolonie auf einem kleinen Felsbrocken überlebt hatte, hatten sie gedacht, daß die Gefahr nun vorbei wäre. Aber das Ende war nur um ein paar Tage hinausgeschoben worden.

Brug hatte nicht damit gerechnet, daß die Schockwellen anhalten würden.

Und daß sie von Mal zu Mal schlimmer wurden.

Diese Sektion der Kolonie war luftdicht abgeschottet worden, nachdem das Leck in der Kuppel entstanden war. Der Riß würde sich immer weiter ausbreiten, bis er auch die bewohnten Sektionen erreicht hatte. Dann war nichts mehr da, was den Atmosphärendruck aufrechterhalten konnte. Ihre Sauerstoffhelme würden nur für einen oder zwei Tage reichen.

»Was ist das«, fragte Docr. Ihre Stimme klang unter die Helmverbindung blechern. Sie zeigte mit dem Handschuh auf einen grünen Fleck.

»Schmutz?« fragte Brug. Er war nicht sicher, ob sich die ganze Arbeit überhaupt lohnte. Vor allem, da sie in Kürze ohnehin sterben würden.

»Nein«, sagte sie. »Er wird größer.«

Als er noch einmal darauf blickte, hätte er schwören können, daß der grüne Fleck in der kurzen Zeit seine Größe verdoppelt hatte. Jetzt sah Brug auch, daß er sich weit außerhalb der Kuppel befand.

»Ich weiß es nicht«, sagte er. Plötzlich war seine Neugier geweckt.

»Brug«, meldete sich eine andere Stimme über das Interkom. »Sie werden mich für verrückt erklären.«

»Da wäre ich mir nicht so sicher«, sagte Brug, während er durch den Riß auf das grüne Ding starrte, das immer noch größer wurde.

»Wie es scheint, nähert sich ein Raumschiff unserem Asteroiden.«

»Das glaube ich nicht«, sagte Brug. »Wir haben keine grünen Raumschiffe.«

»Ich weiß.«

Docr drehte sich zu ihm um und blickte ihn mit weit aufgerissenen Augen an. »Das ist unmöglich.«

Er nickte. »Eine kollektive Halluzination. Es war nur eine Frage der Zeit.«

»Im Prinzip, ja«, sagte sie, »aber bis jetzt ist noch keiner von uns verrückt geworden. Kontrollzentrale«, sagte sie über die Kommunikationsverbindung, »haben Sie genauere Daten über dieses Objekt?«

»Es ist groß«, kam die Antwort. Brug konnte die Stimme des Mannes nicht identifizieren. »Und es scheint sich mit unmöglicher Geschwindigkeit zu bewegen. Ich glaube, daß es …«

Er hörte einfach auf zu sprechen. Die Verbindung

wurde nicht unterbrochen, sondern der Mann sprach einfach nicht weiter.

»Kontrollzentrale?« sagte Docr. »Hallo? Ist da jemand? Antworten Sie!«

Aus den Helmlautsprechern kam kein Rauschen, also stand die Verbindung immer noch. Brug schaltete die verschiedenen Kanäle durch, um jemanden in einer anderen Abteilung zu erreichen. Nichts. Er konnte die Verbindungen herstellen, aber niemand antwortete ihm.

»Was geht hier vor sich?« fragte er.

»Ich weiß es nicht«, erwiderte Docr. Dann blickte sie auf. Das grüne Objekt stand jetzt über der Kuppel. Es war länger als der Asteroid und viel größer als alles, was Brug jemals zuvor gesehen hatte.

Dann hörte Brug ein leises Summen. Als er sich umdrehte, sah er, wie Docr sich in flimmernde Lichtstrahlen aufzulösen schien. Mit ihm geschah das gleiche, bis er sich plötzlich in einem Raum mit großen, monströsen Wesen wiederfand.

»Ich wußte, daß es nur noch schlimmer kommen konnte«, murmelte er, bevor er in Ohnmacht fiel.

23

Diesmal war der Lärm ohrenbetäubend. Die Stimmen sprachen, weinten und lachten. Manche schrien, wenn sie jemanden wiedererkannten. McCoy unterdrückten den Impuls, sich die Ohren zuzuhalten, während er durch die Korridore ging.

Oder die Nase, denn der Gestank war überwältigend. Fast eintausend Gerettete, von denen die meisten nicht mehr gebadet hatten, seit die Katastrophe begann, schoben sich wie eine Viehherde durch die Gänge, Aufenthaltsräume und Frachtdecks der *Enterprise*.

Alle Wohnquartiere und jeder freie Winkel an Bord des Schiffes waren überfüllt.

McCoy sah Hunderte zierlicher und verdreckter Gestalten, die kaum noch die Kraft zum Aufstöhnen hatten, wenn er sie berührte.

Alle waren zumindest leicht verletzt, erschöpft und verängstigt. Einige schienen zu glauben, daß sie gestorben und in der tauteeanischen Version der Hölle gelandet waren. Im Grunde konnte McCoy es ihnen nicht verübeln. Er selbst hatte bereits ähnliche Überlegungen hinsichtlich seines gegenwärtigen Aufenthaltsortes angestellt.

Eigentlich war er auf den Weg zur Krankenstation, aber ein Notfall nach dem anderen entfernte ihn immer weiter von seinem Ziel. Er war froh, daß er als Feldarzt ausgebildet worden war, sonst wäre er von der Situation genauso überfordert gewesen wie seine Nase und seine Ohren.

Das erste Gebot der Feldmedizin lautete: Zuerst diejenigen behandeln, die am schwersten verletzt waren.

Das zweite Gebot: Nicht mit Wundern rechnen.

Das dritte Gebot: Alles tun, um ein Wunder zu bewirken.

Und so weiter.

Die meisten Patienten litten unter Knochenbrüchen und Sauerstoffmangel. Diese Tauteeaner waren so empfindlich gebaut, und sehr viele hatten kaum noch Luftvorräte gehabt. Wenn er ein Team aus Feldärzten zur Verfügung hätte, wäre es ihm gelungen, alle Überlebenden am Leben zu erhalten. Jetzt konnte er sich glücklich schätzen, wenn er nur einige Patienten verlor.

Irgendwann landete McCoy im Shuttle-Hangar. Daß er sich im Shuttle-Hangar befand, erkannte er nur an den ordnungsgemäß geparkten Shuttles. Jemand hatte die Türen der Fahrzeuge geöffnet, damit kein Platz verschwendet wurde.

Der Patient, den er gerade behandelte, lag auf einem von Scottys Containern. Als er die Behälter das letzte Mal gesehen hatte, waren sie makellos sauber gewesen. Jetzt hatten Hunderte schmutziger Finger ihre Spuren darauf hinterlassen.

Es war ein noch recht junger, männlicher Tauteeaner, der unter starken Schmerzen litt. Er hatte eine klaffende Wunde an der Stirn, knapp über den Augenbrauen, und als McCoy sich zuerst über ihn gebeugt hatte, hatte er ein Stück grauer Gehirnmasse erkannt.

Eine schnelle Untersuchung mit dem medizinischen Tricorder ergab, daß die Wunde nur oberflächlich und das Gehirn unverletzt war. Die übrigen Biowerte des Mannes gaben Anlaß zur Hoffnung.

Das vierte Gebot: Die Leichtverletzten für später aufheben.

»Er wird überleben«, sagte McCoy zu seiner Assistentin, einer Tauteeanerin namens Nutri. Sie schien über einige medizinische Kenntnisse zu verfügen und war sofort bereit gewesen, ihm zu helfen. Schwester Chapel hatte ebenfalls einen Assistenten rekrutiert, der ihr bei den Patienten half. Und jedes Besatzungsmitglied der *Enterprise*, das sich wenigstens mit Erster Hilfe auskannte, war für denselben Zweck eingespannt worden.

Unter den überlebenden Tauteeanern gab es mindestens zwei Ärzte. McCoy hatte ihnen einen Schnellkurs verpaßt, wie man einen Tricorder benutzte, wie man eine Hautwunde verschloß und einen gebrochenen Knochen richtete. Dann hatte er sie in entgegengesetzte Richtungen in die Korridore des Schiffes geschickt. Er rechnete zwar damit, daß sie eine Reihe von Fehlern machten, aber das war immer noch besser, als überhaupt nichts für diese Leute zu tun.

McCoy stieg über einen Tauteeaner mit einem blutunterlaufenen blauen Auge hinweg, der behauptete, ansonsten keine Beschwerden zu haben, und beugte sich über seinen nächsten Patienten. Es handelte sich um ein junges Mädchen, das höchstens halb so groß wie Prescott war. Also ein kleines Kind. Es war bewußtlos. McCoy untersuchte die Patientin und stellte fest, daß ein Bein zerschmettert worden war. Der komplizierte Bruch erforderte eine sorgfältige chirurgische Behandlung, für die er im Augenblick jedoch keine Zeit hatte. Er konnte sich nur um die schlimmsten Verletzungen kümmern und mußte die Feinarbeit auf später verschieben. Er hätte sie vollständig heilen können, wenn er mehr Zeit gehabt hätte. Statt dessen mußte er sie später noch einmal quälen, um ihr Bein und ihr Leben zu retten.

Er würde für den Rest seines Lebens mit der Behandlung dieser Leute beschäftigt sein.

Also noch schätzungsweise achtzig Jahre.

Als wäre das noch nicht genug, wurde das Schiff etwa alle fünf Minuten durchschüttelt. McCoy hatte allmählich jedes Zeitgefühl verloren, und daher hatte er den Eindruck, daß das Schiff immer genau dann von einer Schockwelle getroffen wurde, wenn er gerade eine besonders schwierige Arbeit durchführte.

Eine Zeitlang trafen immer neue Überlebende ein. Während er Knochen und Lungen reparierte, hörte er Geschichten, die ihn über den Einfallsreichtum der Tauteeaner staunen ließen.

Und bei denen sich ihm die Nackenhaare sträubten.

Er hatte im Laufe seines Leben schon einige schreckliche Situation überstanden, aber sie waren nicht mit dem zu vergleichen, was diese Leute durchgemacht hatten.

Über fünfhundert Tauteeaner auf dem fünften Planeten – der Ursprungswelt ihrer Spezies – hatten sich in unterirdische Bunker zurückgezogen, die zum Schutz vor einem Krieg gebaut worden waren, der schon vor Jahrhunderten ausgetragen worden war. Sie hatten mit Nahrungsvorräten überlebt, die zur Zeit der Einrichtung der Bunker eingelagert worden waren, und hatten versucht, die Lufterneuerungssysteme zu reparieren, als die *Enterprise* sie gefunden hatte. Einige dieser Überlebenden hatten Familienmitglieder durch Lebensmittelvergiftung und andere Krankheiten verloren, von denen McCoy geglaubt hatte, daß sie längst ausgestorben wären.

Fünfzig Tauteeaner auf einem Mond des neunten Planeten, also in unmittelbarer Nähe des Ausgangspunktes der Katastrophe, hatten an den Anzeigen ihrer Instrumente erkannt, daß etwas Schlimmes geschehen würde, und waren mit einem Raumschiff geflohen. Zufällig waren sie auf der ersten Welle gesurft, doch anschließend waren sie manövrierunfähig durch den Weltraum getrieben, bis die Besatzung der *Enterprise* das Schiff entdeckt hatte. Viele der Lungenschäden und eine vermutlich reversible Hirnschädigung stammten von diesem Schiff.

Hundert weitere hatten in einem luftdichten Laboratorium auf dem Mond des dritten Planeten überlebt. Sie hatten ihre Arbeit fortgesetzt, als wäre überhaupt nichts geschehen, und nach McCoys Einschätzung waren sie seine schwierigsten Patienten. Sie weigerten sich, daran zu glauben, daß er existierte und ihnen half, und wollten nur an ihre Arbeitsplätze zurückkehren. Er hatte in seinem ganzen Leben noch nie so viele Fälle von kollektiver Realitätsverweigerung auf einmal gesehen.

Nun kam das Problem hinzu, wo all die Leute untergebracht werden sollten. Die Frachträume waren voll, genauso wie der Shuttle-Hangar einschließlich der Shuttles.

McCoy hatte die leichteren Fälle, die nicht liegen mußten, in die Korridore hinausgeschickt, wo sie sich auf den Boden hocken konnten. Doch selbst die Korridore waren inzwischen überfüllt.

»Dr. McCoy?« Captain Kirks Stimme drang kaum durch den Lärm, der im Shuttle-Hangar herrschte.

McCoy warf einen Blick auf das Mädchen mit dem kaputten Bein. Sie würde noch einem Moment warten müssen. Er gab seiner Assistentin ein Zeichen, daß sie bei dem Mädchen bleiben sollte, während er sich auf den Weg zu einem Kommunikationsanschluß an der Wand machte.

»Da bin ich«, sagte McCoy, nachdem er die Verbindung hergestellt hatte.

»Pille«, sagte Kirk, »wir werden zweihundert weitere Tauteeaner an Bord beamen.«

»Ich wüßte nur gerne, wo wir sie unterbringen sollen«, antwortete McCoy. Er wußte es wirklich nicht, denn der Platz wurde schon jetzt eng.

»Das kriegen wir schon hin«, sagte Kirk. »Steck sie einfach in die Besatzungsquartiere. In meiner Kabine haben bestimmt ein Dutzend Platz.«

»Deine Kabine ist bereits voll.«

»Oh!« Kirk wirkte schockiert. »Nun, dann müssen wir eben improvisieren. Die Zeit läuft uns davon. Kirk Ende.«

»Jetzt soll ich auch noch Hausmeister spielen und Platz für die Leute schaffen! Was glaubt er eigentlich, was ich hier mache? Ein Nickerchen halten?« McCoy bahnte sich vorsichtig einen Weg zurück zum verletzten Mädchen. Seine Assistentin untersuchte es gerade mit einem Tricorder.

»Sie leidet unter Sauerstoffmangel«, sagte Nutri. »Ich glaube, deswegen ist sie bewußtlos.«

Plötzlich begann sich das Schiff heftig zu schütteln, und die schmerzerfüllten und panischen Schreie wurden noch lauter. McCoy lehnte sich gegen die Wand, um nicht zu stürzen. Er schloß die Augen, weil er nicht sehen wollte, wie die Subraumwelle neue Verletzungen unter den Tauteeanern anrichtete.

Obwohl es bereits seit einer Stunde so ging, machte ihm jede Schockwelle aufs neue angst. Jedesmal stellte er sich vor, daß die *Enterprise* gegen einen gewaltigen Asteroiden geschleudert wurde.

Sein Vorstellungsvermögen war schon immer viel zu lebhaft gewesen.

Als die Erschütterungen endlich aufhörten, beugte er sich über das Mädchen. Nutri schüttelte den Kopf. »Ich glaube nicht, daß sie durchkommen wird«, sagte sie.

McCoy führte eine schnelle Untersuchung durch. Die Biowerte des Mädchens waren schwach, aber es war nicht in Lebensgefahr. Es war allerdings eine Weile ohne Sauerstoff gewesen, doch nicht lange genug, um ernsthafte Schäden zu erleiden. Das Kind war wegen der Schmerzen in Bewußtlosigkeit gefallen, und das war gut so. Mit solchen Verletzungen wäre niemand gerne bei Bewußtsein.

McCoy legte eine provisorische Schiene an, um das Bein zu richten, und vergewisserte sich, daß keine Knochen durch die Haut stachen. Dann blickte er zu seiner Assistentin auf. »Suchen Sie sich zwei Leute, die dieses Mädchen in den Frachtraum tragen. Ich werde mich später um ihr Bein kümmern.«

Nutri nickte und stieg über ihre am Boden liegenden Artgenossen hinweg. McCoy blickte ihr nach. Er wußte nicht, ob er später Zeit finden würde, sich um das Mädchen zu kümmern. Er wußte nicht einmal, ob es überhaupt ein Später gab.

Aber er hatte schon oft auf Jim Kirk vertrauen müssen.

Und er mußte es auch diesmal tun.

Dann kehrten mit einem Schlag seine schlimmsten Befürchtungen zurück, als die Beleuchtung flackerte, schwächer wurde und dann vollständig erlosch.

24

Zumindest herrschte auf der Brücke kein Gedränge. Scotty hatte darum gebeten, Überlebende in die Zentrale des Schiffes beamen zu dürfen, doch Kirk hatte ihm die Erlaubnis verweigert. Sie brauchten hier genügend Platz und mußten nachdenken können, ohne jeden Handgriff erklären zu müssen.

Oder jedem Neuankömmling Auskünfte zu erteilen, was geschehen und wie er hierhergekommen war.

Es war schon genug, daß Prescott hier war.

Die Brücke war ein Ort, an dem schnell entschieden und gehandelt werden mußte.

Und so sollte es auch bleiben.

Außerdem brauchte Kirk den freien Platz, um auf und ab zu gehen. Er blieb neben der wissenschaftlichen Station stehen und fragte sich, wie Spock es schaffte, so ruhig zu bleiben.

Und sich überhaupt nicht zu bewegen.

»Wieviel Zeit haben wir noch, bis wir das Loch schließen müssen?« fragte Kirk.

»Sechsundzwanzig Minuten, Captain.« Spock blickte nicht einmal auf die Zeitanzeige, sondern war ganz darauf konzentriert, das System nach weiteren Überlebenden abzusuchen.

Kirk nickte und setzte sich wieder in seinen Sessel. Die harte Sitzfläche verschaffte ihm inzwischen sogar eine gewisse Erleichterung. Er drückte auf die Interkomtaste. »Mister Scott? Haben Sie die letzten Überlebenden aus dieser Mine geholt?«

Sie bargen gerade zweihundert Tauteeaner aus einem Bergwerksschacht in einem Asteroiden, der vom sechsten Planeten stammte. Nach Mister Spocks letzter Zählung hatten sie neunhundertsechzig Tauteeaner gerettet. Sie hatten keine Ahnung, wie viele die zwei klingonischen Schiffe oder die *Farragut* gefunden hatten.

»Ja, Captain. Wir haben die letzten an Bord geholt und warten auf die nächsten Koordinaten«, antwortete Scotty. »Obwohl ich nicht mehr weiß, in welche Ecken und Winkel ich sie stecken soll.«

Noch mehr Überlebende ...

Es würde keine weiteren Überlebenden mehr geben. Auch wenn sie gewollt hätten. Kirk schüttelte den Kopf, als er an die Tragweite seiner Entscheidungen dachte. Eintausend waren einfach nicht genug.

Selbst ein winziger Unterschied ...

»... ist immer noch besser als gar nichts«, murmelte er.

»Captain?« meldete sich Uhura zu Wort. Sie hatte sich zu ihm umgedreht, eine Hand am Ohr, als hätte sie ihn über ihren Stöpsel gehört.

Er schüttelte erneut den Kopf. »Ich habe nur laut nachgedacht, Lieutenant.«

Er drückte wieder auf den Interkomknopf, um mit dem Transporterraum zu sprechen. »Gute Arbeit, Mister Scott. Bleiben Sie in Bereitschaft.«

»Verstanden, Captain«, sagte Scotty.

Kirk hatte keine Zeit mehr, sich ausführliche Gedanken über all die Tauteeaner zu machen, die er nicht mehr retten konnte. Er konnte jetzt nur noch hoffen, daß Spocks Schätzungen falsch waren und sie inzwischen jeden einzelnen Überlebenden gefunden hatten.

Das war schließlich eine Möglichkeit, nicht wahr?

Aber er verzichtete lieber darauf, nachzufragen und sich zu vergewissern.

»Captain«, sagte Spock und blickte von seinen Instrumenten auf. »Ich habe gerade eine große Gruppe von Überlebenden in einem Bergwerksstollen des vierten Planeten gefunden.«

»Wie groß?« Kirk war sich nicht sicher, ob er die Antwort wirklich hören wollte.

»Ich würde schätzen, daß es über achthundert sind, Captain.«

»Achthundert! Wir können ...«

Plötzlich wurde die Beleuchtung schwächer und erlosch. In der halben Sekunde völliger Finsternis stand Kirk auf. Eine solche Störung konnte er jetzt überhaupt nicht gebrauchen. Dann schaltete sich die Notbeleuchtung ein. Doch die Monitore und Schaltflächen der Kontrollstationen spendeten das meiste Licht. Die Brückenbesatzung wirkte wie eine Versammlung von Gespenstern, aber alle waren auf ihren Plätzen geblieben.

»Wir haben einen totalen Energieausfall, Captain«, sagte Spock. »Alle Sensoren sind tot.«

»Ich habe keine Kommunikationsverbindung mehr«, sagte Uhura.

»Die Navigationskontrollen reagieren auch nicht«, sagte Sulu.

Kirk blickte sich um und wollte nicht glauben, was geschah. Von einem Moment auf den nächsten waren sie völlig blind und taub geworden, während sie sich im gefährlichsten kosmischen Trümmerfeld dieses Quadranten befanden. Unverzüglich schlug er mit der Faust auf die Interkomtaste. »Scotty? Was geht hier vor sich?«

Zunächst gab es keine Antwort, und Kirk vermutete bereits, daß auch die Notenergie für das interne Kommunikationssystem ausgefallen war. Doch dann meldete sich eine unsichere Stimme: »Mister Scott befindet sich im Transporterraum, Captain.«

Das wußte Kirk natürlich. Er hatte aus reiner Gewohnheit eine Verbindung zum Maschinenraum geschaltet. Also versuchte er es diesmal mit dem Transporterraum. »Mister Scott! Zustandsbericht!«

Jetzt antwortete Scottys Stimme ohne Verzögerung. »Nun, Captain, soweit ich es von hier aus beurteilen kann, scheint das ständige Rütteln und Schütteln irgendwo in den Hauptschaltkreisen einen Kurzschluß verursacht zu haben. Dadurch könnte es zu einer Überladung gekommen sein, worauf die Hauptenergieleitungen durchgebrannt sind. Die meisten Systeme haben überhaupt keine Energie mehr.«

»Das haben wir bemerkt«, sagte Kirk. »Scotty, wir bekommen Schwierigkeiten, wenn wir nicht sofort wieder über Energie verfügen.«

»Ich weiß, Captain. Ich werde tun, was ich kann. Aber im Augenblick kann ich Ihnen keine Energie herbeizaubern.«

Kirk beugte sich über die Armlehne seines Sessels. »Wie lange werden Sie brauchen, um die Hauptsysteme wieder in Betrieb zu nehmen?«

»Ich bin schon zum Maschinenraum unterwegs«, sagte Scotty. »Ich schätze, nicht sehr lange.«

»Wie lange, Mister Scott?«

»Nun, ich würde sagen, fünf oder vielleicht sechs Minuten«, erwiderte Scotty.

»Captain«, warf Spock ein, ohne sich umzudrehen, »die nächste Subraumwelle wird uns in genau zwei Minuten und acht Sekunden treffen.«

»Mister Scott, Sie haben höchstens zwei Minuten.«

»Verstanden, Captain«, sagte Scotty.

Kirk hoffte, daß er es wirklich in zwei Minuten schaffte. Denn andernfalls würde die *Enterprise* mitsamt den tausend überlebenden Tauteeanern an Bord beim Zusammenstoß mit dem nächsten Asteroiden zerschmettert werden.

25

»Captain«, sagte Wissenschaftsoffizier Lee und blickte von seinen Anzeigen auf. Seine Stimme zitterte, und sein Gesicht wirkte im bläulichen Licht seiner Konsole ungewöhnlich blaß. »Die *Enterprise* scheint in Schwierigkeiten zu sein.«

»Was?« Bogle sprang von seinem Kommandosessel auf. Er hatte den größten Teil der vergangenen Stunde dort verbracht und schweigend nachgedacht, während sie von den Subraumwellen durchgeschüttelt wurden und seine Besatzung die Rettungsaktionen durchgeführt hatte. Kirks letzte Botschaft, bevor die *Enterprise* in die Trümmerringe vorgedrungen war, war gleichzeitig an ihn und Admiral Hoffman von Starfleet adressiert gewesen. Kirk hatte argumentiert, daß die Kultur der Tauteeaner eine gewisse Überlebenschance hatte, wenn die Schiffe der Föderation und der Klingonen den Riß nicht schlossen. Eine kleine Chance, aber immerhin eine Chance. Und da die Föderation zur Rettung ihrer eigenen Existenz für die endgültige Zerstörung des Tautee-Systems verantwortlich wäre, bestand damit auch die Rechtfertigung für eine Rettungsaktion. Die Erste Direktive ließ sich nicht mehr auf diesen Fall anwenden.

Kirk hatte ein gutes Argument gefunden, aber es war kaum mehr als das. Hoffman würde es möglicherweise schlucken. Sie war nicht vor Ort. Sie hatte die Ringe und die Zerstörung nicht gesehen. Sie wußte nicht, welches Ausmaß die Katastrophe angenommen hatte.

Aber Bogle wußte es. Und ihn hatte das Argument nicht vollständig überzeugt. Die Tauteeaner wären gestorben, wenn die Föderation ihnen nicht geholfen hätte. Sie wären gestorben, wenn niemand in diesen Sektor gekommen wäre. Aufgrund der Einmischung der Föderation würden sie fünf Tage früher sterben, aber keine Zivilisation konnte sich in nur fünf Tagen selbst retten.

Zumindest nicht unter den gegebenen Umständen.

Ihre Technologie hatte dem Riß im Universum und den Subraumwellen nichts entgegenzusetzen.

Jim Kirk wußte es, und Kelly Bogle wußte es.

Bogle hatte genügend Respekt vor Kirk, um ihm jetzt keinen Strich durch die Rechnung zu machen. Aber wenn er als Zeuge aussagen mußte, würde er sagen, was er dachte.

»Captain?« sagte Lee.

Bogle stand auf und ging zur wissenschaftlichen Station hinüber. »Können Sie feststellen, was geschehen ist?« fragte Bogle.

»Das Schiff scheint plötzlich sämtliche Energie verloren zu haben.«

Bogle hörte, wie im Hintergrund die Leute der Besatzung nach Luft schnappten. Ohne Energie und ohne Manövrierfähigkeit konnte die *Enterprise* die nächste Subraumwelle nicht überstehen. Dieser verdammte Kirk!

Bogle wandte sich an Gustavus. »Rufen Sie die *Enterprise*.«

»Ja, Captain«, sagte sie. »*Farragut* an *Enterprise*. Melden Sie sich, *Enterprise*.«

Bogle wartete schweigend ab.

»*Farragut* an *Enterprise*. Melden Sie sich, *Enterprise*.«

Nichts. Bogle rieb Daumen und Zeigefinger aneinander – eine alte nervöse Angewohnheit, von der er geglaubt hatte, sie schon vor längerer Zeit abgelegt zu haben.

»*Farragut* an *Enterprise*. Melden Sie sich, *Enterprise*.«

Kirk war schuld an allem. Kirk hatte sich Hals über Kopf in diese Sache gestürzt, ohne sich um Föderationsgesetze zu kümmern, und jetzt war Bogle für Kirk und sein Schiff verantwortlich.

»Möglicherweise ist auch ihre Kommunikation durch den Energieverlust ausgefallen«, sagte Lee. »Es scheint das gesamte Schiff zu betreffen. In diesem Fall wären auch ihre Sensoren nicht mehr funktionsfähig.«

Bogle blickte auf den Hauptsichtschirm, der das weite Trümmerfeld zeigte, das sich immer deutlicher zu Ringen um die Sonne Tautee formierte. Ein Schiff, das hier ohne Energie gestrandet war, hatte praktisch keine Überlebenschance.

Bogle wollte die Antwort auf seine nächste Frage gar nicht wissen, aber er mußte sie trotzdem stellen. »Wann wird die nächste Subraumwelle sie erreichen?«

Lee studierte kurz seine Instrumente, während er einige Schaltungen vornahm. Schließlich sagte er: »In weniger als zwei Minuten, Captain.«

Bogle erstarrte. Die Zeit reichte nicht aus, um der *Enterprise* zu Hilfe kommen zu können. Es war unmöglich zu schaffen.

Aber er konnte es wenigstens versuchen.

Er drehte sich zu Rodriguez um. »Bringen Sie uns auf dem schnellsten und sichersten Kurs zur Position der *Enterprise*.«

Nach einer knappen Sekunde erwiderte Rodriguez: »Kurs liegt an.«

»Dann los!« sagte Bogle. Anschließend wandte er sich wieder an Lee. »Achten Sie auf diese Welle und sorgen Sie dafür, daß sie uns nicht gegen einen Felsbrocken schleudert.«

»Verstanden, Captain.«

Bogle setzte sich und betrachtete den großen Sichtschirm. Es gab nur wenig, was er jetzt noch tun konnte. Er mußte den Fähigkeiten seines Navigators und seines Wissenschaftsoffiziers vertrauen. Ihm blieb keine andere Wahl.

Jetzt war er für die *Farragut* und die *Enterprise* verantwortlich. Er mußte sein eigenes Schiff in Gefahr bringen, um James Kirk zu retten.

Er fluchte stumm.

Und er verfluchte insbesondere Jim Kirk.

26

Blind, taub und hilflos in einem funktionsunfähigen Schiff inmitten eines Asteroidenfeldes, während eine Subraumwelle auf dem Weg war.

Kirk warf Prescott einen Blick zu. Sie war sehr blaß geworden.

Sie wußte, was geschehen würde.

Sie hatte es schon einmal erlebt. Ihr ganzes Volk hatte sich in der gleichen Situation befunden.

Er hatte sein Schiff und sein Leben riskiert, um so viele von ihnen wie möglich zu retten. Er durfte sich nicht aufhalten lassen. Er mußte Erfolg haben, um jeden Preis.

»Noch eine Minute bis zum Eintreffen der Welle, Captain«, sagte Spock.

Kirk drückte so heftig auf die Interkomtaste, daß ihm der Finger schmerzte. »Mister Scott, ich brauche Energie, wenigstens für die Impulstriebwerke und die Sensoren.«

»Ich arbeite daran, Captain«, sagte Scotty. Seine Stimme klang angestrengt und abgehetzt, als wäre er gerannt.

Kirk nahm einen tiefen Atemzug und zwang sich dazu, sich umzuschauen, den Blick vom völlig schwarzen Sichtschirm abzuwenden. Prescott stand am Geländer und hielt sich mit den Händen daran fest, als würde sie abstürzen, wenn sie losließ. Kirk konnte es ihr nicht verübeln. Er hatte keine Vorstellung, was sie in den vergangenen Wochen durchgemacht hatte.

Sulu arbeitete an seiner Station, als könnte er die Kontrolle über die Navigation zurückerlangen, wenn er sich nur genügend anstrengte. Uhura war unter die Kommunikationskonsole gekrochen und versuchte offenbar, etwas zu reparieren. Chekov hockte neben ihr und erteilte ihr leise Ratschläge.

Doch Kirks Blick wanderte unweigerlich zum leeren Sichtschirm zurück. Es war, als hätte sich ein Vorhang über die Außenwelt gelegt, der die Gefahren vor ihnen verhüllte, sie jedoch nicht verhinderte. Außerhalb der dünnen Hülle dieses Schiffes trieben Hunderte gewaltiger Felsen und Asteroiden. Wenn die *Enterprise* von der Welle getroffen wurde, war das Verderben nahezu unausweichlich.

Kirk nahm seinen Finger von der Kommunikationstaste. »Wie ist die Lage, Mister Spock?«

»Wir haben wieder volle Schildenergie, Captain«, sagte Spock, während er konzentriert auf seine Instrumente blickte, »aber keine Energie für die Sensoren und Impulstriebwerke. Auch der Warpantrieb ist funktionsfähig, genauso wie die Manövrierdüsen.«

»Wie stehen unsere Chancen, die nächste Welle zu überleben?«

»Ohne Impulsenergie und Sensoren«, antwortete Spock, »liegt die Wahrscheinlichkeit bei neunundneunzig Prozent, daß wir gegen einen Asteroiden geschleudert werden, der zu groß für unsere Schilde ist. Die Wahrscheinlichkeit, daß niemand eine solche Kollision überlebt, liegt bei siebenundachtzig Prozent.«

»Nein!« stieß Prescott in der Stille der Brücke keuchend hervor. »Nicht noch einmal!«

»Die Sensoren sind wieder da!« sagte Sulu. Seine Stimme überschlug sich beinahe vor Begeisterung.

Kirk wirbelte zum Sichtschirm herum, der nun wieder das Trümmerfeld zeigte.

»Dreißig Sekunden bis zur Welle«, sagte Spock.

Die vergangenen anderthalb Minuten waren die längsten in Kirks Leben gewesen.

»Mister Spock«, fragte Kirk, ohne den Blick vom Schirm zu nehmen, »können wir uns mit den Manövrierdüsen schnell genug bewegen, um Kollisionen zu vermeiden?«

»Nein, Captain.«

»Scotty?« sagte Kirk, nachdem er die Interkomtaste gedrückt hatte. »Es wird eng. Wir brauchen Impulsenergie.«

Er erwartete gar nicht, daß Scotty ihm antwortete. »Mister Spock, geben Sie Sulu für alle Fälle die Kurskoordinaten.«

»Das habe ich bereits getan, Captain«, erwiderte Spock.

Chekov eilte über die Brücke zu seinem Platz zurück. Auch Uhura saß wieder in ihrem Sessel. Offensichtlich hatten ihre Reparaturversuche nichts bewirkt.

Kirk trat vor und klopfte Sulu auf die Schulter. »Wenn die Impulstriebwerke nicht rechtzeitig zur Verfügung stehen, versuchen Sie Ihr Glück mit den Manövrierdüsen. Weichen Sie allem aus, was uns in die Quere kommt.«

»Verstanden, Captain«, sagte Sulu.

»Noch zehn Sekunden«, meldete Spock.

Kirk kehrte zurück und setzte sich in den Kommandosessel.

»Neun Sekunden«, sagte Spock.

Seine Stimme klang beinahe ruhiger als die des Computers.

»Acht.«

Kirk verzog das Gesicht. Er hatte das Gefühl, daß sein Leben ständig von Countdowns begleitet wurde.

»Sieben.«

Vielleicht wäre ihm jetzt eine Computerstimme lieber gewesen. Er war es gewohnt, daß immer wieder die Sekunden seines Lebens abgezählt wurden.

»Sechs.«

»Scotty«, sagte er leise, ohne auf den Interkomknopf zu drücken.

»Fünf.«

»Alle gut festhalten«, sagte Kirk. Er gab sich Mühe, mit ruhiger Stimme zu sprechen.

»Vier.«

»Captain«, drang Scottys Stimme in den Raum. »Sie haben wieder volle Energie.«

»Drei.«

Kirk holte tief Luft. »Jetzt sind Sie an der Reihe, Mister Sulu.«

»Zwei.«

Das Schiff setzte sich in Bewegung.

»Eins.«

Das Ächzen der Verstrebungen begann, als die Welle mit der Gewalt eines Kindes über sie hereinbrach, das seine Wut an einem ungeliebten Spielzeug ausließ.

Kirk hatte den Eindruck, daß diese Welle viel intensiver als die vorherigen war. Er wußte nicht, ob es wirklich so war oder ob es ihm nur so vorkam, weil er mit dieser Welle die größte Todesangst verband.

Er schaffte es, in seinem Sitz zu bleiben. Jeder auf der Brücke hielt seinen Posten, und Prescott gelang es, auf den Beinen zu bleiben, während das Schiff durchgeschüttelt wurde. Es war erstaunlich, daß es bis jetzt zu keinen Unfällen gekommen war.

Dann war die Welle vorbei.

Und sie waren immer noch am Leben.

Jedes Gesicht auf der Brücke – mit Ausnahme von

Spock – zeigte ein breites Grinsen. Erst dann bemerkte Kirk, daß er ebenfalls lächelte.

»Gute Arbeit, Mister Scott«, sagte Kirk über das Interkom.

»Nach diesem Höllenritt werde ich jede Niete und Schraube meines armen Mädchens nachziehen müssen«, sagte Scotty.

»Dazu erhalten Sie Gelegenheit, wenn wir Starbase Elf erreicht haben, Mister Scott«, entgegnete Kirk. »Das verspreche ich Ihnen.«

»Ich nehme Sie beim Wort, Captain.«

»Die *Farragut* nähert sich«, sagte Chekov.

»Und sie ruft uns«, setzte Uhura hinzu.

Kirks Grinsen wurde noch breiter. Er hatte eine Idee, die ausgezeichnet zu der Tatsache paßte, daß Bogle ihnen zu Hilfe geeilt war. Er drehte sich zu Mister Spock um. »Haben wir noch genügend Zeit, um die Überlebenden zu retten, die Sie vorhin entdeckt haben?«

»Kaum, Captain«, erwiderte Spock. »Uns bleiben noch zwanzig Minuten, bis wir den Riß schließen müssen.«

»Das genügt«, sagte Kirk.

»Achthundert Personen, Captain«, sagte Chekov. »Wir könnten sie höchstens noch auf die Dachsparren setzen.«

Kirk schüttelte den Kopf. »Das wird nicht nötig sein, Fähnrich.«

»Aber, Captain, wir sind bereits bis zum letzten …«

»Ja, ich weiß, Mister Chekov. Wir werden uns nach einer anderen Bleibe für sie umsehen müssen.« Kirk lehnte sich in seinem Sessel zurück. Der Sichtschirm zeigte die *Farragut* – ein kleines Schiff, das vor dem Hintergrund des Trümmerfeldes immer größer wurde. »Ich habe auch schon jemanden im Sinn.

Ich wette, daß er noch etwas Platz zur Verfügung hat.«

Kirk stand auf.

»Beantworten Sie den Ruf, Lieutenant, und legen Sie die Verbindung auf den Schirm«, sagte Kirk. »Wir wollen doch mal sehen, ob mein alter Freund Bogle immer noch ein guter Pokerspieler ist.«

27

Die Erschütterungen der letzten Welle hörten auf. Bogles Besatzung hatte gelernt, auf den Wellen zu surfen. Niemand war aus seinem Sitz geschleudert worden, niemand hatte auch nur einen Finger rühren müssen, um das Gleichgewicht zu halten.

Und niemand sagte ein Wort.

Bogle starrte auf den Schirm, aber dadurch wurde er auch nicht klüger. Kirk, die *Enterprise* und sogar die Tauteeaner machten ihm Sorgen.

Sogar die Tauteeaner.

Bogle schüttelte den Kopf und drehte sich um. Lee starrte auf seine Instrumente. Sein hagerer Körper war angespannt, und seine Hände klammerten sich an der wissenschaftlichen Konsole fest.

Seine Fingerknöchel waren weiß.

»Mr. Lee?« fragte Bogle zögernd. Er wußte, daß ein Raumschiff ohne Energie diese Welle niemals überstehen würde.

Lee erhob sich langsam. »Sie haben es geschafft. Es sieht so aus, als wären ihre Impulstriebwerke in letzter Sekunde wieder einsatzbereit gewesen.«

Bogle entließ den Atem, den er die ganze Zeit angehalten hatte, wie ihm erst jetzt bewußt wurde. Dieses System hatte ihnen bislang schon genügend Probleme bereitet. Sie konnten darauf verzichten, auch noch die *Enterprise* zu verlieren.

Zumindest mußte eine solche Katastrophe nicht eintreten, während Bogle die Verantwortung trug.

»Rufen Sie sie«, sagte er, als er sich wieder dem Sichtschirm zuwandte.

»Verstanden, Captain«, sagte Gustavus. »*Farragut* an *Enterprise*. Bitte melden, *Enterprise*.«

Die *Enterprise* bewegte sich durch das Trümmerfeld langsam auf sie zu. Sie sah mitgenommen aus. Ein Teil der Beleuchtung war ausgefallen, aber sie war immer noch das mächtige Flaggschiff der Flotte.

Kurz darauf meldete Gustavus: »Ich habe die *Enterprise*, Captain.«

»Auf den Schirm«, sagte Bogle. Er trat einen Schritt näher und zwang sich dazu, einen möglichst ausgeglichenen Eindruck zu machen. Im Augenblick empfand er hauptsächlich Erleichterung, doch tief im Innern kochte er vor Wut. Kirk hatte seine vierhundert Besatzungsmitglieder in Gefahr gebracht, während er gegen die Erste Direktive verstieß. Und dadurch war obendrein Bogles Schiff einem unverantwortlichen Risiko ausgesetzt worden.

Auf dem Bildschirm erschien die Brücke der *Enterprise*. Kirk lächelte, als sich das Bild stabilisiert hatte. Er wirkte noch zerzauster und mitgenommener als vor einer Stunde.

»Danke, daß ihr uns zu Hilfe gekommen seid«, sagte Kirk. »Das war knapp.«

Bogle nickte. »Ich weiß. Brauchst du immer noch Unterstützung?«

Kirk blickte sich kurz um, bis er wieder mit Bogle sprach. »Eigentlich schon. Mein Chefingenieur teilt mir mit, daß die *Enterprise* immer noch Schwierigkeiten hat. Er muß die Lebenserhaltung auf einigen unteren Decks abschalten. Das Problem ist, daß das Schiff bis zum Platzen mit Überlebenden vollgestopft ist. Wie viele habt ihr geborgen? Ich würde gerne ein paar zu euch hinüberbeamen.«

Bogle schaute sich zu Lee um, der ihm leise antwortete. »Wir haben etwas über dreihundert gefunden«, teilte er mit.

Bogle nickte und wandte sich wieder an Kirk. »Wir haben über dreihundert«, sagte Bogle. »Ich glaube kaum, daß wir noch mehr aufnehmen können.«

Kirk lachte. »Wir haben fast eintausend an Bord. Und wenn die Lebenserhaltung ausfällt, wird es brenzlig für sie. Möglicherweise verlieren wir sogar einige Schwerverletzte.«

Bogle blickte sich wieder zu Lee um. Lee zuckte die Schulter und formulierte lautlos: *Es scheint alles in Ordnung zu sein.* Kirk bluffte. Er versuchte, mit Bogle zu spielen, aber Bogle wollte sich nicht manipulieren lassen.

»Das ist dein Risiko, Jim«, sagte Bogle. »Ich verstehe, worauf du hinauswillst, aber ich denke, wir haben fürs erste genügend an Bord genommen.«

Das Lächeln verschwand von Kirks Gesicht. »Kelly, ich trage die Verantwortung für diese Mission. Du wirst dafür sorgen, daß ich anschließend vor Gericht gestellt werde, wie ich vermute. Ich möchte dir noch ein paar Zeugen mehr überlassen. Ich will nicht, daß man mich verurteilt, weil ich Leben gerettet habe, die ich anschließend wieder verlieren mußte.«

Bogle lachte. Er konnte nicht fassen, daß Kirk mit dieser Bitte an ihn herantrat. Was führte er im Schilde? Das alles ergab keinen Sinn.

»Kelly«, sagte Kirk. »Ich werde aussagen, daß du nicht für diese Rettungsmission zur Verantwortung gezogen werden kannst, weil es einzig und allein meine Entscheidung war.«

»Auch ich habe Überlebende geborgen«, gab Bogle zu bedenken. »Ich bin durchaus in der Lage, für meine eigenen Entscheidungen geradezustehen.«

»Wirklich?« fragte Kirk. »Bist du wirklich dazu bereit, Kelly? Oder benutzt du lediglich die Erste Direktive als Deckung, hinter der du dich verkriechen kannst? Du hast Angst davor, Risiken einzugehen. Du willst nichts tun, was deine ach so wertvolle Karriere in Gefahr bringen könnte. Aber es gehört zum Job eines Starfleet-Captains, Risiken einzugehen. Und wenn du dazu nicht bereit bist, Kelly, dann wirst du immer einen Schritt hinter den anderen zurückbleiben.«

Das saß. Bogle spürte, wie sein Gesicht rot wurde, obwohl er diese Reaktion zu unterdrücken versuchte. Bogle hegte einen großen Groll gegen Kirk, weil er so schnell befördert worden war, und jetzt schleuderte Kirk ihm diese Tatsache auch noch ins Gesicht. Wie konnte Kirk wissen, was Bogle fühlte?

Er zwang sich dazu, tief durchzuatmen. »Du verstehst es einfach nicht, Jim. Vorschriften wie die Erste Direktive wurden aus gutem Grund erlassen. Aus verdammt guten Gründen. Und nicht, damit du durch den Quadranten toben und sie nach Belieben verletzen kannst.«

»Ich tobe nicht durch den Quadranten, um sie zu verletzen«, sagte Kirk. »Aber ich weiß, wann es wichtig ist, ein Risiko einzugehen.« Er winkte jemandem außerhalb des Bildausschnitts zu. Eine sehr kleine humanoide Frau trat vor die Aufnahmeoptik. Sie hatte eine Wunde auf der Stirn, und in ihren aufgerissenen Augen stand eine Erschöpfung, die Bogle nur schwer nachempfinden konnte. »Im Augenblick glaube ich, daß Prescott und ihre Leute nur wenig Verständnis für unsere Vorschriften haben.«

Über die Verbindung zwischen den beiden Raumschiffen erwiderte die Frau Kellys Blick, bis er ihn nicht mehr ertrug und sich abwenden mußte. Kirk spielte mit unfairen Tricks. Wenn es nicht mehr um abstrakte Vorschriften ging, sondern Kirk ihm ein Gesicht präsentierte, wurde es wesentlich schwerer.

»In Wirklichkeit müßt ihr die Lebenserhaltungssysteme gar nicht abschalten, stimmt's, Jim?«

Kirk legte Prescott eine Hand auf die Schulter. »Sie arbeiteten mit Vollast, Kelly, und jede weitere Beanspruchung könnte sie zum Zusammenbrechen bringen. Wir sollten es diesen Leuten unter den gegebenen Umständen so angenehm wie möglich machen. Du hast den Platz dazu.«

Die Frau sagte kein Wort. Sie mußte auch gar nichts sagen. Ihre Augen sprachen Bände. Selbst wenn Kirk ihn anlog, selbst wenn alles nur ein geschickter Plan war, hatte Bogle jetzt ein Gesicht vor Augen, das ihn künftig in seinen Träume heimsuchen würde.

Und wenn der *Enterprise* etwas zustieß, würden es Alpträume sein – für den Rest seines Lebens.

Er blickte sich zu Lee um. »Wie lange würde es dauern, eine größere Anzahl von Überlebenden an Bord zu beamen?«

»Mit allen Transportern, die wir haben«, sagte Lee, »einschließlich der Frachttransporter beider Schiffe, nicht allzu lange. Vielleicht fünf Minuten.«

»Vier Komma acht Minuten bei sechshundert Personen«, bemerkte jemand hinter Kirk.

Bogle blickte Kirk an. »Einverstanden. Schick die Leute rüber. Dann wollen wir den Riß schließen und schnellstens von hier verschwinden.«

Kirks Lächeln kehrte zurück. »Wir schaffen es, Kelly. Und vielen Dank.«

Der Bildschirm wurde schwarz.

Bogle wandte sich an Lee. »Geben Sie Befehl, die Evakuierung zu starten, und teilen Sie mir sofort mit, wenn die Aktion abgeschlossen ist. Ich will keine Sekunde länger als nötig hierbleiben.«

»Ja, Captain«, sagte Lee und beugte sich über seine Konsole. Bogle konnte nicht erkennen, ob der Wissenschaftsoffizier lächelte.

»Und achten Sie auf die nächste Welle.«

»Ja, Captain«, wiederholte Lee.

Bogle ließ sich in den Kommandosessel fallen. Er hatte schon häufiger mit Kirk Poker gespielt. Kirk war ein Meister im Bluffen.

Und Bogle wußte, daß die Lebenserhaltungssysteme der *Enterprise* kein hinreichender Grund waren, die Überlebenden in die *Farragut* umzuladen. Nein, Kirk hatte etwas vor. Er hatte einen klaren Plan, in den er Bogle nicht einweihen wollte.

Sie hatten noch sechzehn Minuten, bis sie den Riß schließen mußten. Sechzehn lange Minuten. Damit blieb Kirk noch etwas Zeit. Die Frage war nur: Was wollte er mit dieser Zeit anstellen?

28

Bogle hatte nachgegeben. Und es war in erster Linie Prescotts Verdienst. Bogle war nicht in der Lage gewesen, über Vorschriften zu diskutieren, während Prescott ihm in die Augen sah.

Kirk hätte die Angelegenheit mit der Lebenserhaltung weglassen sollen. Obwohl es in gewisser Weise richtig war, was er gesagt hatte – die *Enterprise* wäre in der Tat mit der Versorgung der neuen Überlebenden überfordert gewesen –, war dieses Argument nicht annähernd so überzeugend gewesen wie Prescotts Blick.

Kirk legte ihr eine Hand auf die Schulter, dann drehte er sich herum und drückte auf den Kommunikationsknopf. »Scotty, wir müssen einen Nottransport durchführen. Siebenhundert Tauteeaner sollen in die *Farragut* überwechseln. Koordinieren Sie alles mit Ihren dortigen Kollegen, und machen Sie schnell.«

»Aber, Captain, ich muß noch an der *Enterprise* arbeiten. Sie ist nicht in Bestform, und wir haben noch einiges vor.«

Kirk grinste. Scotty war ein echter Ingenieur, der lieber an seinem Schiff herumbastelte, als etwas anderes zu tun. »Das weiß ich, Mr. Scott. Bleiben Sie dran. Aber laden Sie zuerst die Tauteeaner um. Und zwar schnell. Kirk Ende.«

Dann stellte Kirk eine neue Verbindung her. »Dr. McCoy, sofort auf die Brücke!«

»Bin schon unterwegs«, kam McCoys Antwort.

Kirk lächelte Spock zu. »Diese Sache wird ihm überhaupt nicht gefallen.«

Spock wirkte irritiert. »Ich verstehe nicht, wieso es Dr. McCoy nicht gefallen wird, wenn wir weitere Überlebende retten wollen.«

Kirk lachte und winkte ab. »Schon gut. Sagen Sie mir nur, wie lange wir brauchen, um zu den Tauteeanern zu gelangen, die wir gefunden haben, sie an Bord zu nehmen und dann zum Riß zu fliegen.«

»Die neue Gruppe besteht nach meiner jüngsten Zählung aus schätzungsweise neunhundertundachtzig Individuen. Sie befinden sich unter einer recht dünnen Gesteinsschicht. Dadurch dürfte es uns möglich sein, sie in acht Komma sechs Minuten an Bord zu holen.«

Kirk nickte. Das war zu schaffen, wenn alles andere reibungslos ablief. »Werden wir noch genügend Zeit haben, zum Riß zu kommen?«

»Ja, Captain. Uns bleibt sogar noch ein Spielraum von annähernd zwei Minuten.«

»Zwei Minuten«, wiederholte Kirk. Zwei Minuten. Für die tauteeanische Zivilisation konnten diese zwei Minuten über ihre gesamte Zukunft entscheiden. »Spock, ich möchte, daß Sie mir sofort mitteilen, wenn wir hinter dem Zeitplan zurückfallen. Die Schließung des Risses ist viel wichtiger als die letzten paar Hundert Überlebenden.«

Er warf Prescott einen schnellen Blick, die angesichts dieser Bemerkung die Stirn runzelte. »Entschuldigung, aber so ist es.«

Sie nickte, doch ihr Stirnrunzeln blieb.

Hinter ihr öffnete sich die Tür des Turbolifts, und Dr. McCoy kam herein. Er war schmutzig, müde und verärgert. »Jim, was zum Teufel ist hier los? Scotty hat mir einen Raum voller Tauteeaner vor der Nase weggebeamt!«

»Wir bringen sie in ihre Asteroidenhöhlen zurück«, sagte Kirk. Doch bevor Dr. McCoy einen Tobsuchtsanfall bekam, lachte er. »Nein, wir schicken sie alle zur *Farragut* hinüber.«

McCoy schien einen Moment lang nicht zu wissen, was er sagen sollte, während Chekov und Sulu leise über den Witz lachten. Dann stieß er hervor: »Warum, in Gottes Namen?«

Kirk ließ sich in seinen Sessel fallen, bevor er antwortete. »Weil wir neunhundert weitere Überlebende an Bord holen werden.« Er drehte sich herum, damit er das Gesicht des Doktors sehen konnte. »Also mach dich bereit.«

McCoy öffnete den Mund und schloß ihn wieder. Diese Bewegung wiederholte er noch einige Male, ohne daß er ein Wort herausbrachte. »Und wann?« fragte er schließlich.

Kirk blickte sich zu Spock um. »Die letzten der Überlebenden, die wir an Bord genommen hatten, werden gerade zur *Farragut* gebeamt. Ich würde sagen, mit der Ankunft der neuen Gruppe ist in etwa zwei Minuten zu rechnen.«

Kirk wandte sich wieder dem Hauptsichtschirm zu. Er sollte lieber noch einmal mit Bogle reden, bevor sie sich auf den Weg machten. Es führte zu nichts, wenn der Captain der *Farragut* verärgert war. »Geben Sie mir die *Farragut*!« verlangte er.

Nach einer Weile sagte Uhura: »Auf dem Schirm, Captain.«

Kirk stand auf, als Bogles Gesicht erschien. »Danke, Kelly«, sagte Kirk.

»Dann sehen wir uns am Riß?« sagte Bogle.

»Wir machen uns auf den Weg«, sagte Kirk und ließ die Verbindung unterbrechen.

Erst danach setzte er hinzu: »Allerdings müssen wir vorher noch einige Passagiere an Bord nehmen.«

29

Die Lebenserhaltungssysteme waren in der Tat bis zum äußersten beansprucht. Spock hatte mit seiner Schätzung danebengelegen. Jetzt waren neunhundertachtzig zusätzliche Überlebende zu versorgen. Hinzu kamen die weiteren fünfhundert Tauteeaner auf den unteren Decks.

Sie alle waren an Bord der *Enterprise* gebeamt worden, worauf Scotty gesagt hatte, daß sie sich wie Kaninchen unter dem Rasen drängelten. Als Kirk sich über diesen Vergleich wunderte, hatte Sulu erklärt, daß Scotty eine Redensart der Golfer benutzt hatte, womit Kirk sich zufriedengab.

Er hatte einmal in seinem Leben Golf zu spielen versucht, als Junge in Iowa.

Schach war ihm lieber.

Oder Basketball. Entweder er setzte sein Gehirn voll ein oder gar nicht.

Dann wurde ihm bewußt, daß er mitten in einer ernsten Situation steckte und sich Gedanken über den Golfsport machte.

»Captain«, kam Scottys abgehetzte Stimme über das Interkom. »Ich denke, wir sollten ein paar dieser armen Kerle auf der Brücke unterbringen.«

»Nein, Mister Scott.« Kirk setzte sich in seinen Sessel, als er zusammenzuckte und abrupt wieder aufstand. Jetzt schien die Polsterung völlig durchgesessen zu sein. »Sie bleiben auf den unteren Decks.«

Er brauchte immer noch ausreichend Platz zum

Nachdenken. Auch wenn die Überlebenden sich auf den Decks unter ihm stapelten. Er war froh, daß Bogle ihm einen Teil abgenommen hatte. Die *Enterprise* hatte fast die Grenzen ihrer Belastbarkeit erreicht, und die Sache war noch längst nicht ausgestanden.

»Captain«, sagte Prescott. »Haben wir die Zeit, um noch eine weitere Gruppe zu finden?«

Und dann noch eine und noch eine. Sie würde immer wieder diese Frage stellen, bis sie den Zeitpunkt verpaßt hatten. Kirk blickte in ihr erschöpftes und verletztes Gesicht. Es war das Gesicht, dem selbst der Sturkopf Bogle nicht hatte widerstehen können.

Aber Kirk durfte sich nicht von ihr erweichen lassen.

»Die Zeit wird knapp, Prescott«, sagte er. »Es tut mir leid.« Dann wandte er sich an Sulu. »Bringen Sie uns jetzt zum Treffpunkt in der Nähe des Risses.«

»Verstanden, Captain«, sagte Sulu und bediente die Schaltelemente seiner Konsole. »Kurs liegt an. Wir sind unterwegs.«

Er klang beinahe erleichtert. Vielleicht war er es auch. Je schneller sie eintrafen, desto früher war dieser Alptraum vorbei.

Kirk drückte die Interkomtaste. »Mister Scott, gehen Sie wieder in den Maschinenraum. Wir brauchen Sie jetzt dort.«

»Aye, Captain«, sagte Scotty. Auch er klang erleichtert.

Kirk nahm trotz des Zustands seines Kommandosessels wieder Platz. »Sind die anderen Schiffe schon in Position?« fragte er.

»Die *Farragut* und das klingonische Schiff *QuaQa* unter dem Kommando von KerDaq haben sich am Treffpunkt eingefunden«, meldete Spock. »Die *Sor-*

Daq ist noch unterwegs und wird in einer Minute zu ihnen stoßen.«

»Gut«, sagte Kirk. Er lehnte sich zurück und beobachtete, wie die *Enterprise* über die Ebene des zerstörten Planetensystems hinwegflog und sich dem Trümmerring des ehemaligen neunten Planeten näherte. »Wann werden wir eintreffen, Mister Sulu?«

»In schätzungsweise zwei Minuten, Captain«, sagte Sulu.

»So schnell?« sagte eine Stimme in Kirks Rücken.

Er drehte sich mit seinem Sessel herum. Prescott stand am Geländer und starrte auf den Sichtschirm. Sie wirkte wie ein kleines Mädchen, das über einen Zaun zu blicken versuchte. Auf ihrem Gesicht stand der Ausdruck von Ehrfurcht und Erstaunen, den er schon oft bei anderen bemerkt und gelegentlich selbst empfunden hatte.

»Sie legen eine Strecke in Minuten zurück, für die wir Wochen benötigt haben«, sagte Prescott. »Und Sie können sogar von Stern zu Stern reisen! Niemand aus meinem Volk hätte es gewagt, auch nur davon zu träumen. Wir sind immer davon ausgegangen, daß es unmöglich ist.«

»Manchmal muß man träumen, um das Unmögliche möglich zu machen«, sagte Kirk.

Prescott löste den Blick vom Schirm und konzentrierte sich auf Kirk. Er wußte, daß sie die Frau war, die auch in Zukunft ihr Volk führen würde. Sie hätte es beinahe völlig vernichtet, aber sie hatte auch alles getan, um es zu retten. Manchmal war solch eine Schuld dafür verantwortlich, daß die Überlebenden alles taten, um weiter am Leben zu bleiben.

Sie hatten noch einen langen Weg vor sich.

»Ich erkenne jetzt, daß Sie recht haben, Captain. Unser Fehler lag darin, daß wir zu vorsichtig waren, daß unsere Träume zu klein waren«, sagte sie.

»Mir scheint«, warf Spock ein, »daß der Traum von unbegrenzten Energiereserven nicht gerade klein ist.«

»Er kommt mir klein vor«, erwiderte sie, »wenn ich bedenke, daß wir nach den Sternen hätten streben können.« Sie lächelte.

»Captain«, sagte Spock. »Wir haben den vereinbarten Treffpunkt erreicht. Alle vier Schiffe sind in Position. Das dritte klingonische Schiff, die *Suqlaw*, wartet außerhalb des Systems.«

»Verstanden«, sagte Kirk. »Lieutenant Uhura, geben Sie mir eine Verbindung zu allen drei Captains. Sorgen Sie dafür, daß jeder jeden sehen kann.«

»Ja, Captain«, sagte sie. Das Bild der anderen Raumschiffe verschwand und wurde durch einen geteilten Bildschirm ersetzt, der drei Gesichter zeigte. Eins war menschlich, und zwei waren klingonisch. Captain Bogle nickte Kirk zu. Er hatte einen Schmutzfleck am Kinn.

KerDaq blickte finster. Kirk konnte erkennen, daß hinter ihm gerettete Tauteeaner standen.

Der unbekannte klingonische Captain blinzelte Kirk mißtrauisch an. Kirk blinzelte zurück.

»Ich bin Commander Kutpon«, stellte sich der neue Klingone vor. Offensichtlich hatte er sich bemüht, in möglichst drohendem Tonfall zu sprechen.

»Captain Kirk«, erwiderte Kirk, ohne auf das Spiel des Klingonen einzugehen. KerDaq konnte Kutpon erklären, daß die Beziehungen zur Föderation im Augenblick freundschaftlicher Natur waren. »Ich hoffte, die Jagd verlief für alle erfolgreich.«

»Wir haben über zweihundert Überlebende aufgenommen«, sagte Kutpon.

»In meinem Schiff drängen sich ebenfalls zweihundert«, sagte KerDaq.

»Das Volk der Tauteeaner wird Ihnen für Ihre Tapferkeit Respekt und Ehre erweisen«, sagte Kirk, bevor

Bogle etwas dazu bemerken konnte. Es hatte keinen Sinn, wenn sie sich mit Zahlenangaben gegenseitig zu übertrumpfen versuchten.

Bogle hatte offenbar verstanden. »Wir sind vollgestopft mit Überlebenden, Jim. Und wie ich sehe, hast du unterwegs noch einen Zwischenstop eingelegt.«

Kirk zuckte die Schultern. »Wir hatten noch ein wenig Platz.«

Bogle schüttelte in offensichtlichem Mißfallen den Kopf. Kirk war sich nicht sicher, ob Bogle auf ihn oder auf sich selbst wütend war. »Und wie steht es um eure Lebenserhaltung?«

»Sie hat nahezu ihre Kapazitätsgrenze erreicht«, sagte Kirk und mußte ein Grinsen unterdrücken.

Bogle nickte. »Ich vermute, du hast recht. Wenn wir nicht für einen gewissen Ausgleich gesorgt hätten, wären deine Lebenserhaltungssysteme zusammengebrochen. Es ist schon komisch, nicht wahr? Zu viele Personen auf zu engem Raum.«

Kirk zuckte die Schultern. »Ich habe nur vorausgedacht, Kelly.«

»So sieht es aus«, erwiderte Bogle.

»Wir haben noch zwei Minuten, Captain«, sagte Spock.

Kirk atmete einmal tief durch und spürte, wie sein Grinsen verschwand. Jetzt begann der ernste Teil ihrer Aufgabe. Er wandte sich den anderen drei Captains zu. »Sind alle für die geplante Aktion bereit?«

KerDaq schnaufte. »Natürlich sind wir bereit, Captain. Ein kurzer Feuerstoß von allen Schiffen zum gleichen Zeitpunkt wird das Loch schließen.«

Kirk sah, daß die anderen Captains zustimmend nickten. Offenbar waren alle Beteiligten informiert. »Mister Spock wird den Countdown bis zur Eröffnung des Feuers leiten. Nachdem der Feuerstoß abgegeben wurde, gehen Sie sofort auf Warp. Sie haben nicht mehr als dreißig Sekunden, um der Subraumwelle zu entkommen.«

Wieder nickten alle drei Captains.

Die Klingonen und die Föderation mochten Erzfeinde sein, aber das hinderte sie nicht daran, Respekt voreinander zu empfinden. KerDaq war ein hervorragender Captain. Und Kirk zweifelte nicht daran, daß Kutpon genauso gut war. Sie kannten die Gefahren, in die sie ihre Schiffe brachten, und den möglichen Schaden, der angerichtet werden konnte.

Wenn der Plan fehlschlug, spielte der Schaden jedoch keine Rolle mehr. Der Riß im Universum würde den gesamten galaktischen Sektor zerstören, und niemand von ihnen würde die Katastrophe überstehen.

»Die nächste Station der Föderation, Starbase Elf, ist nur einen halben Tag entfernt«, sagte Bogle. »Dort können wir andocken. Mit den Überlebenden.« Sein letzter Satz enthielt eine Spur von Sarkasmus.

»Verstanden«, sagte KerDaq. »Wir werden uns dort einfinden.«

Sein Drittel des Bildschirms erlosch.

»Wir ebenfalls«, sagte Kutpon.

Dann verblaßte auch sein Gesicht.

»Viel Glück«, sagte Bogle. »Wir reden über alles weitere, wenn wir die Starbase erreicht haben.«

»Ich freue mich schon darauf«, sagte Kirk. »Und auch dir wünsche ich viel Glück. Wir alle werden es brauchen. Kirk Ende.«

Der Sichtschirm zeigte wieder die vier Schiffe, die in quadratischer Formation über dem Trümmerring des neunten Planeten Stellung bezogen hatten.

»Noch eine Minute, Captain«, sagte Spock.

Kirk blickte sich um. Uhura überwachte immer

noch die Kommunikationskanäle. Sulu starrte auf den Schirm. Chekov überprüfte noch einmal die Koordinaten.

Prescott lehnte sich über das Geländer, so daß ihre Füße kaum noch den Boden berührten. Ihr schmales Gesicht hatte sich vor Anspannung in tiefe Falten gelegt. Spock studierte seine Instrumente und wirkte so ungerührt wie immer. Nur die Fähnriche im Hintergrund der Brücke schienen Angst zu haben. Aber selbst sie waren konzentriert bei der Arbeit.

Die jungen Offiziere waren das einzige Anzeichen, daß sich dieser Augenblick von den anderen unterschied, daß eine größere Gefahr als zuvor drohte.

Kirks Besatzung war die beste in der ganzen Galaxis.

Er hoffte nur, daß sie auch für diese Aufgabe gut genug war.

»Kurs auf Starbase Elf liegt an«, sagte Sulu.

»Phaser einsatzbereit, Captain«, meldete Chekov.

»Gut«, sagte Kirk. »Mister Spock gibt das Zeichen.«

»Noch dreißig Sekunden«, sagte Spock.

»Sind die Waffen aller vier Schiffe einsatzbereit?« fragte Kirk.

»Ja, Captain«, sagte Chekov.

Die dreißig Sekunden schienen sich zu einer Ewigkeit zu dehnen. Kirk widerstand dem Impuls, aufzustehen und unruhig auf und ab zu gehen. Er mußte seine gesamte Konzentration auf diesen Schuß lenken.

Denn es war die einzige Gelegenheit, die sie hatten. Die einzige oder die letzte, je nachdem, ob sie ins Ziel trafen oder nicht.

»Zehn Sekunden«, sagte Spock.

Kirk hielt sich an der Armlehne fest.

»Neun.«

Schon wieder ein Countdown. Eines Tages würde er nachzählen, wie oft die Sekunden seines Lebens bereits abgezählt worden waren.

»Acht.«

Er beobachtete, wie die anderen Schiffe sich bereitmachten.

»Sieben.«

Chekov überprüfte noch einmal die Koordinaten.

»Sechs.«

Prescott hielt sich am Geländer fest.

»Fünf.«

Uhura drehte sich herum, damit sie den Bildschirm sehen konnte.

»Vier.«

Kirk beugte sich vor und spürte einen Knoten in seinen Eingeweiden.

»Drei.«

Die Fähnriche stellten ihre Arbeit ein und sahen mit angespannten Mienen zu.

»Zwei.«

Spock hob den Blick von seinen Anzeigen.

»Eins.«

Kirk verkrampfte die Hände zu Fäusten.

»Feuer!« sagte Spock.

Auf dem Sichtschirm war zu erkennen, wie auch die anderen drei Schiffe feuerten und sich die Strahlen in einem Punkt zwischen den Trümmern vereinigten.

Eine lange rote Linie breitete sich majestätisch unter ihnen aus, wie ausgegossener Rotwein. Kirk glaubte, wenn er die *Enterprise* ein wenig zur Seite kippen würde, könnte er durch das Loch im Trümmerring direkt in ein anderes Universum blicken.

Dann stellten alle vier Schiffe zum gleichen Zeitpunkt das Feuer ein.

»Wir haben das Ziel getroffen«, sagte Spock mit bemerkenswert emotionsloser Stimme. Manchmal fragte sich Kirk, wie der Vulkanier es schaffte, lebensbedrohende Situationen ohne jedes Anzeichen von Gefühl zu überstehen. »Die Rückkopplungsschleife baut sich wie geplant auf.«

»Bringen Sie uns weg von hier, Mister Sulu«, sagte Kirk. »Warp vier.«

»Verstanden«, sagte Sulu und bediente seine Kontrollen. »Wir setzen uns in Bewegung.«

Nichts geschah.

Keine Reaktion.

Der Bildschirm zeigte unverändert das Asteroidenfeld. Die anderen Schiffe waren nicht mehr da, sondern hatten sich mit Warpgeschwindigkeit in Sicherheit gebracht. Kirk konnte die gewaltige Subraumwelle nicht sehen, aber er wußte, daß sie kommen würde.

»Mister Sulu!« rief Kirk.

»Der Warpantrieb ist ausgefallen!« erwiderte Sulu aufgeregt.

Kirk schlug mit der Faust auf die Kommunikationstaste. »Mister Scott, wir haben keine Warpenergie!«

»Ich weiß, Captain«, kam sofort die Antwort. »Durch das ständige Gerüttel sind die Warpspulen nicht mehr korrekt ausgerichtet. Ich habe Sie vor dieser Möglichkeit gewarnt.«

»Die Welle wird uns in zwanzig Sekunden treffen«, meldete Spock mit aufreizender Gelassenheit.

»O nein!« rief Prescott. »Nicht noch einmal!«

»Bringen Sie das in Ordnung, Scotty! Schnell!«

»Das schaffe ich nicht in zwanzig Sekunden, Captain«, sagte Scotty.

»Ich kann die Welle nicht aufhalten.«

»Ich weiß, Captain. In einer Minute wäre es

vielleicht machbar. Aber es könnte auch länger dauern.«

Das war in jedem Fall zu lange. Sie hatten weniger als zwanzig Sekunden, um einen Weg zu finden, der drohenden Vernichtung zu entgehen.

Es waren zwanzig sehr knappe Sekunden.

30

Weniger als zwanzig Sekunden. Sie mußten etwas tun. Kirk öffnete die Augen und sah Prescott, die sich die Hände vor das Gesicht geschlagen hatte.

Er hatte ihr Volk gerettet, um es anschließend wieder zu verlieren.

»Scotty!« rief Kirk über die Kommunikationsverbindung. »Machen Sie den Warpantrieb wieder klar! Und geben Sie jede entbehrliche Energie auf die Schilde. Jetzt.«

»Ja, Captain«, sagte Scott.

»Der Riß schließt sich«, meldete Spock. »Wir haben noch fünfzehn Sekunden, bis die Subraumwelle unsere Position erreicht hat.«

Kirk konnte nicht fassen, was geschah. Es hatte nicht das geringste Anzeichen gegeben.

Im Grunde hätte er mit einer solchen Entwicklung rechnen müssen, aber statt dessen hatte er Scotty in den Transporterraum geschickt. Normalerweise umhegte Scotty das Warpaggregat wie sein Baby. Er hätte es früh genug bemerkt, wenn etwas nicht stimmte.

Aber er war nicht im Maschinenraum gewesen.

Kirk hatte geglaubt, daß er Scotty brauchte, um die schwierigen Transportvorgänge zu überwachen.

Und er hatte ihn gebraucht.

Er brauchte ein Dutzend Scottys.

Vor allem jetzt.

»Mister Sulu«, rief er. »Bringen Sie uns mit voller Impulskraft von diesem Riß weg!«

»Ja, Captain«, sagte Sulu.

Der Bildschirm zeigte, wie das zerstörte Sonnensystem seitlich aus dem Blickfeld wanderte, bis nur noch die Sterne zu sehen waren.

»Bei dieser Geschwindigkeit«, sagte Spock, »wird die Subraumwelle uns in einundfünfzig Sekunden einholen.«

Sie hatten eine kleine Gnadenfrist gewonnen.

Scotty, es wird Zeit für ein Wunder!

Und zwar schnell!

Kirk wandte sich an Spock. »Wie stehen unsere Überlebenschancen, wenn wir auf dieser Welle reiten?«

Spock schüttelte den Kopf. »Es sind zu viele Faktoren im Spiel. Ich kann Ihnen keine akkurate Einschätzung geben.«

»Raten Sie, Spock!« erwiderte Kirk. Er hatte die Hände wieder zu Fäusten geballt.

Spock lehnte sich zurück. »Ich glaube, die Wahrscheinlichkeit, daß die Schilde halten und die Außenhülle unversehrt bleibt, liegt bei einem Wert unter null Komma eins Prozent.«

»Das sind ja hervorragende Aussichten«, sagte Kirk.

»Ich habe mich um eine möglichst exakte Einschätzung bemüht«, sagte Spock.

»Werden wir sterben?« fragte Prescott.

»Im Augenblick sieht es nicht gut aus«, sagte Kirk. »Aber Sie sollten sich trotzdem gut festhalten.«

Er schlug auf die Kommunikationstaste. »Scotty! Warp?«

»Das Triebwerk hat Energie, Captain, aber es reagiert nicht.«

»Ich dachte, Sie hätten gesagt, Sie könnten es in einer Minute schaffen, Scotty. Inzwischen hatten Sie jede Menge Zeit.«

»Eine Minute, um es wieder mit Energie zu versorgen, Captain. Aber ich habe nicht gesagt, daß es dann auch wieder arbeitet.«

»Versuchen Sie es weiter.« Kirk schaltete die Verbindung ab.

Spock stand auf und verschränkte die Hände hinter dem Rücken, als wollte er etwas Wichtiges ankündigen. »Der Riß hat sich geschlossen.«

Sie hatten es geschafft, aber sie erhielten keine Gelegenheit zum Feiern. Beim ersten Mal hatte er die Galaxis gerettet, indem er Edith opferte. Diesmal mußte er sich selbst und seine Besatzung opfern.

Und vierzehnhundertachtzig Tauteeaner dazu.

Er wollte nicht, daß es ein zweites Mal geschah.

Er wollte es nicht!

Er drehte sich zu Spock um. »Gibt es eine Möglichkeit, mehr Impulsenergie einzusetzen?«

»Nein«, antwortete Spock. »Zumindest nicht *genügend* Energie. Aber ich hätte da in der Tat eine Idee.«

»Machen Sie schnell«, sagte Kirk.

Spock verneigte sich knapp und trat vor. In seinen Augen schimmerten all die Emotionen, all die Aufregung und die Angst, die er unterdrückte. Aber nichts davon war seiner Stimme anzuhören. »Wir müssen noch einmal Dr. McCoys Theorie anwenden. Wir können nicht die gesamte Welle auf einmal aufhalten. Aber wir können an einem kleinen Bereich arbeiten.«

»Wie, Spock?«

»Im selben Moment, in dem die Welle uns überholt, setzen wir einen Photonentorpedo ein, um die Intensität eines kleinen Abschnitts der Welle zu verringern.«

Kirk runzelte die Stirn. »Wir schneiden sozusagen ein Loch hinein, in dem wir auf der Welle reiten können?«

»Exakt«, bestätigte Spock.

»Hätten zehn Photonentorpedos eine bessere Wirkung?«

»Wenn sich die Explosionen auf genau denselben räumlichen und zeitlichen Punkt konzentrieren, ja.«

»Spock, Sie sind brillant«, sagte Kirk. Er sprang aus seinem Sessel. »Chekov, machen Sie zehn Photonentorpedos scharf und warten Sie auf Mister Spocks Zeichen.«

»Torpedos abschußbereit, Captain«, sagte Chekov.

Spock kehrte an seinen Platz zurück. Er konsultierte die Instrumente, während seine Finger über die Tasten flogen. »Wir haben noch zwanzig Sekunden«, gab er bekannt.

Kirk ging hinter der Navigationsstation auf und ab. Die zwanzig Sekunden kamen ihm plötzlich wie eine Ewigkeit vor, nachdem sie noch vor kurzem eine sehr knappe Zeitspanne gewesen waren. Er blieb neben seinem Sessel stehen und aktivierte das Interkom.

»Scotty?«

»Heute benimmt sie sich wie eine verdammt störrische alte Dame, Captain.«

»Das heißt vermutlich nein.« Er hatte gehofft, der Warpantrieb wäre rechtzeitig einsatzbereit, aber jetzt mußten sie es auf die schwierige Art versuchen.

Er schlug auf den Knopf, der sämtliche internen Kommunikationskanäle des Schiffes öffnete. »Hier spricht der Captain. Halten Sie sich fest. Diese letzte Welle wird heftiger als alles, was wir bisher erlebt haben. Machen Sie sich bereit und bewegen Sie sich nicht von der Stelle, bevor die Erschütterungen aufgehört haben. Kirk Ende.«

»Die Welle trifft in zehn Sekunden ein«, sagte Spock.

Prescott kroch unter die nächste Konsole. Uhura schlang ihre Unterschenkel um die Halterung ihres Sitzes. Chekov hielt mit beiden Händen seine Konsole umklammert.

»Scotty?« fragte Kirk über Interkom.

»Tut mir leid, Captain«, sagte Scotty mit hörbarer Verzweiflung, »aber ich schaffe es nicht. Sie hat in letzter Zeit zu viele Schläge einstecken müssen.«

»Fünf Sekunden«, sagte Spock. Er war mit seinem Stuhl so nahe wie möglich an die Konsole herangerückt. Aber er hielt sich noch nicht fest.

Genauso wie Kirk.

Kirk kehrte zu seinem Sessel zurück und packte die Armlehnen. Er wäre lieber zu Prescott unter die Konsole gekrochen, aber er mußte hierbleiben, um alles im Auge zu behalten.

»Auf mein Zeichen, Mister Chekov«, sagte Spock.

Einige Besatzungsmitglieder hatten ebenfalls unter den Konsolen Schutz gesucht. Kirk hätte ihnen beinahe einen Verweis erteilt, aber er beschloß, es nicht zu tun. Im Augenblick brauchte er sie ohnehin nicht. Sulu folgte Uhuras Beispiel und klammerte sich mit den Beinen an seinen Stuhl.

»Feuer!« sagte Spock.

Das Schiff schüttelte sich, als die Photonentorpedos abgefeuert wurden.

Dann kam die Welle.

Es fühlte sich an, als wäre die *Enterprise* in voller Fahrt gegen eine Mauer im Weltraum geprallt. Das Schiff ruckte nach vorn und bremste abrupt ab, bis es wieder zurückgerissen wurde. Es schien über die Oberfläche eines unsichtbaren Sees zu hüpfen.

Die Beleuchtung erlosch, und der Computer leierte Schadensberichte herunter, dann wurde der Sichtschirm schwarz. Funken sprühten aus den Konsolen, und jemand schrie.

Kirk hielt sich mit aller Kraft im Kommandosessel fest, aber er glaubte nicht, daß er sich noch lange halten konnte.

Chekov flog in hohem Bogen an ihm vorbei und überschlug sich in der Luft.

Das Schiff verhielt sich wie ein bockendes Pferd. Kirk fing die ersten paar Stöße ab, dann sackte der Sessel nach unten weg, als er sich gerade nach oben bewegte.

Er verlor den Halt und wurde in die Luft geschleudert – genauso wie bei seiner zweiten Reitstunde als kleiner Junge.

Die Zeit schien stillzustehen, und die Brücke war nur noch eine verschwommene Szene aus Lärm, Dunkelheit und fliegenden Funken.

Er prallte gegen die Navigationskonsole und spürte einen Schmerz, der so heftig war, daß sein Körper ihn nicht mehr ertragen konnte.

Etwas stimmte nicht.

Sein Geist wollte den Körper aufgeben.

Aber er konnte es nicht.

Er war schon häufiger gestürzt und bewußtlos geworden.

Er griff nach der Konsole, um zu versuchen, sich daran hochzuziehen.

Dann wurde alles schwarz.

31

McCoy befand sich im Frachtraum. Der ältere Mann, um den er sich gerade kümmerte, schien die tauteeanische Variante eines Herzinfarkts erlitten zu haben. McCoy war es irgendwie gelungen, den Mann am Leben zu erhalten, aber er war sich nicht sicher, wie lange er diesen Zustand aufrechterhalten konnte. Er wußte immer noch nicht sehr viel über die innere Physiologie der Tauteeaner. Er hatte jemanden losgeschickt, um einen tauteeanischen Arzt zu holen, der wußte, was zu tun war, wie McCoy hoffte.

Eine junge Tauteeanerin namens Dicnar bereitete die nächste Patientin vor und erkundigte sich nach den verschiedenen Schmerzquellen, um zu entscheiden, ob dieser Fall möglicherweise warten konnte. Sie war nicht so gut wie Nutri, aber im großen und ganzen arbeitete sie zufriedenstellend.

Der Lärm und Gestank waren genauso überwältigend wie überall. Nur daß der Lärm hier vom Stöhnen und Schreien der Verletzten herrührte und der Gestank auf krankes Gewebe zurückzuführen war.

Einige der Wunden hatten schon seit mehr als einer Woche geeitert. McCoy schüttelte sich, wenn er nur daran dachte.

Er hatte den Frachtraum in ein Notlazarett verwandelt. Im Shuttle-Hangar hatte er nicht mehr arbeiten können, nachdem die neue Gruppe der Überlebenden eingetroffen war. Und es bestand im Augenblick keine

Möglichkeit, die Verletzten in die Krankenstation zu schaffen. Diese Patienten brauchten sofort Hilfe, und einige würden vielleicht nicht bis zum morgigen Tag überleben.

Um sie mußte er sich zuerst kümmern.

Zurück zu Regel Nummer eins der Notfallmedizin.

Aber im Augenblick dachte er gar nicht an seine Patienten. Er machte sich Sorgen. Soeben hatte der Captain über das Kommunikationssystem des Schiffes gesprochen und jedem geraten, sich gut festzuhalten. Irgend etwas mußte schiefgelaufen sein. Eigentlich hätten sie sofort in den Warptransit gehen müssen, um vor der zerstörerischen Subraumwelle zu fliehen. Doch offensichtlich war es anders gekommen.

Und mit Ausnahme seiner Assistentin war McCoy die einzige voll handlungsfähige Person im Frachtraum. Er war außerstande, alle anderen festzuhalten oder zu sichern. Er wußte nicht einmal, wo er sich selbst festhalten sollte.

Vor einiger Zeit hatten Sicherheitswächter die Fässer, die Scotty hier unten lagerte, mit Riemen festgezurrt, aber McCoy wußte nicht einmal, ob diese Sicherungen halten würden. Er wünschte sich ein simples altbewährtes Kraftfeld, aber da die Beleuchtung nicht mehr richtig funktionierte, bezweifelte er, daß dafür im Augenblick genügend Energie zur Verfügung stand.

Er sah sich um. Er brauchte etwas, an dem er sich festhalten konnte.

»Der Stützpfeiler, Dicnar«, sagte er und hastete zwischen den liegenden Patienten hindurch in die Mitte des Frachtraums. Dicnar folgte ihm. Gemeinsam schlangen sie die Arme um den Pfeiler, als wären sie Sträflinge, die an einen Schiffsmast gefesselt waren.

Dann begann sich der Boden unter ihren Füßen zu bewegen.

Eine grollende Erschütterung lief durch das Schiff, und der Boden hüpfte wie eine ausgeschüttelte Bettdecke.

Rauf und runter.

Rauf und wieder runter.

Seine Patienten wurden wie Blätter in einem Herbststurm durcheinandergewirbelt. Dicnar schrie, und McCoy beobachtete entsetzt, wie die zierlichen, verletzten Tauteeaner gegeneinander prallten, gegen die Wände und auf den Boden geworfen wurden.

Er würde sie alle verlieren.

Dieses Chaos konnte niemand von ihnen überleben.

Dann ging ein besonders heftiger Ruck durch den Boden. McCoy verlor den Halt und wurde durch die Luft geschleudert. Er strengte sich an, das Gleichgewicht zu wahren, aber es war sinnlos. Er schlang schützend die Arme um den Kopf und zog die Knie an, während er beobachten konnte, wie er sich dem Boden näherte.

Er landete direkt auf einem Tauteeaner, dessen Bein abgetrennt worden war. McCoy spürte, wie unter seinem Gewicht die Knochen des Mannes brachen. Vielleicht waren es auch seine eigenen Knochen. Er wollte gar nicht genauer darüber nachdenken.

Zwei weitere heftige Erschütterungen warfen ihn wieder hoch, bis er erneut unangenehme Bekanntschaft mit dem harten Boden machte.

Nachdem er gelandet war, wartete er auf die nächste Schockwelle, doch sie kam nicht.

Vorsichtig vergewisserte er sich, daß alle seine Knochen intakt waren, bevor er langsam aufstand. Er würde noch tagelang die blauen Flecken spüren, aber zumindest war er am Leben. Er vermutete, daß viele seiner Patienten das nicht von sich behaupten konnten.

Der Mann, auf dem McCoy gelandet war, war kreidebleich vor Schmerz geworden. Sein noch vorhandenes Bein war verdreht und ungewöhnlich abgeflacht.

Aber er war nicht der einzige.

Was zuvor ordentliche Reihen aus kranken Tauteeanern gewesen waren, hatte sich nun in ein Durcheinander aus Körpern, Decken und Kleidung verwandelt. An manchen Stellen konnte er gar nicht mehr erkennen, wo ein Patient aufhörte und der nächste begann.

Nicht weit von ihm entfernt kam Dicnar auf die Beine und blickte sich verwirrt um.

»Dicnar«, sagte McCoy, während das Stöhnen im Raum immer lauter wurde. »Ist alles in Ordnung mit Ihnen?«

Sie nickte, als sie sich ihm zuwandte. Sie hatte sich am Kopf gestoßen. Über ihrem rechten Auge bildete sich eine große violette Beule.

»Bleiben Sie hier«, sagte er und blickte sich suchend um, bis er seinen medizinischen Tricorder neben dem Pfeiler entdeckte, an dem er sich festzuhalten versucht hatte. Er holte das Gerät, stieg über ein paar bewußtlose Tauteeaner hinweg und trat an Dicnars Seite.

»Sie werden es überleben«, sagte er, als er kurz darauf den Tricorder abschaltete. »Obwohl Sie vermutlich vom Gegenteil überzeugt sein werden, wenn die Kopfschmerzen losgehen. Glauben Sie, daß Sie mir hier helfen können?«

Dicnar nickte und legte sofort eine Hand auf die rechte Gesichtshälfte. Schon das Nicken schien ihr Schmerzen zu verursachen.

McCoy durfte sich jetzt keine Gedanken mehr darüber machen – genauso wie er das pulsierende Stechen in seinen Knien vergessen mußte.

»Gut.« Der Arzt blickte sich um. Überall erhoben sich vereinzelte Tauteeaner. Alle starrten ihn an, als wollten sie ihn fragen, was sie jetzt tun sollten. Es war erschreckend. Er durfte gar nicht daran denken, daß dies nur einer von mehreren Räumen war.

Jetzt waren zu den alten Verletzungen noch jede Menge neuer hinzugekommen.

Und die Beleuchtung funktionierte immer noch nicht richtig.

Auch das Schiff war offensichtlich in Schwierigkeiten.

Zum Glück hatten sich die Fässer nicht aus den Verankerungen gelöst. Kurz davor, auf der linken Seite des Frachtraums, häuften sich die Körper, was darauf hindeutete, daß sich das Schiff zur Seite geneigt hatte, daß die Trägheitsabsorber kurzzeitig versagt hatten. Die rechte Seite des Raumes war wie leergefegt.

»Dicnar«, sagte er, »wir wollen in der rechten Ecke anfangen und wieder Ordnung in das Ganze bringen. Und uns einen Überblick über die Lage verschaffen.«

Sie mußten sich beeilen.

Als ob die Lage nicht bereits schlimm genug gewesen wäre.

Er würde noch tagelang alle Hände voll zu tun haben. Warum hörte Starfleet nie auf ihn? Warum gab es nicht mehr medizinisches Personal an Bord eines Schiffes? Eine Reise durch den Weltraum war schließlich etwas anderes als ein Spaziergang durch den Park.

»Dr. McCoy auf die Brücke«, kam es über Interkom. Die Durchsage war im zunehmenden Lärm kaum zu verstehen. Es schien Sulus Stimme zu sein, aber McCoy war sich nicht sicher.

Er warf einen bösen Blick nach oben. Er wurde hier gebraucht. Hier, verdammt noch mal!

»Gehen Sie«, sagte Dicnar. »Ich bleibe hier.«

Selbst sie schien die Starfleet-Vorschriften zu kennen, obwohl sie sich erst seit einigen Minuten an Bord des Schiffes aufhielt. Der Doktor mußte das Brückenpersonal zuerst behandeln. Wenn er es nicht tat und die wichtigsten Leute des Schiffes ausfielen, wären sie hier vielleicht für alle Zeiten gestrandet.

»Ich werde so schnell wie möglich zurückkommen«, sagte er.

Aber sie hatte sich bereits umgedreht und über den nächsten Überlebenden gebeugt.

Er machte sich auf den Weg zur Brücke und stieg dabei über viele stöhnende Tauteeaner hinweg.

Es war zum Verzweifeln. Wenn es schon hier so schlimm war, konnte er sich kaum vorstellen, wie es in den übrigen Sektionen des Schiffes aussah.

Und er wollte sich auch nicht vorstellen, wer auf der Brücke verletzt war oder gar im Sterben lag. Nein, an diese Möglichkeiten wollte er nicht denken.

Als er den Frachtraum durch die Tür verließ, bot sich ihm eine Szene der Verwüstung. Die Deckenverkleidung war stellenweise herausgebrochen und auf die Tauteeaner gestürzt, die kreuz und quer durch den Korridor geschleudert worden waren. Viele rappelten sich mühsam auf und versuchten ihren Freunden zu helfen, doch andere hatten nicht so viel Glück gehabt.

Er arbeitete sich langsam durch den Korridor und half unterwegs einigen Verletzten. Wer immer auf der Brücke seine Hilfe benötigte, mußte sich noch ein wenig gedulden. Es war zum Verzweifeln.

Einfach zum Verzweifeln.

32

Die *Farragut* wirkte wie ein Flüchtlingsschiff, das dem Schauplatz eines tausendjährigen Krieges entkommen war. Es wäre nicht so schlimm gewesen, dachte Bogle, wenn Kirk nicht die letzte Gruppe Überlebender zu ihm geschickt hätte. Es waren mehr gewesen, als Bogle erwartet hatte, und es war einfach nicht genügend Platz auf den unteren Decks.

Er mußte sogar einige auf der Brücke unterbringen.

Er hatte vergessen, wie übel Menschen riechen konnten, wenn sie auf engstem Raum in einer kleinen Forschungsstation ohne fließendes Wasser eingesperrt waren. Er hatte verstohlen angeordnet, das Lufterneuerungssystem auf höchste Leistung zu stellen, aber diese Maßnahme hatte bisher keine große Wirkung gezeigt.

Kein Wunder, daß Kirk sich Sorgen um seine Lebenserhaltungssysteme gemacht hatte. Auch wenn sie genügend Luft für eintausend zusätzliche Passagiere erzeugen konnten, wären sie nicht in der Lage gewesen, etwas gegen den Gestank zu unternehmen.

Bogle packte die Armlehnen seines Kommandosessels, während er abwechselnd Kirk verfluchte und Erleichterung empfand, daß er dem Mann geholfen hatte. Wenn er ihm nicht geholfen hätte, wäre Bogle jahrelang von Schlaflosigkeit geplagt worden.

Der Unterschied zwischen ihm und Kirk bestand darin, daß Bogle sich auch dann an die Vorschriften hielt, wenn sie ihm Alpträume bereiteten.

Kirk tat es nicht.

Aber in diesem Fall konnte Kirk sich mit einem Argument rechtfertigen, das Starfleet ihm vermutlich sogar abkaufte. Und es war Kirk, der die Entscheidung getroffen hatte. Nicht Bogle. Aber er würde in seinen persönlichen Logbuchaufzeichnungen und seiner inoffiziellen Kommunikation mit den Admiralen deutlich machen, daß er in Zukunft nie wieder mit James Kirk zusammenarbeiten wollte.

Sie waren einfach zu unterschiedlich.

Und beim nächsten Mal würde Bogle vielleicht gegen Kirk kämpfen, statt sich um das anliegende Problem zu kümmern.

»Captain«, sagte Richard Lee, der sich von seinen Instrumenten erhob. Bogle mochte es nicht, wenn Lee in diesem Tonfall sprach. Es bedeutete, daß es ein ernstes Problem gab. »Die *Enterprise* ist nicht in den Warptransit gegangen.«

»Was?« fragte Bogle. Er wirbelte mit seinem Sessel herum und hätte fast eine ältere Tauteeanerin am Kopf verletzt. War Kirk völlig verrückt geworden? Niemand konnte eine solche Welle überstehen, auch nicht durch ein Surfmanöver – selbst dieser verdammte James T. Kirk nicht.

Was dachte sich Kirk dabei?

Bogle drehte seinen Sessel so, daß seine Füße nicht mehr in der Nähe des Kopfes der Frau waren. Sie rückte ein Stück zum Geländer herüber und blickte ihn erschrocken an.

»Sind wir weit genug entfernt, um für den Augenblick in Sicherheit zu sein?« fragte Bogle.

»Ja, Captain«, sagte Lee. »Bei dieser Entfernung wird es fast einen Tag dauern, bis die Welle uns erreicht. Und ihre Intensität dürfte dann um etwa fünfzig Prozent nachgelassen haben.«

»Maschinen stop«, sagte Bogle. Er stand von seinem Sessel auf und stieg über drei Tauteeaner hinweg. Sie zogen die Beine an den Körper und betrachteten ihn, als wäre er ein tolpatschiger Riese – was er aus ihrer Perspektive vermutlich auch war.

Er blieb neben Lee stehen, der wieder an seiner Konsole arbeitete.

»Konnten Sie feststellen, was geschehen ist?«

»Sie sind auf volle Impulskraft gegangen«, sagte Lee. »Sie scheinen sich vor der Welle in Sicherheit bringen zu wollen.«

»Das schaffen sie nicht bei Impulsgeschwindigkeit«, sagte Bogle. »Warum sind sie nicht in den Warptransit gegangen?«

»Vielleicht gab es eine Störung«, sagte Lee und blickte zum Captain auf. »So etwas geschieht, und zwar meistens in den ungünstigsten Momenten. Schließlich hat ihr Schiff während der Rettungsaktion eine Menge einstecken müssen.«

Bogle nickte. Das hörte sich schon wesentlich logischer an. Kirk mochte Risiken eingehen, die für Bogle zu hoch waren, aber er ging niemals unnötige Risiken ein.

Zumindest nicht, wenn Menschenleben auf dem Spiel standen.

Wenn Karrieren auf dem Spiel standen, vielleicht, aber nicht, wenn es um Leben und Tod ging.

»Wieviel Zeit haben sie noch?« fragte Bogle.

»Zehn Sekunden bis zum Eintreffen der Welle«, sagte Lee.

Zehn Sekunden.

Zehn Sekunden reichten nicht einmal aus, um eine Entscheidung zu treffen, ganz zu schweigen von der Suche nach einer Möglichkeit, ihnen zu helfen.

Komm schon, Jim!

Er durfte jetzt nicht sterben. Bogle glaubte nicht, daß er auch nur annähernd so überzeugend wie Kirk sein konnte, wenn es um die Vertretung der Interessen der Tauteeaner ging, die sie an Bord hatten.

Außerdem würde Starfleet eins der besten Schiffe verlieren, wenn die *Enterprise* zerstört wurde.

»Captain, sie aktivieren ihre Photonentorpedos.«

Bogle mußte trotz der ernsten Lage lachen. »Kirk wird niemals kampflos aufgeben. Er will ein Loch in die Welle schießen.«

Lee stand auf, aber er ließ die Instrumente nicht aus den Augen. »Sie haben die Torpedos aus kürzester Distanz abgefeuert!«

»Und?« sagte Bogle. »Haben sie es geschafft?«

Lee antwortete nicht. Er trat von einem Fuß auf den anderen, während er seine Anzeigen verfolgte.

Die übrigen Mitglieder der Brückenbesatzung sahen gespannt zu.

Die Überlebenden wirkten einfach nur verwirrt.

Bogle unterdrückte den Drang, sich nervös die Hände zu reiben.

Diese Wende der Ereignisse war einfach zuviel für einen ganzen Tag voller unglaublicher Ereignisse. Es war schon das zweite Mal, daß sie hilflos mitansehen mußten, wie die *Enterprise* in ernsten Schwierigkeiten steckte.

Komm schon, Jim!

Endlich schien sich Lee ein wenig zu entspannen und blickte Bogle grinsend an.

»Die Welle hat sie passiert«, sagte er. »Sie treiben im Weltall, aber das Schiff ist heil geblieben.«

»Ja!« rief Bogle jubelnd und schüttelte eine geballte Faust. Die anderen Besatzungsmitglieder grinsten ebenfalls. Bogle räusperte sich, rückte seine Jacke zurecht und nahm wieder die Pose des autoritären Captains ein, als hätte er sich nicht gerade wie ein Fan verhalten, dessen Mannschaft das entscheidende Tor erzielt hatte.

»Rufen Sie die *Enterprise*, Gustavus.«

»Sofort, Captain«, sagte sie und nahm einige Schaltungen an ihrer Konsole vor. »Sie antworten nicht.«

»Zwei Klingonenschiffe sind in unserer Nähe aus dem Warptransit gekommen«, meldete Rodriguez.

Bogle wandte sich an Lee. »Können wir zur Position der *Enterprise* zurückkehren?«

Lee schüttelte den Kopf. »Nein, Captain. Zumindest nicht innerhalb der nächsten Tage. Sie befinden sich mitten in der expandierenden Sphäre der Subraumwelle. Wenn wir umkehren, würde mit uns das gleiche geschehen, was die *Enterprise* gerade durchgemacht hat. Wir müssen abwarten, bis die Intensität der Welle zumindest um fünfzig Prozent nachgelassen hat.«

»Wir werden von den Klingonen gerufen«, sagte Gustavus.

»Auf den Schirm«, befahl Bogle. Er drehte sich um und wäre dabei fast einem tauteeanischen Kind auf die Füße getreten. Das Kind schrie und kroch zu seiner Mutter zurück.

Bogle schaffte es kaum, sich rechtzeitig dem Sichtschirm zuzuwenden, als das Bild des klingonischen Commanders erschien.

»Es scheint, daß unser Freund Kirk sich wieder einmal in Schwierigkeiten manövriert hat«, sagte KerDaq.

Bogle nickte. »So sieht es aus.«

»Wollen Sie etwa die Dummheit begehen und versuchen, zu ihm zurückzukehren?« fragte KerDaq.

»Im Augenblick können wir nichts für ihn tun«,

sagte Bogle. »Wir müssen die Starbase anfliegen und die Überlebenden ausladen.«

»Ich stimme zu«, sagte KerDaq. »Dann werden wir zurückkommen, um Kirk zu helfen.«

»*Wir?*« wiederholte Bogle ungläubig, obwohl er es eigentlich gar nicht sagen wollte. Er konnte nicht fassen, was er gerade gehört hatte. Er sprach tatsächlich mit einem Klingonen, der sich wie ein Verbündeter verhielt! Er hätte vielleicht etwas taktvoller reagieren sollen.

KerDaq schnaufte. »Kirk hat mir das Leben gerettet, als mein Schiff von der Subraumwelle erfaßt wurde. Meine Ehre verlangt es, daß ich das gleiche versuche, wenn er in Not ist.«

Bogle war sich nicht bewußt gewesen, daß die Klingonen so empfinden. Ihre beiden Kulturen wußten nur sehr wenig voneinander. »Wir wollen uns hier wiedertreffen, nachdem wir die Überlebenden zur Starbase Elf gebracht haben«, sagte Bogle.

»Ich werde Ihnen den genauen Zeitpunkt übermitteln lassen«, sagte KerDaq, bevor sein Bild vom Sichtschirm verschwand.

»Das wollte ich auch gerade sagen«, murmelte Bogle. Aber es spielte keine Rolle. Es war abgemacht. Und wenn KerDaq das Wort ›Ehre‹ genauso definierte wie Bogle, dann würden sie sich an die Abmachung halten und versuchen, die *Enterprise* zu retten.

»Mister Rodriguez«, sagte Bogle. »Setzen Sie Kurs auf Starbase Elf. Maximale Geschwindigkeit. Starten Sie, sobald Sie fertig sind.«

Dann kehrte Bogle zu seinem Sessel zurück und ließ sich ächzend hineinfallen. Lee suchte sich einen Weg durch die geretteten Tauteeaner und trat neben den Captain. »Nun, Mister Lee«, sagte Bogle, »wenn

Kirk mit von der Partie ist, wird es im Universum niemals langweilig.«

Lee lachte. »Das war die Untertreibung des Tages, Captain.«

»Wissen Sie, Mister Lee«, sagte Bogle und mußte unwillkürlich lächeln, »ich glaube, Sie haben recht.«

33

Prescott hockte unter einer Konsole. Ihre Knie berührten das Kinn, und die Arme hatte sie um die Unterschenkel geschlungen. Sie hatte sich so gut wie möglich vorbereitet, aber es war immer noch nicht genug. Sie empfand Abscheu und Angst und war zusätzlich wütend über diese beiden Empfindungen – weil sie selbst letztlich für all diese Probleme verantwortlich war.

Das Schiff schaukelte wie ein tauteeanischer Seidensegler in einem Hurrikan. Die Leute wurden kreuz und quer durch das Schiff geworfen. Lieutenant Uhura stürzte auf die Konsole, unter der Prescott Schutz gesucht hatte. Mister Sulu fiel aus seinem Stuhl. Und Mister Chekov flog wie ein Ball, den ein Kind geworfen hatte, durch die Luft.

Nur Mister Spock blieb auf den Beinen – als würde er über magische Fähigkeiten verfügen.

Das Krachen und Scheppern war entsetzlich und wurde vom Grollen des Schiffes untermalt, das wütend über diese Behandlung zu protestieren schien.

Selbst das Auseinanderbrechen des Mondes war nicht so heftig vor sich gegangen. Sie hatten darüber gesprochen, daß diese Welle schlimmer als die vorherigen sein würde, aber Prescott hatte sich nicht vorstellen können, daß es so schlimm werden würde. Offensichtlich ließ ihre Phantasie sie immer wieder im Stich.

Dann wurde Captain Kirk aus seinem Sessel geschleudert. Für einen Augenblick wirkte er geradezu anmutig, wie er in der Luft einen Salto schlug, als hätte er den Sprung beabsichtigt. Doch die Illusion wurde zerstört, als er gegen Mister Chekovs Konsole prallte. Er hob einen Arm, stöhnte auf und brach dann zusammen.

Plötzlich hörten die Erschütterungen auf.

Lieutenant Uhura erhob sich als erste. Sie taumelte, als hätte sie Gleichgewichtsprobleme, doch dann nahm sie wieder in ihrem Stuhl Platz. Mister Chekov stöhnte und hielt sich den Arm. Mister Spock half einem Besatzungsmitglied, unter einer Konsole hervorzukriechen und aufzustehen.

Offenbar achtete in diesem Augenblick niemand auf Captain James Kirk.

Prescott kroch hastig auf allen vieren unter dem Geländer hindurch und auf Captain James Kirk zu, der neben der Navigationskonsole am Boden lag. Er hatte eine böse Schnittwunde am Kopf, aus der sich ein Strom dunkelroten Blutes ergoß.

Mister Chekov, der sich immer noch den Arm hielt, kam an ihre Seite. Er kniete sich neben die Konsole, ließ seinen Arm los und legte seine Finger an Captain James Kirks Hals.

»Er lebt«, sagte Mister Chekov. »Aber ich weiß nicht, wie lange noch.«

Mister Sulu drückte auf eine Kommunikationstaste, während Prescott und Mister Chekov sich bemühten, den Blutfluß zu stillen. »Dr. McCoy auf die Brücke«, sagte Mister Sulu.

Prescott hörte, wie Spock hinter ihr sagte: »Mister Scott, ich brauche einen Schadensbericht.« Offensichtlich war diese Besatzung sehr gut ausgebildet. Die Leute wußten sogar, was zu tun war, wenn ihr Anführer verletzt war.

Captain James Kirk stöhnte, kam aber nicht wieder

zu Bewußtsein. Prescott legte vorsichtig seinen Kopf in ihren Schoß und benutzte ihren Ärmel, um den Blutfluß aus seiner Kopfwunde zu stoppen. Sie hatte mit diesem Mann gesprochen und eine gemeinsame Basis der Verständigung gefunden. Er hatte ihr geholfen. Er war dafür verantwortlich, daß sie wieder eine Zukunft vor sich hatte.

Er durfte nicht sterben.

Nicht hier und jetzt.

Nicht, nachdem sie gemeinsam soviel durchgestanden hatten.

Mister Sulu ging neben ihnen in die Knie und hielt ein Gerät in den Händen, wie es auch Dr. Leonard McCoy benutzt hatte. Mister Sulu richtete es auf Captain James Kirk und führte es anschließend nahe an die Wände. Wie durch ein Wunder schloß sich diese, und die Blutung hörte auf.

Dann wandte sich Mister Sulu an Spock. »Er hat eine leichte Gehirnerschütterung. Ich weiß nicht, wie ernst sie ist, aber er wird es überleben.« Dann lächelte Mister Sulu. »Ich bin nur froh, daß ich nicht seine Kopfschmerzen ertragen muß.«

Prescott empfand eine tiefe Erleichterung. Diese Leute waren Zauberer. Ihre Technologie war so fortgeschritten, daß sie Prescotts Horizont überstieg. Alles was sie taten, waren kleine oder große Wunder.

Sie hatten ihren Captain gerettet, als wäre seine Verletzung eine Routineangelegenheit und keine lebensbedrohliche Situation. Ein Tauteeaner, der außerhalb einer medizinischen Einrichtung so viel Blut verloren hatte, wäre wahrscheinlich längst gestorben.

»Kehren Sie auf Ihre Posten zurück«, sagte Spock. »Ich brauche einen Überblick über den Zustand des Schiffes, da Mister Scott nicht antwortet.«

In diesem Moment ertönte das Fiepen eines geöffneten Kommunikationskanals. »Scott an Brücke.«

»Sprechen Sie, Mister Scott«, sagte Spock. Prescott staunte, wie ruhig dieser Mann angesichts der Katastrophe blieb. Hatte er denn gar keine Gefühle?

»Die alte Dame hat einiges einstecken müssen, Mister Spock«, sagte Mister Scott. Seine Stimme klang aufgeregt und kurzatmig. »Sämtliche Maschinen sind ohne Energie, und es wird auch noch eine Weile so bleiben. Die Schäden sind so umfangreich, daß ich mindestens eine Woche brauchen werde, um sie wieder zum Laufen zu bringen. Aber sie hat es geschafft, Mister Spock. Das alte Mädchen hat sich wunderbar gehalten.«

»Ja, das hat sie«, erwiderte Spock trocken, als würde er sich über Mister Scott lustig machen. »Wie ist der Zustand der Lebenserhaltungssysteme? Auf der Brücke haben wir immer noch Notbeleuchtung.«

»Nun, Mister Spock, die Brückenbeleuchtung und die Lebenserhaltung sind zwei eigenständige Systeme, auch wenn sie beide zur Ambientenkontrolle gehören.«

»Dessen bin ich mir bewußt, Mister Scott«, sagte Spock. »Aus diesem Grund habe ich mich insbesondere nach der Lebenserhaltung erkundigt.«

»Alle Decks haben volle Lebenserhaltung«, sagte Mister Scott, als wäre es etwas Selbstverständliches. Prescott grinste und senkte den Kopf, damit niemand es bemerkte. »Und strukturell ist die *Enterprise* völlig in Ordnung. Wir stecken hier nur für eine Weile fest.«

»Vielen Dank, Mister Scott«, sagte Spock. Er drückte beinahe mit einer gewissen Verärgerung auf die Kommunikationstaste.

Das war die erste Andeutung einer Emotion, die Prescott bis jetzt an ihm bemerkt hatte.

»Wie es scheint«, sagte Spock, als er sich zu Captain James Kirk umblickte, dessen Kopf Prescott in den

Armen hielt, »haben wir wieder einmal das Unmögliche geschafft.«

Prescott blickte zu Spock auf. »Ich glaube, dasselbe von mir und meinem Volk zu behaupten, wäre eine Untertreibung.«

Spock hob eine Augenbraue, als würde er tatsächlich die Unwahrscheinlichkeit des Überlebens ihres Volkes berechnen. Und wie sie ihn inzwischen kannte, tat er es vermutlich sogar.

Sie wollte gar nicht wissen, zu welchem Ergebnis er gekommen war.

Vermutlich würde sie es niemals wissen wollen.

34

Die Schwärze wich langsam zurück und wurde durch Licht und einen stechenden Schmerz in seinem Kopf ersetzt.

Kirk stöhnte und blinzelte dann – oder versuchte es zumindest. Doch seine Augen waren wie zugeklebt.

Seine Rippen schmerzten. Er lag immer noch auf dem Boden, denn er spürte seine Härte unter dem Rücken, aber jemand hielt seinen Kopf. Es war ein ungewöhnliches Gefühl der Geborgenheit. Die Finger, die sein Gesicht berührten, waren leicht wie Federn.

Er wollte in der Dunkelheit bleiben, aber er konnte es nicht. Er hatte eine Aufgabe. Er konnte sich nicht mehr genau daran erinnern, aber er wußte, daß es ihm wieder einfallen würde, wenn er die Augen öffnete.

Erneut stöhnte und blinzelte er. Diesmal gelang es ihm, die Augenlider zu öffnen.

Verschwommene Gesichter schwebten über ihm, und dahinter war Licht. Grelles, schmerzhaftes Licht.

Er blinzelte wieder, bis sich sein Blick auf Prescotts zierliche Gesichtszüge konzentrierte. Sie lächelte. »Willkommen, Captain James Kirk.«

»Es wurde auch Zeit, daß du allmählich aufwachst.« McCoys laute, knarrende Stimme hallte durch seinen Kopf und schien die Schmerzen zu beleben.

»Autsch«, sagte Kirk.

McCoy lachte. Dieses Geräusch war sogar noch unangenehmer als seine Stimme. Warum war es Kirk bisher noch nie aufgefallen?

»Die Kopfschmerzen werden in Kürze nachlassen«, sagte McCoy.

»Könntest du bitte etwas leiser sprechen, Pille?« bat Kirk.

Er hörte, wie Prescott lachte. Vermutlich hatte der Doktor gar nicht sehr laut gesprochen.

Die Kopfschmerzen ließen in der Tat etwas nach. Nun kehrten einige Erinnerungsbruchstücke zurück. Die Subraumwelle war das erste, was ihm einfiel. »Bin ich der einzige, der verletzt wurde?« fragte er.

»Schön wär's«, erwiderte McCoy.

Kirk richtete sich mit Prescotts Hilfe auf. »Die Welle. Wurde das Schiff beschädigt?«

Er hatte kaum diese Worte herausgebracht, als sich der Raum um ihn drehte und er die Augen wieder schließen mußte. Als es nach einer Weile besser wurde, öffnete er sie noch einmal. Jetzt drehte sich der Raum nur noch langsam. Und wenn er sich auf einen Punkt konzentrierte, hörte die Rotation ganz auf.

Er hatte neben der Navigationskonsole auf dem Boden gelegen. Prescott kniete hinter ihm, und McCoy beugte sich über ihn.

»Wir haben die Welle überlebt, Captain«, sagte Spock von irgendwo außerhalb seines Gesichtsfeldes.

»Wenn er sich zuerst nach dem Schiff erkundigt, kann es ihm nicht mehr so schlecht gehen«, sagte McCoy und musterte Kirks Gesicht. »Ich habe etwa fünfhundert Patienten, die meine Hilfe benötigen. Du brauchst mich offensichtlich nicht mehr.« Er stand auf und wandte sich zum Turbolift. Nachdem er in die Kabine getreten war, streckte er noch einmal den

Kopf heraus. »Captain, ich würde Ihnen unter normalen Umständen befehlen, sich in die Krankenstation zu begeben, aber ich habe dort kein Bett für Sie frei. In diesem Fall müßte ich Sie in Ihr Quartier schicken, aber dort ist ebenfalls kein Platz. Also sollten Sie vielleicht im Dienst bleiben, auch wenn ich Ihnen diesen Rat nur unter ärztlichem Protest erteilen kann.«

McCoy zog sich zurück, worauf sich die Türhälften schlossen und das Zischen sein leises Lachen verschluckte.

Prescott und Sulu halfen Kirk mit vereinten Kräften, auf die Beine zu kommen und in seinem Kommandosessel Platz zu nehmen. Die harte Polsterung fühlte sich jetzt noch unangenehmer als zuvor an. Sein ganzer Körper mußte mit blauen Flecken übersät sein.

»Wie lange war ich bewußtlos?« fragte er, während er eine Hand an die Stirn legte. Dort konnte er eine ausgewachsene Beule spüren.

»Etwa eine Stunde, Captain«, sagte Sulu. »So lange hat Dr. McCoy gebraucht, um die Brücke zu erreichen.«

Kirk hob vorsichtig den Kopf. Allmählich erinnerte er sich wieder an die Erschütterungen und das Chaos.

»Sieht es unten sehr schlimm aus?«

Sulu nickte. »Ja, Captain.«

Kirk zwang sich dazu, zweimal tief durchzuatmen, dann drehte er sich langsam zu Spock herum. Er konnte genausogut versuchen, sich wieder an die Arbeit zu machen.

Schließlich war es ein Befehl des Doktors.

»Wie ist unser Status, Mister Spock?«

Spock nickte ihm zu, und Kirk hatte den Eindruck, daß dabei die Spur eines Lächelns um seine Mundwinkel spielte. Dann verschränkte Spock die Hände hinter dem Rücken und wirkte so ernst wie immer. »Die Lebenserhaltung arbeitet zufriedenstellend, Captain. Die Hülle hat die Beanspruchungen ohne größere Schäden überstanden. Die Schilde arbeiten mit vierzig Prozent Energie. Sowohl der Warpantrieb als auch die Impulsenergie stehen nicht zur Verfügung.«

»Für wie lange?«

»Um Chefingenieur Scott zu zitieren: ›Wenn Sie wollen, daß sich die *Enterprise* in nächster Zeit von der Stelle bewegt, müssen Sie schon aussteigen und schieben.‹ Ich glaube, das war der exakte Wortlaut seiner Erwiderung.«

Kirk brauchte eine Weile, um zu begreifen, was er gerade gehört hatte. Dann lachte er plötzlich los. »Ich hoffe sehr, daß Sie sich nicht verhört haben, Mister Spock.«

Jetzt lachte auch die übrige Besatzung. Dabei mußte Kirk noch mehr lachen. Und je mehr er lachte, desto stärker wurden seine Kopfschmerzen. Aber diesmal war es ein gutes Gefühl.

LOGBUCH DES CAPTAINS, NACHTRAG.

Die *Enterprise* hat jetzt seit zwei Tagen ihre Position gehalten, während Chefingenieur Scott und seine Leute mit den Reparaturen beschäftigt sind. Das Schiff wurde durch eine Subraumwelle von hoher Intensität beschädigt, die infolge der Schließung des interuniversalen Risses im Tautee-System durch die *Enterprise*, die *Farragut* und die zwei klingonischen Schiffe entstand.

Die Klingonen unter der Führung von Commander KerDaq nahmen Tauteeaner an Bord,

die die Katastrophe überlebten, und brachten sie auf Vorschlag von Captain Kelly Bogle von der *Farragut* nach Starbase Elf. Anschließend kehrten die Klingonenschiffe und die *Farragut* zur *Enterprise* zurück. Bogle hat mir mitgeteilt, daß es KerDaqs Idee war. Hätte es mir jemand anderer als Bogle mitgeteilt, hätte ich ihn für verrückt erklärt. Doch Bogle übertreibt niemals, und schon gar nicht, wenn es um Klingonen geht.

Ich habe nicht mit einer freundschaftlichen Behandlung durch KerDaq gerechnet, aber jetzt bin ich überrascht, wie zuvorkommend sich die Klingonen bis zu diesem Zeitpunkt verhalten haben. Falls dieser Zwischenfall irgendeinen Ausblick auf die Zukunft erlaubt, scheint es durchaus möglich zu sein, daß die Föderation und die Klingonen eines Tages friedlich zusammenarbeiten.

Die Beschädigungen durch die letzte Subraumwelle betreffen insbesondere den Warpantrieb. Chefingenieur Scott arbeitet rund um die Uhr daran, das Triebwerk wieder in einen funktionsfähigen Zustand zu versetzen. Der wissenschaftliche Offizier der *Farragut*, Richard Lee, assistiert ihm bei der endgültigen Konfiguration der Systeme. Gleichzeitig habe ich die Hälfte der überlebenden Tauteeaner auf die *Farragut* transportieren lassen, um das Platzproblem während des Rückflugs zu Starbase Elf zu verringern.

Insgesamt ist es den vier Schiffen gelungen, über zweitausend Überlebende zu bergen. Die meisten von denen, die auf die *Enterprise* gebeamt wurden, waren verletzt. Zu weiteren Verletzungen kam es durch die Auswirkungen

der letzten Subraumwelle. Es soll nicht unerwähnt bleiben, daß Dr. McCoy und sein Personal in den letzten achtundvierzig Stunden außergewöhnliche Arbeit geleistet haben. Trotz der widrigen Umstände und nicht ausreichender Kapazitäten ist es Dr. McCoy und seinem Team gelungen, das Leben beinahe jedes Patienten zu retten. Ich empfehle eine besondere Belobigung in McCoys Personalakte aufzunehmen.

Prescott, die Anführerin der überlebenden Tauteeaner, hat uns entscheidend dabei geholfen, den Riß zu schließen. Sie und die noch an Bord befindliche Gruppe ihres Volkes werden zusätzliche Versorgung in Starbase Elf erhalten, bis man sie mit ausreichenden Vorräten und einem Hilfsteam der Föderation zu einer Welt bringen wird, wo sie sich niederlassen können. Ich rechne damit, daß die Tauteeaner in einigen hundert Jahren vollwertige und selbstbewußte Mitglieder der Föderation sein werden.

»Captain.« Uhuras Stimme riß Kirk aus seiner Konzentration auf den Logbucheintrag. Er schaltete die Aufzeichnung ab und drehte sich zu ihr um.

Sie saß in ihrer gewohnten Position da, eine Hand am Ohr, die Beine hinter dem Stuhl verschränkt. Ihre Augen waren weit aufgerissen, als hätte sie eine überraschende Botschaft empfangen. »KerDaq möchte Sie sprechen.«

»Legen Sie ihn auf den Sichtschirm«, sagte Kirk. Er drehte sich mit seinem Sessel zurück, so daß er den Bildschirm sehen konnte.

KerDaq saß mit verschränkten Armen in seinem Kommandosessel. Die Metallbesätze seiner Rüstung schimmerten im ungewöhnlichen grünen Licht.

»Kirk, wie ich sehe, haben Sie es wieder einmal geschafft, irgendwie zu überleben.«

Kirk lachte. »Ich gebe mir Mühe.« Dann ließ er das Grinsen aus seinem Gesicht verschwinden. Er mußte seine nächsten Schritte sorgsam abwägen. Aber er mußte es einfach sagen, auch wenn er nicht wußte, wie der Klingone darauf reagieren würde. »Ich freue mich, daß Sie zurückgekehrt sind, um uns zu helfen. Vielen Dank.«

KerDaq spuckte vor Abscheu auf den Boden. »Sie haben meine Besatzung gerettet, als die Subraumwelle unser Schiff zerstörte. Ich bin nicht aus Freundlichkeit zurückgekommen. Ich war es Ihnen schuldig, Kirk. Doch jetzt ist die Schuld beglichen.« Er lächelte. »Außerdem wollte ich Ihnen die Ehre nicht gönnen, beim Versuch der Rettung Tausender Überlebender den Tod gefunden zu haben. Nur einem Klingonen würde eine solche Ehre zustehen.«

»Ich habe verstanden«, sagte Kirk und lächelte ebenfalls.

KerDaq grinste.

Prescott trat neben Kirks Kommandosessel und bat ihn mit einem Blick um die Erlaubnis, sprechen zu dürfen. Er blickte sich zu ihr um und nickte.

»KerDaq«, sagte Prescott, »auch mein Volk dankt Ihnen.«

KerDaq beugte sich vor, bis sein Gesicht den gesamten Bildschirm ausfüllte. »Sie sind sentimentale Narren. Sie würden ausgezeichnet in die Föderation passen. Darin wimmelt es bereits vor sentimentalen Narren.«

Damit wurde der Bildschirm dunkel.

»Er hat die Verbindung unterbrochen, Captain«, sagte Uhura.

»Das habe ich mir bereits gedacht, Lieutenant.«

Dann zeigte der Bildschirm die zwei klingonischen

Kreuzer, die Fahrt aufnahmen und dann auf Warpgeschwindigkeit gingen.

»Habe ich etwas Falsches gesagt?« fragte Prescott. »Ich hoffe, ich ...«

Kirk lachte und legte ihr eine Hand auf die zierliche Schulter. »Sie haben überhaupt nichts Falsches gesagt. Das war nur die klingonische Art, ›keine Ursache‹ oder ›gern geschehen‹ zu sagen.«

Prescott schüttelte den Kopf. »Es ist ein seltsames Universum, in dem wir leben. Wir werden einige Zeit brauchen, bis wir uns daran gewöhnt haben.«

»Ja«, sagte Kirk und lehnte sich in seinem Sessel zurück. »Ja, das werden Sie.«

EPILOG

Der Frachtraum würde für McCoy nie mehr so wie früher sein, und er wünschte sich, er hätte niemals an diesen Ort zurückkehren müssen. Die überlebenden Tauteeaner hatten die *Enterprise* vor drei Tagen verlassen, und seitdem wurde das Schiff in Starbase Elf überholt. Den größten Teil der vergangenen drei Tage hatte er mit dem medizinischen Personal der Starbase zusammengearbeitet, um die zahllosen Verletzten zu behandeln. Er hatte nicht gewußt, daß er so müde sein und sich immer noch bewegen konnte. Und jetzt war sein Körper irgendwie noch nicht bereit, sich die dringend benötigte Ruhe zu gönnen.

Als er sich dem Frachtraum näherte, konnte er schon von ferne Lachen hören. Als er das letzte Mal durch diesen Korridor gegangen war, hatten sich hier die verletzten Überlebenden gedrängelt. Er versuchte, dieses Bild aus seinem Kopf zu verdrängen, aber es gelang ihm nicht.

Dieses Bild würde ihn noch sehr, sehr lange Zeit verfolgen.

Die Tür zum Frachtraum stand offen, so daß er ungehindert eintreten konnte. Nach dem Abtransport der Tauteeaner hatte man den Raum gereinigt. Jetzt deutete nichts mehr darauf hin, daß sich hier vor wenigen Tagen eine riesige provisorische Krankenstation befunden hatte. Kein Blut und kein Gestank mehr.

Keine Verletzten, keine zertrümmerten Beine, keine eiternden Wunden.

Der Frachtraum war genauso wie zu jener Zeit, als McCoy noch nie etwas von Tautee gehört hatte.

Zwischen zwei klobigen Maschinen war wieder ein großer Bildschirm montiert worden. Ein Fähnrich trug diesmal den Helm. Scotty hatte seine Projektoren erneut in Betrieb genommen. Und wie es aussah, hatte er es trotz der umfangreichen Reparaturarbeiten an den Warptriebwerken geschafft, sie nebenbei in Ordnung zu bringen. McCoy würde es niemals verstehen, wie dieser Mann zu solchen Dingen imstande war.

»Tritt ein, Pille!« rief Captain Kirk quer durch den Raum. Er grinste und winkte McCoy, zu ihnen zu kommen. »Wir feiern den erfolgreichen Abschluß einer Mission.«

»Genau genommen, Captain«, sagte Spock, der auf halber Strecke zwischen Kirk und McCoy stand, »gibt es noch viele Punkte, die der Klärung bedürfen, bevor von einem Abschluß die Rede sein kann.«

Kirk wischte Spocks Einwand mit einer ungeduldigen Handbewegung weg. »Mister Spock, es ist wichtig, daß irgendwann ein Schlußstrich unter eine Mission gezogen wird.«

Spock runzelte die Stirn, offensichtlich wegen der mangelnden Logik in Kirks Erwiderung. McCoy spürte, wie sich seine Laune plötzlich besserte. Alles, was Mister Spock aus dem Konzept brachte und seine Unerschütterlichkeit ins Wanken brachte, hatte diese Wirkung auf McCoy.

Etwa zwanzig Personen hielten sich in der Nähe von Scottys gewaltigen Maschinen auf. Sulu und Chekov lachten zusammen mit zwei weiblichen Fähnrichen von der Starbase. Scotty beklagte sich über einen Tisch, den jemand zu nahe an seinen Maschinen abgestellt hatte. Auf dem Tisch befanden sich eine große

Torte und ein beträchtlicher Getränkevorrat. Wie es aussah, hatte man für diese Party weder Kosten noch Mühen gescheut.

Kirk stand in der Nähe des Tisches. Er lachte über Spocks Reaktion und wandte sich dann wieder Captain Bogle von der *Farragut* zu, mit dem er sich offenbar unterhalten hatte. McCoy war erstaunt, daß Bogle überhaupt noch mit Kirk sprach, nachdem Kirk ihm die Überlebenden aufgehalst hatte. Kirk und Bogle hatten sich wechselseitig mehrfach Vorwürfe wegen ihrer Einstellung gegenüber Menschenleben und Vorschriften gemacht. Admiral Hoffman jedoch hatte darauf hingewiesen, daß beide Seiten wichtig waren.

Und zusammenarbeiten mußten.

Dann hatte sie die Meinungsverschiedenheit geklärt, indem sie Kirk hinsichtlich der Einstellung zur Ersten Direktive recht gab und Bogle belobigte, weil er sich gemäß den Starfleet-Vorschriften verhalten hatte.

Schließlich hatten beide Männer sich die Hand gereicht und das Kriegsbeil begraben. Dann hatten sie eine Nacht lang miteinander Poker gespielt. Kirk hatte geblufft, und Bogle hatte sich streng an die Regeln gehalten.

Am folgenden Tag hatte Bogle ein Gesuch eingereicht, auf den freien Posten in der Planungskommission von Starfleet versetzt zu werden. McCoy wußte genau, daß Bogle, wenn seine Versetzung genehmigt wurde, seine ganze Energie darauf verwenden würde, der Ersten Direktive größere Geltung zu verschaffen. McCoy war überzeugt, daß Bogle die Sache nach diesem Zwischenfall zu seiner Lebensaufgabe machen würde. Wer wußte, wie man in achtzig oder hundert Jahren mit der Direktive umgehen würde?

Doch im Augenblick schienen Kirk und Bogle wieder Freunde zu sein. Soweit das für zwei so unterschiedliche Männer überhaupt möglich war.

McCoy hatte von alldem gehört, während er die Überlebenden behandelt hatte. Er hoffte, daß er in seinem Leben nie wieder eine infizierte Wunde zu Gesicht bekam. Und er war froh, daß eine Starbase über mehr medizinisches Personal als ein Raumschiff verfügte, denn andernfalls hätte er sich überhaupt keinen Schlaf mehr gönnen dürfen.

Doch das Wichtigste war, daß das Volk der Tauteeaner überleben würde, daß es noch genügend von ihnen gab, um auf einem neuen Planeten einen neuen Anfang zu wagen.

McCoy nahm den Drink an, den ihm Mister Lee, der Wissenschaftsoffizier der *Farragut*, brachte.

»Mister Spock«, sagte Scotty laut genug, daß jeder ihn hören konnte. »Möchten Sie nicht gerne derjenige sein, der als erster meinen neuen Golfplatz testet?«

»Golf ist kein sehr logisches Spiel, Mister Scott«, erwiderte Spock.

»Das würden Sie nicht sagen, wenn Sie Schotte wären, mein Junge!« entgegnete Scotty, worauf alle lachten.

Als das Stimmengewirr der individuellen Gespräche wieder einsetzte, ging McCoy zum Chefingenieur hinüber. Scott stand wie ein stolzer Vater neben seinen beiden Maschinen.

»Doktor«, sprach Scotty ihn an, »was sagen Sie jetzt?« Er deutete auf die wunderschöne grüne Fläche, die der Bildschirm zeigte. Im tiefblauen Himmel schwebten sogar ein paar weiße Wölkchen.

»Hübsch«, sagte McCoy und meinte es wirklich so. »Aber wie haben Sie es zum Funktionieren gebracht?«

Scotty zeigte auf einen braunhaarigen Mann, der ein paar Meter entfernt neben dem zweiten Projektor stand. »Mister Projeff Ellis, der Chefingenieur der *Farragut*, hat mir geholfen. Wenn er die eine Maschine überwacht und ich die andere, können wir sie im

Gleichgewicht halten. Er ist übrigens auch der Meinung, daß wir eines Tages auf die Helme verzichten können.«

»Großartig«, sagte McCoy, während er auf den Monitor starrte. Vielleicht hatte Scotty recht. Vielleicht war es eine gute Idee, an dieser neuen Erfindung weiterzuarbeiten. Solange die Leute das Ganze nicht zu ernst nahmen.

»Und wissen Sie was, Doktor?« redete Scotty weiter. »Projeff ist genauso begeistert vom Golfsport wie ich. Er sagt, er nutzt jede Gelegenheit, um zu spielen. Er muß schottisches Blut in den Adern haben.«

»Davon bin ich überzeugt, Scotty«, sagte McCoy.

»Alle mal herhören!« rief Kirk. Der Hintergrundlärm ebbte ab. »Es wird Zeit für einen Trinkspruch.« Er hob sein Glas und wartete, bis jeder ein Getränk in der Hand hielt und es still geworden war.

Lieutenant Uhura reichte McCoy ein neues Glas Wein. Er hob es und wartete auf den Trinkspruch.

»Auf Captain Bogle und seine erstklassige Besatzung«, sagte Kirk. Seine Stimme hallte im großen Raum wider. »Auf meine wunderbare Besatzung. Auf die Klingonen für ihre Hilfeleistung. Und vor allem auf die überlebenden Tauteeaner. Ich wünsche ihnen alles Gute in ihrer neuen Heimat.«

Nachdem er mit Captain Bogle angestoßen hatte, tranken sie.

Die Menge bekundete lautstark ihre Zustimmung.

McCoy spürte, wie mit diesem Schluck des guten Weines die Geister der gestorbenen und verletzten Tauteeaner in die Vergangenheit gedrängt wurden, wo sie hingehörten. Er spürte, wie sich sein Körper entspannte und sich endlich die Erschöpfung bemerkbar machte. Milliarden waren im Tautee-System umgekommen, doch es war ein gewisser Trost, daß die *Enterprise*, die *Farragut* und die klingonischen Schiffe genügend Leben gerettet hatten, um die Zukunft des tauteeanischen Volkes zu sichern. Es war ein gutes Gefühl, einen Teil zur Rettung dieses Volkes beigetragen zu haben.

Aber jetzt war es Zeit, genau das zu tun, was Scotty im Frachtraum getan hatte. McCoy mußte alles wegräumen, was liegengeblieben war, und in die Zukunft schauen. Außerdem wartete noch ein medizinisches Experiment auf ihn, das abgeschlossen werden mußte. Aber erst, nachdem er sich gründlich ausgeschlafen hatte.

McCoy blickte auf den Golfplatz auf dem Bildschirm zwischen den zwei Maschinen. Es war eine so friedliche Szene. Er hatte das Bedürfnis, hineinzusteigen und loszuspazieren, immer weiter. Bei seinem nächsten Landurlaub würde er vielleicht einmal versuchen, eine Runde Golf zu spielen.

»Und jetzt«, sagte Kirk, der mühelos die Gespräche übertönte, »hoffe ich nur noch, daß die Party die ganze Nacht lang dauert!«

Spock warf dem Captain einen strengen Blick zu, und McCoy lachte. Je länger sie dauerte, desto besser. Es war eine perfekte Party. Sogar Spocks mürrische Miene war perfekt.

Insbesondere Spocks mürrische Miene.

McCoy grinste. Es war die beste Party seit ziemlich langer Zeit.

STAR TREK™

in der Reihe
HEYNE SCIENCE FICTION & FANTASY

STAR TREK: CLASSIC SERIE

Vonda N. McIntyre, Star Trek II: Der Zorn des Khan · 06/3971
Vonda N. McIntyre, Der Entropie-Effekt · 06/3988
Robert E. Vardeman, Das Klingonen-Gambit · 06/4035
Lee Correy, Hort des Lebens · 06/4083
Vonda N. McIntyre, Star Trek III: Auf der Suche nach Mr. Spock · 06/4181
S. M. Murdock, Das Netz der Romulaner · 06/4209
Sonni Cooper, Schwarzes Feuer · 06/4270
Robert E. Vardeman, Meuterei auf der Enterprise · 06/4285
Howard Weinstein, Die Macht der Krone · 06/4342
Sondra Marshak & Myrna Culbreath, Das Prometheus-Projekt · 06/4379
Sondra Marshak & Myrna Culbreath, Tödliches Dreieck · 06/4411
A. C. Crispin, Sohn der Vergangenheit · 06/4431
Diane Duane, Der verwundete Himmel · 06/4458
David Dvorkin, Die Trellisane-Konfrontation · 06/4474
Vonda N. McIntyre, Star Trek IV: Zurück in die Gegenwart · 06/4486
Greg Bear, Corona · 06/4499
John M. Ford, Der letzte Schachzug · 06/4528
Diane Duane, Der Feind – mein Verbündeter · 06/4535
Melinda Snodgrass, Die Tränen der Sänger · 06/4551
Jean Lorrah, Mord an der Vulkan Akademie · 06/4568
Janet Kagan, Uhuras Lied · 06/4605
Laurence Yep, Herr der Schatten · 06/4627
Barbara Hambly, Ishmael · 06/4662
J. M. Dillard, Star Trek V: Am Rande des Universums · 06/4682
Della van Hise, Zeit zu töten · 06/4698
Margaret Wander Bonanno, Geiseln für den Frieden · 06/4724
Majliss Larson, Das Faustpfand der Klingonen · 06/4741
J. M. Dillard, Bewußtseinsschatten · 06/4762
Brad Ferguson, Krise auf Centaurus · 06/4776
Diane Carey, Das Schlachtschiff · 06/4804
J. M. Dillard, Dämonen · 06/4819
Diane Duane, Spocks Welt · 06/4830
Diane Carey, Der Verräter · 06/4848
Gene DeWeese, Zwischen den Fronten · 06/4862
J. M. Dillard, Die verlorenen Jahre · 06/4869
Howard Weinstein, Akkalla · 06/4879
Carmen Carter, McCoys Träume · 06/4898
Diane Duane & Peter Norwood, Die Romulaner · 06/4907

STAR TREK™

John M. Ford, Was kostet dieser Planet? · 06/4922
J. M. Dillard, Blutdurst · 06/4929
Gene Roddenberry, Star Trek I: Der Film · 06/4942
J. M. Dillard, Star Trek VI: Das unentdeckte Land · 06/4943
Jean Lorrah, Die UMUK-Seuche · 06/4949
A. C. Crispin, Zeit für gestern · 06/4969
David Dvorkin, Die Zeitfalle · 06/4996
Barbara Paul, Das Drei-Minuten-Universum · 06/5005
Judith & Garfield Reeves-Stevens, Das Zentralgehirn · 06/5015
Gene DeWeese, Nexus · 06/5019
D. C. Fontana, Vulkans Ruhm · 06/5043
Judith & Garfield Reeves-Stevens, Die erste Direktive · 06/5051
Michael Jan Friedman, Das Doppelgänger-Komplott · 06/5067
Judy Klass, Der Boaco-Zwischenfall · 06/5086
Julia Ecklar, Kobayashi Maru · 06/5103
Peter Norwood, Angriff auf Dekkanar · 06/5147
Carolyn Clowes, Das Pandora-Prinzip · 06/5167
Michael Jan Friedman, Schatten auf der Sonne · 06/5179
Diana Duane, Die Befehle des Doktors · 06/5247
V. E. Mitchell, Der unsichtbare Gegner · 06/5248
Dana Kramer-Rolls, Der Prüfstein ihrer Vergangenheit · 06/5273
Barbara Hambly, Der Kampf ums nackte Überleben · 06/5334
Brad Ferguson, Eine Flagge voller Sterne · 06/5349
J. M. Dillard, Star Trek VII: Generationen · 06/5360
Gene DeWeese, Die Kolonie der Abtrünnigen · 06/5375
Michael Jan Friedman, Späte Rache · 06/5412
Peter David, Der Riß im Kontinuum · 06/5464
Michael Jan Friedman, Gesichter aus Feuer · 06/5465
Peter David/Michael Jan Friedman/Robert Greenberger, Die Enterbten · 06/5466
L. A. Graf, Die Eisfalle · 06/5467
John Vornholt, Zuflucht · 06/5468
L. A. Graf, Der Saboteur · 06/5469
Melissa Crandall, Die Geisterstation · 06/5470
Mel Gilden, Die Raumschiff-Falle · 06/5471
V. E. Mitchell, Tore auf einer toten Welt · 06/5472
Victor Milan, Aus Okeanos Tiefen · 06/5473
Diane Carey, Das große Raumschiff-Rennen · 06/5474
Diane Carey, Kirks Bestimmung · 06/5476
L. A. Graf, Feuersturm · 06/5477
A. C. Crispin, Sarek · 06/5478

STAR TREK™

Laurell K. Hamilton, Nacht über Oriana · 06/5342
Simon Hawke, Die Beute der Romulaner · 06/5413
Rebecca Neason, Der Kronprinz · 06/5414
John Peel, Drachenjäger · 06/5415
Diane Carey, Abstieg · 06/5416
Diane Duane, Dunkler Spiegel · 06/5417
Jeri Taylor, Die Zusammenkunft · 06/5418
Michael Jan Friedman, Relikte · 06/5419
Susan Wright, Der Mörder des Sli · 06/5438
W. R. Thomson, Planet der Schuldner · 06/5439
Michael Jan Friedman & Kevin Ryan, Requiem · 06/5442
Dafydd ab Hugh, Gleichgewicht der Kräfte · 06/5443
Michael Jan Friedman, Die Verurteilung · 06/5444
Simon Hawke, Die Rückkehr der Despoten · 06/5446
Robert Greenberger, Die Strategie der Romulaner · 06/5447
Gene DeWeese, Im Staubnebel verschwunden · 06/5448
Brad Ferguson, Das letzte Aufgebot · 06/5449
Kij Johnson/Greg Cox, Die Ehre des Drachen · 06/5751
J. M. Dillard/Kathleen O'Malley, Wahnsinn · 06/5753
Dean Wesley Smith/Kristine Kathryn Rusch,
Invasion – 2: Soldaten des Schreckens · 06/5754
J. M. Dillard, Star Trek VIII: Der erste Kontakt · 06/5757
J. M. Dillard, Star Trek IX: Der Aufstand · 06/5770

STAR TREK: DIE ANFÄNGE
Vonda N. McIntyre, Die erste Mission · 06/4619
Margaret Wander Bonanno, Fremde vom Himmel · 06/4669
Diane Carey, Die letzte Grenze · 06/4714

STAR TREK: DEEP SPACE NINE
J. M. Dillard, Botschafter · 06/5115
Peter David, Die Belagerung · 06/5129
K. W. Jeter, Die Station der Cardassianer · 06/5130
Sandy Schofield, Das große Spiel · 06/5187
Dafydd ab Hugh, Gefallene Helden · 06/5322
Lois Tilton, Verrat · 06/5323
Esther Friesner, Kriegskind · 06/5430
John Vornholt, Antimaterie · 06/5431
Diane Carey, Die Suche · 06/5432
Melissa Scott, Der Pirat · 06/5434
Nathan Archer, Walhalla · 06/5512

STAR TREK™

Greg Cox/John Gregory Betancourt, Der Teufel im Himmel · 06/5513
Robert Sheckley, Das Spiel der Laertianer · 06/5514
Diane Carey, Der Weg des Kriegers · 06/5515
Diane Carey, Die Katakombe · 06/5516
Dean Wesley Smith/Kristine Kathryn Rusch, Die lange Nacht · 06/5517
L. A. Graf, Invasion – 3: Der Feind der Zeit · 06/5519

STAR TREK: STARFLEET KADETTEN
John Vornholt, Generationen · 06/6501
Peter David, Worfs erstes Abenteuer · 06/6502
Peter David, Mission auf Dantar · 06/6503
Peter David, Überleben · 06/6504
Brad Strickland, Das Sternengespenst · 06/6505
Brad Strickland, In den Wüsten von Bajor · 06/6506
John Peel, Freiheitskämpfer · 06/6507
Mel Gilden & Ted Pedersen, Das Schoßtierchen · 06/6508
John Vornholt, Erobert die Flagge! · 06/6509
V. E. Mitchell, Die Atlantis Station · 06/6510
Michael Jan Friedman, Die verschwundene Besatzung · 06/6511
Michael Jan Friedman, Das Echsenvolk · 06/6512
Diane G. Gallagher, Arcade · 06/6513
John Peel, Ein Trip durch das Wurmloch · 06/6514
Brad & Barbara Strickland, Kadett Jean-Luc Picard · 06/6515
Brad & Barbara Strickland, Picards erstes Kommando · 06/6516
Ted Pedersen, Zigeunerwelt · 06/6517
Patricia Barnes-Svarney, Loyalitäten · 06/6518

STAR TREK: VOYAGER
L. A. Graf, Der Beschützer · 06/5401
Dean Wesley Smith/Kristine Kathryn Rusch, Die Flucht · 06/5402
Nathan Archer, Ragnarök · 06/5403
Susan Wright, Verletzungen · 06/5404
John Betancourt, Der Arbuk-Zwischenfall · 06/5405
Christie Golden, Die ermordete Sonne · 06/5406
Mark A. Garland/Charles G. McGraw, Geisterhafte Visionen · 06/5407
S. N. Lewitt, Cybersong · 06/5408
Dafydd ab Hugh, Invasion – 4: Die Raserei des Endes · 06/5409
Karen Haber, Segnet die Tiere · 06/5410
Jeri Taylor, Mosaik · 06/5811
Melissa Scott, Der Garten · 06/5812
David Niall Wilson, Puppen · 06/5813

STAR TREK™

DAS STAR TREK-UNIVERSUM, 2 Bde.,
von *Ralph Sander* · 06/5150
DAS STAR TREK-UNIVERSUM, 1. Ergänzungsband
von *Ralph Sander* · 06/5151
DAS STAR TREK-UNIVERSUM, 2. Ergänzungsband
von *Ralph Sander* · 06/5270

Ralph Sander, Star Trek Timer 1996 · 06/1996
Ralph Sander, Star Trek Timer 1997 · 06/1997
Ralph Sander, Star Trek Timer 1998 · 06/1998
Ralph Sander, Star Trek Timer 1999 · 06/1999

William Shatner/Chris Kreski, Star Trek Erinnerungen · 06/5188
William Shatner/Chris Kreski, Star Trek Erinnerungen: Die Filme · 06/5450

Phil Farrand, Cap'n Beckmessers Führer durch STAR TREK – DIE CLASSIC SERIE · 06/5451
Phil Farrand, Cap'n Beckmessers Führer durch STAR TREK – DIE NÄCHSTE GENERATION · 06/5199
Phil Farrand, Cap'n Beckmessers Führer durch STAR TREK – DIE NÄCHSTE GENERATION – Teil 2 · 06/6457

David Alexander, Gene Roddenberry – Die autorisierte Biographie · 06/5544
Judith & Garfield Reeves-Stevens, Star Trek Design · 06/5545
Nichelle Nichols, Nicht nur Uhura · 06/5547
Leonard Nimoy, Ich bin Spock · 06/5548
Lawrence M. Krauss, Die Physik von Star Trek · 06/5549
Judith & Garfield Reeves-Stevens, Star Trek – Deep Space Nine: Die Realisierung einer Idee · 06/5550
Herbert F. Solow & Yvonne Fern Solow, Star Trek: Das Skizzenbuch – Die Classic-Serie · 06/6469
Judith & Garfield Reeves-Stevens, Star Trek – Phase II: Die verlorene Generation · 06/6470
Herbert F. Solow/Robert H. Justman, Star Trek – Die wahre Geschichte · 06/6499
J. M. Dillard, Star Trek: Wo bisher noch niemand gewesen ist · 06/6500

Diese Liste ist eine Bibliographie erschienener Titel,
KEIN VERZEICHNIS LIEFERBARER BÜCHER!